麻雀放浪記（4）番外編

阿佐田哲也

双葉文庫

目次

百円しかない

一

　ちょっきり、百円しかなかった。ポケットのどこを探しても、その皺《しわ》くちゃの百円札一枚きりだった。もちろん、負けてドッとタネ銭まで奪《と》られるような博打《ばくち》は打たない。李億春《りおくしゅん》はプロである。けれども芽が出ないときというのは不思議なもので、どんなに慎重に場をえらんでも考えて打っても、どうしても浮かない。じり貧である。タネ銭に手がかかってくる。

　李は、当時（昭和三十年頃《ごろ》）博打以外のことをやらなかったから、博打で芽を吹かない限り、持ち金が増えはしない。他の定職で入る金をタネにして打っている連中は、博打打ちではなく、ただの旦《だん》べエである、と李は思っていた。博打打ちなら他に定職など持つべきじゃない。博打は生きることのすべてをそそいで打つのだ。何故《なぜ》、そう思いこむのかと問われても、返答に窮して黙っているばかりだったろう。李はそういう男なのである。

北九州飯塚市のRという麻雀荘《マージヤンそう》で、私がはじめて李に会ったとき、奴《やつ》は当分そこから一歩も動けない状態だった。

店土間を掃いたり、お茶汲《く》みをしたり、早くいえば雀《じやん》マネの代理である。まだ炭鉱がさかんな頃だったから、川筋の男たちが連夜たて混み、たいがい徹夜の卓が現われる。奴《やつ》は少し離れた椅子《いす》でうとうとしながら、マスターにかわってテラ銭をとりたてる。

頼まれてやるわけではないから、マスターは一銭もくれなかったが、白い飯に汁ぐらいはだまって食べさしてくれる。それで宿と食がなんとかなっていた。

でも、そのときはまだ、百円、持っていたのだ。まるっきりの一文無しというわけじゃなかった。当時の百円は、今の千円ぐらい値打ちはあったろう。安いレートのブウ麻雀ならば手が出せた筈《はず》だが、奴はじっと辛抱してただチャンスを待っていた。

ある日、Rにバッグをさげた若い男が一人で入ってきた。入り口に一番近い椅子に腰をおろしてオドオドと周辺の卓を見廻《みまわ》している。李はしばらく様子を見て、茶を運んでいった。

「ここは、貸卓（四人連れ専門の店）ですか。ブウ（フリーでも打てる店）ですか」

「ブウですたい、はいりんしゃる？」

「ええ——」若者は時計を見上げながら「汽車の時間が、あまりないけど、すぐ打てるようなら」

しかしほとんど満卓で、席を立つ者の気配がなかった。

「すぐには無理ばってん。お客さん、東京の人？」

「ああ——」

「この町じゃ、関東者《もん》は珍しいからね、すぐわかるとたい」

李はもう一度、相手の感じを細かく観察した。ネクタイをしちょる。なによりもネクタイに眼《め》がいった。ネクタイをして、見知らぬ土地で雀荘に一人で飛びこんでくる。これはどういうことか。どうしても、カモ、ということになるじゃないか。

明日は別土地へ飛んじまう旅行者で、誰《だれ》に遠慮もあるわけはない。そのうえ、此奴《こいつ》は俺《おれ》のことを何も知らないのだ。こんな好条件はめったにない。

しかし李は、たったひとつのことを見逃がしていた。それは若者がさげていたバッグだ。普通の客ならば、宿へバッグをおいてから来る。宿をとる前、或《ある》いは町を出発しようという慌《あわ》ただしいとき、知らない店で麻雀を打とうと思うのは、まったくの阿呆《あほう》か、或いは普通とは少しちがう気構えの男ではあるまいか。

つまり、その男が、私だったのである。

「そんなら、台が空くまでこげな遊びがあるとヨ」

と李はいった。

自分の前に索子《ソーズ》の一から九までを一枚ずつ並べ、私の前に万子《ワンズ》の一から九までを同じように並べた。

二つのサイを振り、出た目を裏返しにしていく。たとえば九が出れば、を裏返してもよいし、とを二枚裏返してもよい。それは各自の勘だが、交互にサイを振って次第に牌を裏返していき、裏返せない目が出たらそこで終り、残りの目を勘定し、相手との差額分だけ負け。

相手が牌を全部裏返したら、差額の倍払い。

「なるほど簡単だな」

「閑《ひま》つぶしに丁度よかけん、やらんねエ？」

「やるよ。一点いくら？」

十円、といいかけて、自重して、五円、といった。くり返すが、プロは、タネ銭を一度になくす危険のある勝負はやらない。

「こげなもんで怪《け》我《が》しても、お互い、つまらんけんね」

そうして李は、ちょっと親切気を出して、このゲームのコツを教えた。

「大きい数の牌から先に裏返してくさ、こまかいのはあとでどうでもなるたい」

李と私は、卓をはさんで対面《トイメン》に向かいあった。周辺の卓から冷たい視線がチラリと私にそそがれる。この種の麻雀荘は、知らない客に対してはどこも異国人扱いをするものだ。

「親きめようよ、高い方が親で先に振るとよ」

そのときはじめて私は、李の両手にぴったりとはまった黒手袋を注視した。

二

一人ずつ、サイを一個握って振った。私が⚃、李が⚅。李の親である。

李の黒手袋が、さっと揺れた。

⚄と⚄。

「十……、🀘と🀐の裏めくろう」

私も振った。李と同じ、⚄と⚄だった。

「じゃあ僕も、🀏と🀇だな」

李が振った。⚃と⚅。

「又十――」

李は🀗と🀑を裏返した。

「端っこから片づけていくんだね」

私はやっぱり、⚄と⚄。

「簡単じゃないか、こうやって十を出していって、ラストに五が出りゃいいんだ」

李はなんにもいわなかった。だまって振った。李が⚅と⚃。私が⚄と⚄。李が又⚃と⚅。私が⚄と⚄。

李と私は、

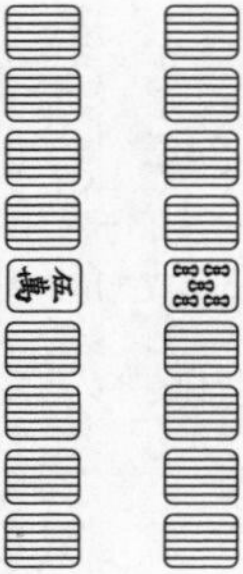

ちょうど同じくマン中に🀗と🀋を残してにらみ合った。

「サアよかね、五が出たら倍よ」

「僕も五が出れば、チャラだろう」

李が振った。サイが少し長く転がり、私の牌列にぶつかってとまった。

⚃と⚁。

私が振った目は、⚃と⚀だった。

李が百円札を出し、私が五十円釣りを払った。

「僕が先行だね」

眼の前の牌を又元に戻して、サイを振った。ツイてると思った。⚄と⚄。

李の眼が細くなった。奴《やつ》は黒手袋の五本の指を組み合わせ、ぎゅっとしごいてからサイを握った。

⚄と⚄、奴もその目を出した。

私が、⚄と⚄。李が⚃と⚅。私が⚄と⚄、李が⚅と⚃。

私たちの前には、又🀗と🀋が一枚ずつ残っていた。神仏など信じたこともない私が眼をつぶって何かに祈ったのだから不思議なものだ。私はもう賭金《レート》の安さのことなど忘れていた。

サイが転がった。

⚃と⚀。

私は思わず笑った。

李が振った。――⚂と⚁。

李は笑わなかった。

「もう一丁行こう」

又私の先行だった。私は又十の目を出し、李もそのあとを追った。私たちは機械のように十の目を出し続けた。十の目が、特別に出し易かったわけではない。しかし雀《ジャン》クマは、サイの目を自由にすることを皆練磨《れんま》するし、なかんずく、二、五、七、九、十の目はここというときに出るよう工夫をこらしている。何故《なぜ》といえば、二と十は南家の山から発するので六間積み（爆弾）系列の仕込みに重要だし、七は対家《トイチャ》の山から発するので元禄《げんろく》系の仕込みに重要、五と九は自分の山に発するからである。

私たちはこの他愛《たわ》いのないゲームで、お互いのサイの技術をしのぎ合う恰好《かっこう》になっていた。

サイはうまく流れ、三回転ほどしてとまった。⚃と⚀だった。

李が卓上に眼を据《す》えたまま、サイを握って息を整えた。

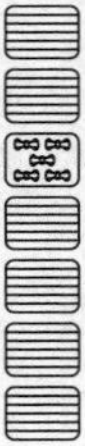

李の手からサイが流れた。それは⚁と⚂の腹を見せて綺麗《きれい》にとまった。

もしそのとき、ブウの卓のメンバーが崩れなかったら、私たちはいつまでもこのしんどい勝負をくり返していただろう。

李が、つと立ちあがって、空《あ》いた場所を手で示した。

「空いたよ、入りんしゃい」

李はその足で、奥のマスターの部屋に行った。

「お金貸しちゃんさい」

そう、低い声でいった。

「なん――？」

「よかろうもん」

「何に使うと」

「麻雀するとたい」

「いかんよ——」とマスターはいった。

「負けたら返しきらめえもん」

「負けん——」

「勝ってもいかん。客が散《へ》る。お前みたいなノーテン棒が勝っと店が損する」

「旅《よそ》の男《もん》がいるけん、そいつとやるとたい」

「そうばってん麻雀は四人要るから、常連が二人喰《く》われる」

「マスター——」と李はいった。「俺《おれ》、今まで借金頼んだことなかろう？　借りるとが好かんけん、だから——」

マスターは少しの間、李の言葉が続くのを待っていた。

「そやからどうだ。一人前の口利《き》くな。世迷《よま》い言《ごと》いわんで店へ出とけ。もたもたすると駅で寝るようなことになるぞ」

李はそれでひきさがった。店に戻り、私のバッグを棚《たな》の上にのせ、いつもの定位置に腰をおろした。

三

好ちゃんというハイティーンが勝って帰りかけるのへ、李は微笑しかけた。まっ黒で、あばた面《づら》の李が、珍しく笑いかけたのだ。一瞬、キョトンとしたが、ツイている好ちゃんはさすがに勘が早く、何かいわれるより先に店の外へ身をひるがえした。

もう一人、助役のおっさんが、三連続マルエイなど取り、有卦《うけ》に入っていた。李は心をこめて茶を運んだ。

「おい、これでソバでも喰《く》いな」

十円札を何枚か、恵んでくれた。ちょうどメンバーの一人がトイレに立って手を休めているときだったので、李は早速《さっそく》、助役の横にすわりこんだ。

「大変な野郎が来た――」

「どこに――？」

李は、私の方を顎《あご》でしゃくった。

「関東者のクマゴロウ（玄人《くろうと》）のごとある。そのましとかれんばい。うちんとこの客が喰われる」

「そりゃいかん——」と助役はビールを呑《の》みながらいった。「そりゃいかんたい。どげんかならんと！」

「俺《おれ》がしようか」

「そうか、そりゃいい。お前なら負けんじゃろう。しっかりやれ、よそ者に負けるな」

「タネを貸しちゃらんね」

「あうゥ——」と助役が叫んだ。

「半分つける。タネさえあれば絶対だ。——貸さんでいい、俺を雇えばええ。五百円貰《もら》えば、勝負で勝った金はそっくりお前さんにやるけん」

「わしゃ関係なか。わしが奴《やつ》と今やってるんじゃなか。こげんなことは店の方でうまくやればよかろうもん。わし一人がなんでそげなツキ合いをせんないかんと。始末は店の方でやればよか」

李はその次に、客の金を盗むことを考えた。借りるよりは、奪《と》る方がもともと李の気質に適《かな》っている。

ゆっくり店土間を歩き、客の一人一人の服装を点検した。かりに尻《しり》のポケットに財布《さいふ》が突き刺さっていれば絶好だが、大半が椅子《いす》であるため椅子の背に隠れてしまっている。上衣のポケットではちょっとむずかしい、第一、ポケットより腹巻に金を入れている客の方が多い。

マスターの内儀《かみ》さんが預かっているレジのところへも行った。しかし結局、うろうろするばかりで、ただその足どりが速くなっている。一人、どてらを着ている客が居た。どてらのそでに、むきだしの札が入っている。

李は、どてらの横に長いこと立っていた。掏摸芸《すり》があれば、袖《そで》を割《さ》いて早速《さっそく》頂戴《ちょうだい》におよぶところなのだ。後年、李は私にも掏摸芸への憧《あこが》れを語ったことがあるが、麻雀の仕事師《ごとし》という奴は、掏摸芸を尊敬しているようなところがある。

棚《たな》の方を見ると、私のバッグがなかった。李は風のように店を飛びだした。ちょうど私が駅の方へ歩きだしたところだった。

「汽車へ乗るとか」

どぶ鼠《ねずみ》のような李が、夕陽《ひ》を浴びながら肩を怒らしていた。

「ああ、乗るよ」

「博多か、それとも小倉の方か」

「わからん」

「黒崎がよか」と李がいった。「中央バス発着所から、黒崎行へ乗ればええ。黒崎のＴか、Ｆだ」

「雀荘の名前かい」

「Ｔがよか。ＦよりＴの方がハヤってる。製鉄の若い者で景気がいい」

私はしばらく歩いてからもう一度振り返ったが、李はまだ立っていた。

「おうい、黒崎の、Ｔだ、わかったか」

私自身のこともここでちょっと記しておくが、四年ほど前にクマゴロウ（玄人《くろうと》）の足を洗って親もとへ帰り、勤め人になっていた。この私が勤め人というイメージは意外に思われる方もあろうが、事実、昭和三十一年の春まで勤め人であった。

といっても誰《だれ》も就職を世話してくれるわけはないので、自分で探した小さな会社を転々としていたわけだ。したがってこの期間は、ほとんど牌を握っていない。

北九州は出張で来たので、明日は東京に帰らねばならなかった。私は駅の方へ歩きながらしばらく考えた。しかし駅前のバス発着所についたとき、決心がついていた。

私は黒崎行のバスに乗りこんだ。あの黒手袋の男が、きっとあとから、Ｔという店にやって来そうな感じがしたからである。

その晩、黒崎のTで徹夜のブウ麻雀《マン》を打った。私の予想は必ずしも適中していたとはいえないが、李は夜のうち姿を見せずに朝の七時半頃《ごろ》になって現われた。つまり、Rの店土間で例によってウトウトしており、徹夜客のゲーム代を預かって、そのままずらかってきてしまったのである。

李は誰にも声をかけず、まっすぐ私の横に腰をおろした。

私の卓の右端に赤棒四本と黒棒七、八本が出ていた。（ブウ麻雀では浮き点をすべて卓の右端に提示しておくことになっている）

ブウの場合、この程度の少し浮きという状態はわりに打ちやすい。沈んでいる者が、私の浮きを守ってくれるからである。

私の手はこんな感じで、親だった。トップ走者は私の上家。ちょうど李が上家と私の間に坐《すわ》っていた。ここへをツモり、かなり強い牌だったがを捨てた。リーチ制度がないルールで、中盤を越すとテンパイを覚悟しなければならない。特に上家は、マルエイ（三コロトップ）を狙《ねら》うため私の打牌でアガりたいところだ。

次が🀖、次が🀅、いずれも強い牌だった。次の上家のツモと同時に、李がスッと立ちあがって、窓辺へ行き、それから、

「五人おるからトップの下家が交替だ。俺《おれ》も打つけんの」

トイレへ行く気配だった。

その次ひいた🀒で、私はやや安全な🀎を切って手を廻《まわ》した。李が立ちあがったのは、上家がテンパイしたからと踏んだのだ。知らない者が打っている場合、仲間で通し（サイン）ていると思われたくないため、テンパイしている常連客のそばには居たくない。私が李の位置に居てもそうするだろう。

親指トム

一

上家のテンパイはたしかにその三六索だったらしいが、その局は思いがけず私の下家がハイテイで三暗刻《サンアンコー》をツモり、ブウになった。

雀荘《ジャンや》の狐色《きつねいろ》のカーテンの隙間《すきま》から朝の陽《ひ》が射《さ》しこんでいる。

牌の音がやむと、待っていたように黒手袋の李は、トイレの方角から姿を現わした。

「誰《だれ》がブウしたとな」

卓に出された金をしまいかけていた下家を見て、

「お前か？　そんなら、お前の下家が抜け番だ」

李億春は私の対家を押しのけるようにして席につこうとしたが、対家はみじんも動かなかった。

「お前はどこの者《もん》な。何故《なぜ》、雀マネごとある口の利き方をするとな。俺《おれ》たちは、ずうっとこのメンバーでしとるとじゃけん、五人打ちなどしとうない」

「この兄さんに――」と李はいった。

「ここを紹介したのは俺じゃけん、俺たちゃ、ここで打とうと約束しとったとばい」

「約束？　そんなこと関係なか！　なァ皆、俺たちは寝とらん。徹夜のメンバーに新手が一人入ったら、そりゃ都合わるか」

「俺だって、寝ちょらん――」と李。

私は時計を見た。七時半だった。

「じゃ、あんたここでお打ちよ」と私は李にいった。「眠くなった。汽車ン中で東京まで寝て帰ろう」

「――動くなよ、おい」と李がいった。

李はそれから急ぎ足で私のそばまで来、黒い顔を案外弱々しくゆがめながらしゃべった。

「俺が文無しと思っとるのじゃろう。そりゃ昨日は、百円しか持っちょらんかった。文無しの臭《にお》いもしたかもしれん。だが今日はちがう――」

彼は一同の顔を見廻《みまわ》しながら、ポケットからくしゃくしゃにまるめた札を出して見せた。

「金はこげんに持っとるばい。お前としたくてな、食住《しょくじゅう》付の仕事場をパーにして持ってきた金だ。ここでされなかったら、なんのために今日から路頭に迷わんならんかわからん。な、打たして、よかろうもん。意地悪はしなんな」

「いくら、あるんだね」と私はきいた。

李はだまって、手の中の札を算《かぞ》えた。

千六百円と、バラ銭がすこしあった。当時の千六百円は、現今の一万五千円ぐらいの値打ちになろうか。

「よし、じゃァこうしよう」と私はいった。「もう疲れてるから長くはいやだ。ブウを一回だけやろう。負けたら、皆、千六百円ずつ払う。どうだね」

「うん、――うん、うん」と李。

地つきの三人は顔を見合わせた。

「但《ただ》し、条件がある。リーチありにして欲しい。僕は関東者だからね、ほんとうはブウはなれてないんだ。だから和洋折衷《せっちゅう》で、リーチありのブウにしてほしい」

「なんでもよか、早くやろう」

「よかたい、俺《おれ》もやろう——」と地つきのうち、年長の坊主頭がいった。「だが、おっさん、ひとつ訊《き》きたかあ。その手袋は、はずすとな、それともはめたままやるとな」

「ちっと怪我《けが》しとるけん、脱ぐと牌がツモられんたい」

「どんな怪我な、見せてんない」

「ほんとごとある、べつに仕かけはなかあ、よく見ればよか、俺はいつもこれをハメとるばい」

坊主頭は李の両方の手をたぐりよせて撫《な》でまわした。それからシャツをたぐりあげて自分の二の腕を見せた。

「製鉄の人じゃないごとあるな」

「前もっていうばってん、サマはご法度《はっと》じゃけん、俺たち組の人間をなめると、きかんばい」

私の対家にいたトックリセーターの若者が居坐《いすわ》り、三人の中では一番勝っていた色眼鏡《めがね》が身をひいた。

「俺ァやめとこう。勝金をいっぺんぱんにしとうなかけんな」

しかし、帰ったわけではない。丸椅子《まるいす》をひき寄せて、私のそばへべったりと坐った。

起家《チーチャ》は坊主頭。以下、李、トックリ、私、の並び順。私はラス親、ブウではもっとも損な条件だ。

最初の配牌は、

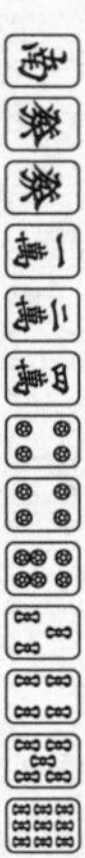

で、かなり貧しい手。親が序盤でオタ風のを（二丁目だったが）ポンしたため、飜牌《ファンパイ》の出が悪くなることが予想された。
二巡目、をツモって切り。そのを親がチー。ううむ、と李が唸《うな》った。
彼はそこでと打ちだしてきた。あきらかに親の端牌を警戒しての手作り。
をツモって私も切り。このは手牌の端におかずに、
「あ、こりゃいけねえ。金庫入りだ」
卓の端に伏せておいた。むろん、色眼鏡の視線に全貌《ぜんぼう》をさらさないためだ。
次のツモが。これも伏せて卓の隅におき、切り。
親からが出てきた。李が喰《く》う。私、アンコ。その二巡後にをひいた。

次のツモがでツモ切り。伏せて隅においてあるのはとなので、ペン三萬のテンパイだが、色眼鏡にはちょっと判断がつかない筈《はず》。

ここへ二萬を持ってきて、勝負、と私は逆らわず一萬を出した。親の手は、

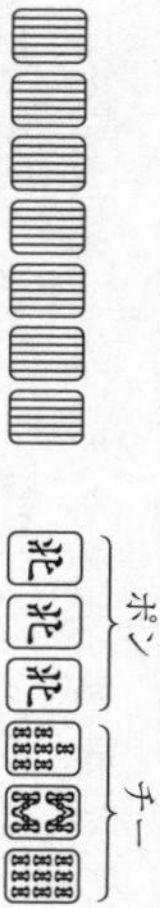

李の手は、

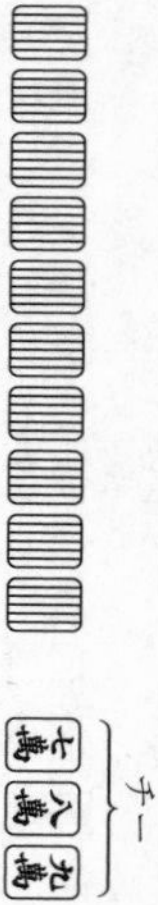

坊主頭も李も動かない。二萬も一萬も危険は同じ。ならば背後の色眼鏡にあたかも二萬が雀頭になったように見せかけたら、通し（サイン）がかかっていることの局面ではたしてどうなるか。皆が三コロを狙《ねら》っているので第一局では打っても軽い手と見たこともある。

するとトックリが、

「とおったら、リーチ!」

二萬を振ってきた。まず坊主頭がロンといい、李と私が続けて牌を倒した。坊主頭の手は東アンコの穴二萬。李が中頭のチャンタのみ穴二萬。私が二萬と🀞のシャンポン。

三家和《サンチャホー》——。と思ったが、ブウでは三家和なしということで、打ち手に一番近い私に点棒が入った。

二

リーチありにしよう、といったのも私の軽い罠《わな》で、ブウ麻雀では、ある場合をのぞいてリーチはかえって不自由なのだ。持ち点の状勢如何《いかん》では出アガリでとれる相手が限定される。そこを考えずリーチしてくる甘いメンバーとは思えなかったが、なおかつリーチしてくるようなら手の読みがしやすいし、テンパイ広告をしてきたも同然、まるっきりヤミで廻《まわ》されるよりは打ちよくなると思ったからだ。

しかし、リーチの声はなかなか出ず、二局目はトックリの一色手の間隙《かんげき》を縫って、李が辛《かろ》うじて喰《く》いピンフで連チャンした。

李の表情が一瞬ひるみ、それから凄《すご》い眼になって私をにらむ。李はその視線をチラリと両脇《りようわき》に移した。

サイの目は八と十。私の山からの取り出し。

李が配牌を見てぼそっといった。

「悪かあ手だ。ツイとらんな」

オヤ、と思った。そう無駄口《むだぐち》を叩《たた》かない李が、いわでものセリフを、何故《なぜ》いう気になったのだろうか。

そのときの李の配牌は、

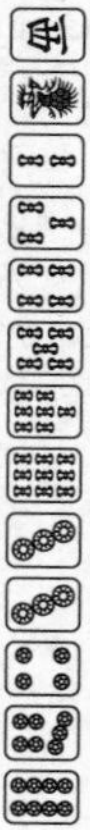

一見してブウ狙《ねら》いの手である。通貫は二飜役、リーチして出れば千九百二十点、ツモれば九百六十点とおしで計二千八百八十点、充分ブウになる。

二巡目にツモ。

四巡目からツモが李の山になった。自分の山の中筋（右から二ツ目に発し、左から二ツ目に至る八枚）をツモるのである。

李はそ知らぬ風を装おいながら、一心不乱に考えこんだ。

自分の山の中筋には、たしか万子が多かった筈《はず》である。、、、、、たしかそんな順序だった。

そのうえ、上山の左端とその手前にが二枚並んでいる。だからこのまいけば、通貫形には自然になっていく。

だが、はどこにあるだろう。

「どげんしたとな、ツモらんとな」

をツモった。これは安全牌。

をツモるのだから、をおとしてタンヤオピンフにする手もあるが、それではブウにならない。

ブウ麻雀では、すこしでもブウの可能性があったら強引に押しとおしてブウの手を作り、一気の勝負に賭《か》けるのがセオリイであろう。

李は心を決めてを抱きこみ、をおとしていった。そうして眼を細めて河《ホー》を見た。

序盤でが一丁出ている。もしこれで、がたくさん出てきたら、の所

在は山ではなく、他人の手の内にかたまっているという卦《け》もたつ。だがの出も一枚のみ。はまだ山に残っていると李は確信した。

、、と入ってくる。その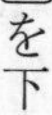を下家のトックリが喰《く》う気配を示した。

「もう一枚出るよ――」李は思わずいった。

トックリの捨牌は万子が高い。これはいかん、この後も万子は捨てなければならないが、と李は思う。喰われるとが下家に流れる。

が入った。一向聴《イーシャンテン》。

だが、はどこにあるか。の在り場所さえわかれば、今すぐでも、なんとかアガる算段をするのだが。

こんなとき、李は、運を信じてをツモってこようという気にはならない。プロ麻雀打ちは誰《だれ》でも、来るか来ないかわからない運など信じようとしないものだが、李は特にそうだった。彼の頭の中には、もはや、人工的に手を作る工夫以外のことはない。とうとうトックリに喰《く》われた。

――。

そのとたん李は、大声で、リーチと叫んだ。

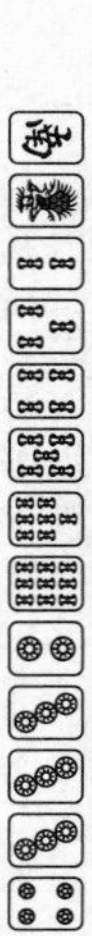

ノーテンリーチである。あと三巡で、ツモがの場所へ届くが、その牌はもはや彼のところへは来ず、トックリの方へ流れてしまう。

もう待ったなし、なのである。だが、そこは坊主頭の右手のそばで、彼の視野に完全に入っている。

誰かトイレにでも立ったスキに、サイコロをわざと坊主頭の方におとして、彼にひろわせようか、と思った。そうすれば残り一人の視線さえはぐらかせば、山の牌を抜きとれる。

このメンバーじゃその手は古いかな、しかし、あと三巡だ、あと三巡のうちにやらなければがどっかへいっちまう。

リーチ一巡目のツモは、。

誰もトイレなどには立たない。李はツモったはずみに、隅に片づけておいたサイコロへ肱《ひじ》をぶつけた。

サイのひとつが、うまく坊主頭の方へ転がった。李は息をひそめて相手の気配を見ていた。だが坊主頭はただこういったのだ。

「自分がひろえばよか。自分の始末は自分でやれ――」

三

雀荘のお内儀《かみ》が現われてお茶をいれてきた。

リーチ二巡目のツモは――。

李はカッと身体《からだ》をほてらせていた。溺《おぼ》れる者が藁《わら》を探すように、キョロキョロあたりを見まわした。それから、夢中で茶碗《ちゃわん》を持つ手をすべらした。

「――あッ」

坊主頭の足の方に熱い茶が飛び散った。

「ごめん――」李はうわずった声を出して、相手のズボンをのぞきこんだ。

「おばさん、雑巾《ぞうきん》だ、早う――」

「ええから、早うやれ」

「だが熱かったろうもん、手が不自由なもんだから――」

すまねえ、ともう一度いった。今度は李の声がおちついていた。音もない素早さで手の中のとがスリ変わっていたのだ。

一巡して坊主頭が初牌のを出した。もし三丁続いて切ってくるのでなければ

ば、明確に向かってきていることになる。彼の次の捨牌は、これもトックリに強い一萬。そしてリーチ。（私はたいして驚かなかった。というのは前局、私が二萬を二丁持ちになったとき、すかさずトックリが坊主頭に狙《ねら》い打ちのつもりで二萬を打ってきたので、これは私が二萬雀頭で他の両面になったと見た色眼鏡の指金《さしがね》であろう。したがって彼らが通しをかけていたのは歴然である）

しかし李はそこまで考えてなかった。坊主頭もブウの手であろう。

「のぞきはあるとな？」と李は訊《き》いた。

「ああ、よかばい」と坊主頭。「見せあいしようか」

坊主頭の手は、

しかし私は、李の奴《やつ》、待ち牌を坊主頭からトックリにとおされるぞと思いながら眺《なが》めていた。

次のツモで李は頓狂《とんきょう》な声をあげた。

「アイチ！　ブウだ！」

八索をツモったというのだ。

「よいかね、マルエイ（三コロ）ばい」

李は思いきって手荒く、牌を坊主頭の前の方へ押して崩した。

するとそのとき、私と坊主頭の間でカベ役になっていた色眼鏡が、スッと立ちあがった。

「って、何枚あるとな」

「は四枚じゃろうもん」

「じゃァおかしかあ。はここにアンコであったばい」

「どうしたとなあ、外野の奴《やつ》がうるさかぜ」

「それでこん人が――」と色眼鏡は私を指さした。「一枚メンツに使ってるけん。なァ、そんじゃろう」

私の手はまだそのままに並んでいた。私は手牌をひっくりかえした。

「最初から十七ずつ並べたとな。牌数がよけいにあるとじゃなかか」

坊主頭は、李の手牌に押されて少し乱れている自分の手牌を開けた。が二枚しか見えなかった。色眼鏡を含めた四人の視線が李に集中した。

「なんだ、アヤをつけると！　俺《おれ》がフリの客だと思いやがって。こっちは全財産を賭《か》けて手を作ったとばい。どげんしても千六百円ずつ貰《もら》うばい」

「が五枚あったらな。もし四枚きりじゃったら、賭け銭の十倍ずつ出すな」

坊主頭がいった。

李は自分のツモったをしっかりつかみ、やや猫背《ねこぜ》になって、四人が全部の牌を返していくのを眺めていた。

むろん、は河に三枚しかない。

「さァ、おっさん、十倍ずつ出さんな」

「駄目《だめ》だ、この野郎は千六百円でハコテンなるとばい」

「畜生《ちくしょう》——！」李はまるで受難者のような顔つきになって、歯ぎしりした。

「こっちの兄《あん》さんがアンコだったたって？　俺が見た時にゃ二枚しかなかった。とのシャンポンだった。おい東京の兄さん、こげな奴《やつ》とぐるになって、負けても払わんつもりだな。お前もまさか、そんなつもりじゃなかとじゃろう」

野郎ッ、とおめいて、坊主頭の手から茶碗《ちゃわん》が飛んだ。

「可愛気《かわいげ》のなか野郎だ。勘弁されん、金はいらんたい、こっちの法で始末をつけさせてもらうばい」

坊主頭は李の左手をつかむと、黒手袋を脱がせた。そうして思わず皆が目を見張った。李の左手は、親指をのぞいて、どの指も第一関節から先がなかった。手袋の先には詰め物がしてあったらしい。

続いて右の手袋もはがしてみたが、左手と同じで、親指以外は皆ツメられていた。

「どげんしたとな、はよう指をツメたらよかたい。君に忠、親に孝を裏切って、親指をぶった切ってもらってもなんともなかあ」

私は、あとで親指トムという通り名になったこの男の奇妙なタンカを背に聞き流して、汽車に乗るために駅へ向かった。

茶色のバッグ

一

その頃《ころ》、ガスという名の三十男が居《お》り、どこに定住していたかは私も知らないが、もし巣があるとすればおそらくブウ麻雀のさかんな大阪であろう。

阪神地方を出て姫路で打ち、岡山で打ち、広島で打ち、防府や徳山、その辺で打ち、下関、小倉、博多と来て、又同じコースを大阪まで戻る。行ったり来たりしながら麻雀を打って喰《く》っているので、山陽線の兄さんなんて呼ばれてもいた。もっとも関西の仕事師はよくこのコースをとおって九州まで遠征していたらしい。なんといっても山陽道は開けていて、小金を持っている奴《やつ》が多かったからだ。

ガスは、李億春とは正反対に色白の好男子で、見るからに腕力が弱そうだったが、早くよく動く眼と、細くてしなやかな手指とを持っていた。つまり、李よりはずっと、先天的な素質を備えていたのだ。

ガスは汽車をおりると、いつも重そうにさげている茶色のボストンバッグをロッカーに預け、それからまっすぐにその町のキャバレエに行く。女たちを呼び、ひとしきり騒ぐのであるが、つまり、そういう費用にこと欠かないほど、いつも勝っていたことになる。

この種の遊び人によくあるタイプで、快楽に対して貪欲《どんよく》であり贅沢《ぜいたく》であった。色男で陽気で金使いの荒いガスは、女たちにもよくもてた。

「ねえ、あんた、いったい何の商売なの」と女たちはきっと一度は訊《き》く。

「商売——?」ガスは女の耳もとへ口をあててささやいた。「強盗や」

冗談をいってる感じはなかった。女が顔をこわばらせると、彼ははじめて高笑いする。

「秘密やで。知っとるのはお前だけ」

「じゃあ——」と女も調子を合わせる。「太く短かく、ね」

「そやない、太く長く、や」

「捕まっちゃうでしょ」

「捕まらへん、もう七、八年もやっとる。そういう星なんやから」

ガスの麻雀好きを知っている女たちが、同好の客を紹介してくれる。もう一軒はしごするかわりに一丁やろか、という話になればそれでガスの三、四日の生活が保証されるのである。

女たちからガスの評判をきいている旦《だん》べエは、稼《かせ》ぎのある旅のセールスマンぐらいに見て、万にひとつもクマゴロウとは思わない。

客は大概市内の商店主か何かで、麻雀のメンバーを四人揃《そろ》えるのに苦心している輩《やから》である。

そうしてガスは、きっと勝つ。

本来はブウが得意だったのかもしれないが、そんなわけで雀荘ではなく旦那衆《だんな》の家でやることが多いので、半チャン制の長麻雀になる。何度も打ち合った客もいて、ようし今度こそ、とファイトを燃やして又呼ぶのだが、いつも返り討ち。

ガスはいつも一人。サイコロもちゃんと振るし、牌山に細工がしてある気配もない。それでいて、ここぞというとき、ひどくテンパイが早い。

三色同順、一気通貫、一盃口《イーペーコー》、なんて手役ができると、不思議に高い方を一発でツモる。要するに手の内にできた役を最大限に実を結ばしてしまうのである。

「あんた、天才ね」

「へえ、自分でもそう思うてま」

しかし、むろん毎回ではない。半チャンに一度くらい、ここぞというときにそうなるのだ。そうして夜が更け、朝方に近くなるとますますツイて勝負は一方的になり、かなりの枚数の札がガスの懐中におさまる。

「そンじゃご厄介《やっかい》になりまして、どうもおおきに」

礼儀正しく場所代や負けた人への車代をおき、店の女がついていればチップをはずむなどして消える。万事に抜けていないのである。

その年の正月は、広島のユリという女給のアパートで年を越した。暮の三十日に麻雀をやって、その足で女の部屋に来、そのまま居ついてしまったのである。

さすがにユリも、そんなに長居するとは思ってなかったので、

「あんた、奥さんとけェ戻らんでもええの」

「なんや邪魔か」

「そがなわけじゃにゃァが、お正月じゃいうのに、おかしな人じゃねえ」

ガスは一瞬困ったような顔をし、長々と畳の上にひっくりかえりながら、

「俺《おれ》、チョンガァやで」

そうしてユリの方へ顔だけ向けて、ヘッ、という表情になった。ユリは思わず微笑した。

「嘘《うそ》ォ。チョンガァいう年じゃにゃァよ、ええ加減なことばっかいうね」

「チョンガァにゃ見えへんか」

「ええ、大丈夫、カミさんにしてくれェたァいわんけん」

しかしそういわれてみると、陽気な反面どこか一本抜けていて淋《さび》しげな影がある。見かけはお洒落《しゃれ》に思えたが、下着は汚《きた》なかったし襟《えり》あしも大分伸びていた。

「正月は嫌や」と彼はいう。「しかつめらしいことばっかで。あーあ、なァ、競輪かなんかやっとらへんか」

この人は本当に一人者かもしれない、とユリは思いはじめた。だから、皆が巣に帰る季節にも、渡り鳥のように見知らぬ土地の電線にポツンととまっているのだろう。そう思うと、ちょっぴり、情感が湧《わ》いた。二日の夜になって、ユリはこういってみた。

「麻雀しようか」

「ここで？」

「私《うち》も時々、仲間集めてやンのよ。好きなんじゃけん」

「牌あんのか」

案のじょう、急に生気を甦《よみが》えらせたガスは、しみじみと牌の一つ一つを眺めていたが不意に立ちあがった。

「ほんなら、煙草《たばこ》でも買ってこ」

「煙草ならあるよ」

「ええわ、ついでに夜食もなんか買うてこ。駅までいったらどっかやっとるやろ」

そそくさと出ていった。いつかの夜も、ガスが途中一人で外へ出て夜食を買いこんできたのをユリは思いだしていた。

二

飯塚の雀荘のマスターの予言が当って、李億春は駅で寝ていた。しかし九州ではない。東京まで行こうとして、広島で立ち往生《おうじょう》していたのだ。

もっとも、おめでたい正月に空《す》き腹かかえて駅で寝起きしていたって、さほどの悲壮感はない。いくらかでもタネがあるうちは、そのタネを育てようと気を使うが、一文も無くなってしまえば、負けてもともと、こんな強いことはない。

問題は、相手をどうやって探すかだ。李はこれまでにもこんな事態を迎えたことがたびたびあった。相手さえいればこっちのものなのだ。勝てば取り、負ければ払わない。

殴《なぐ》られてすむのなら、だまって殴られている。指をツメろといわれれば、それもよろしい。博打《ばくち》だから、負けたときに手傷を受けるのは当然である。

しかし、相手がなかった。雀荘はどこも開いてない。李も、皆が巣に戻る正月という奴《やつ》に閉口していた一人だった。不意に、小石を散乱させるような物音が起こった。一人の男がロッカーをあけ、茶色のバッグをとりだし、中から小さな紙包みを選んで持ち去ろうとして、はずみで中味をこぼしたのだった。

足もとに転がってきたものをひろった。だが見なくとも音でわかっていた。李は相手の男をじっとみつめた。

（此奴《こいつ》は牌の修繕屋なんかじゃねえな――）

「麻雀――？」

男は頷《うなず》いてかすかに笑い、立ち去ろうとした。ああ、ちょっと、と李はいった。

「麻雀しようとなら俺《おれ》も入《か》てない？　汽車の都合で三時間ほどまだあるとたい」

李は精一杯愛想よく笑いかけた。そして懐中をモソモソと探って金を見せる恰《かっ》好《こう》をしながら、

「半チャン一回でもよか、助かるたい」

風態は汚ない。しかし汚ない奴が金を持っていないとは限らない。正月って奴は、どんな野郎でも懐中をあったかくしているもんだ。

それに、ユリの麻雀仲間では、ハコテンにしたところで知れている。カモは多いほどいい。まさか、選《よ》りに選った同類項とは思わなかった。

「ええけど、負けても知らんで」

その男、ガスは紙包みの中の牌をポケットに入れ、紙をまるめて捨てると、先に立って歩きだした。

ユリの部屋ではメンバーが集まって屋台のラーメンをすっているところだった。ガスの分はとってあったが、むろん李の分まではない。李は暖かそうな湯気を横目で見ながら、ガスが駅の売店で買ってきた冷たい肉マンをかじった。

「知り合いや、駅でおうたんやけど」とガスがいう。「汽車の時間があるいうさかい、このおっさんに初めに打たしたれよ」

「ええよ、どうぞ」とユリがすぐに応じた。

場がきまって、ガスが起家。関東風の長麻雀だ。

「どや、おっさん」とガスがいった。「配牌とる前に、握り（差しウマ）やるか」

「よかたい、握りは俺《おれ》も好いとるとじゃけん」

「ほんなら、これや」

ガスは一本指をにゅっと突きだし、諒解《りょうかい》のしるしに李が黒手袋でその指を握った。

ユリはガスの横で配牌を見ていて、ああ、又ツイてると思った。

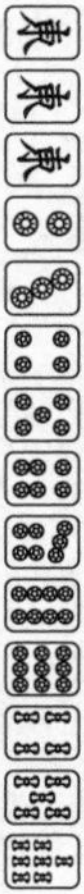

ほんとうにこの人は天才なのにちがいない、と思って見ると、ガスの顔が自信にあふれていて、つくねんぽつんとしていたときとは別人のようである。

ガスの第一打、。

オヤ、と思った。ユリなら、この場合は捨てない。

李の方も何かあわただしく理牌している。

「どしたん、早う捨てんか」

「うむ――」

李も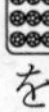を捨てた。

ガスの二巡目は、ツモ。を打ってリーチ。

「それなら――」と李がいった。「それは、当りたい」

李が手を倒した。

「リーチすりゃ、ハネとったなァ」

ガスは口をあけてその手を見ていた。

「じゃけん、筒子《ピンズ》切るこたァなかったんよ、索子おとして一通狙《ねら》う手よ、おかしな人じゃねえ」

「だまっとれ――」とガスがいった。

三

さすがに二、三局、ガスのところには地味な手が続いていたが、ユリがラーメンの丼《どんぶり》を洗ってドアの外に出し、戻ってくると、ダブルリーチがかかったところだった。

「どれどれ、どがな手ね――?」

「見せるほどの手やない」

ガスの右手がポケットからすっと出て、

「そりゃ、一発で、ツモれ！」

。──おお！　と叫びざま、ガスは自分の手をハネあげた。

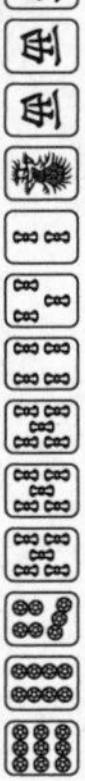

「四面待ちやもン、ツモるよなァ」

李の視線が、山とガスの手もとのあたりをいそがしく移動した。

「点パネで満貫やな」

ツモ順は狂っていない。だが、と李は思う、野郎、ガスを使ってやがるな。

（同種の牌をあらかじめ握りこんでおくこと。パチンコで粗悪なタマを作り、景品とかえてしまう奴《やつ》のことをガス玉師という）

再びガスの親。

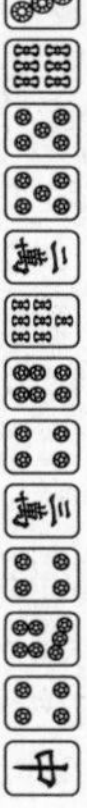

まだ三巡目。これも早い一向聴だ。しかしこの局は他者も早く、ユリの友達二人にバタバタとリーチがかかった。

「畜生《ちくしょう》、ツモれ」

ガスのツモる手に力が入ってくる。彼等のリーチ三巡後、🀔をひいた。

「よっしゃ、リーチ！」

ガスがあざやかな手つきで理牌する。

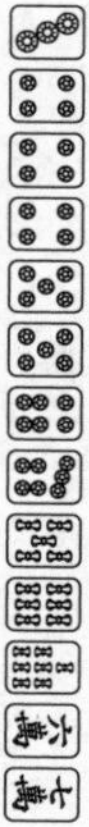

「あッ――」と小さな声が出かかって、ユリはやっと呑《の》みこんだ。理牌前の万子メンツはたしかに🀈🀉ではなかったか。目まぐるしく牌が入れかわったが、いわばひと撫《な》でしただけで三色手に変化してしまったのだ。

こんなことってあるだろうか。だが、もうガスの手は伏せられてしまっている。

「ふうん――」と李がつぶやいた。

友だち二人がカス牌をツモり捨て、李のツモ番になっているが、彼はなかなかツモらない。

「早うやんな、おっさん」

「待ちんしゃい」

河《ホー》を眺めて考えこんでいたが、やおらツモった。何気なくユリも李の手をのぞきこんだ。

そして、ツモ牌は。そして中を切った。

「リーチ!」

ユリは又眼を疑った。

ほとんど同時に、パーン! と音をたててガスがツモ牌を開いた。

伍萬――!

「――なんやて?」

「リーチ。四人リーチじゃけん、流れじゃろう」

李の牌も伏せられてある。李は両手で乱れた捨牌を直しながら、

「さア皆、手あけてテンパイ見せなよ」

「アホらしくてやっとられん、くそ!」ガスは右手をポケットに入れたまま、

「おっさんの手は?」

「俺の手はこうたい」

「テンパイしてるやろう」

ユリは台所へ立っていって冷たい水を呑《の》んだ。頭を冷やしたいんだ。

(——なんじゃろう、あの人ら)

ユリには魔法としか思えない手を、お互いにやりっこしている。でも、なんて汚ないやり方なんだろう。

ユリはべつだん正義派ではなかったが、不愉快なものがぐっとこみあげてきた。というよりも、幻滅だったのだ。麻雀の天才、好運の星を抱いている男と思ったのが、ただのいかさま師。ガスに抱いていた興味がいっぺんにしぼんでいる。

(——あがな人らのために場を作ってやるなんて、お人好しじゃ私も)

この半チャンが終ったら解散よ、あんたたち皆、出てって頂戴《ちょうだい》。ユリはそういい渡すつもりで部屋に戻った。

オーラスだという。李の親だ。あれからも順調だったらしく、李の点棒箱がもりあがっている。

ガスは□を鳴いていた。

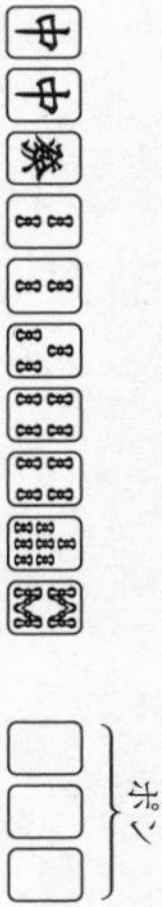

三巡目。テンパイにはほど遠いが、どうせ又どこかで魔法がかかって手がいっぺんに変化してくるだろう。なんでもやりゃァいい、とユリは思った。何をやってもう驚かない、こんな男に興味はないんだ。
スカリ、と音たてて發をツモってきた。切り。そうしてユリが煙草《たばこ》に火をつけていた一瞬の間に、

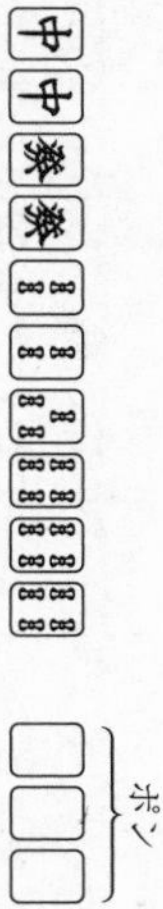

となっていた。
李が中を振った。
「ポン――!」
切り。ガスの手が右ポケットにすべりこんだ。そのとたんである。李のあばた面がにったりとゆがんで、

自分のアンコ牌を三枚、チラリと示した。そいつは全部發だった。

苦虫をかみ潰《つぶ》したようなガスの顔。

ユリの友達が二着狙《ねら》いに来て通貫ピンフをアガり、李のトップ確定。

ガスは手早く負けた額を算《かぞ》えながら、「よっしゃ、もう一丁来い！」

ユリが言葉をはさむより早く、李が野太い声でこういった。

「金はいらんたい。金の代りに、ロッカーの鍵《かぎ》よこしな」

「おい――」

十三《じゅうそう》デブ

一

黒手袋の李億春は、広島駅のロッカーに、差しウマの代償《かた》としてガスから奪いとってきたばかりの鍵《かぎ》をさしこみ、中に納まっていた茶色のバッグを抱えおろした。

早速《さっそく》チャックをはずして中をのぞきこむ。拳《こぶし》大の紙包みがぎっしりつまっている。その紙包みの中は十枚ぐらいの牌がそれぞれにかたまっていた。

厚手の牌、うすい牌、竹の部分の新しいもの、古いもの、機械彫り、骨牌、練り牌、象牙《ぞうげ》牌、実にさまざまな種類がある。おそらく長いこと麻雀屋を渡り歩いて盗み貯めたものであろう。

おそらくガスは、相手のところでその夜使う牌を素早く見覚えて駅のロッカーへ駈《か》け戻り、瓜《うり》二つの牌を選んでポケットに忍ばせ、その余分の牌をたくみに使って勝ちまくっていたのだろう。

したがってこの茶色のバッグは、現在のガスにとって生命綱《いのちづな》のようなものである筈《はず》だった。

紙包みの中の十枚は、そのどれにも🀆🀅🀄、それに🀀が二枚入っている。あとは数牌である。🀒🀓🀛🀜🀉🀊で一組になっているものと、🀕🀖🀞🀟🀌🀍で一組になっているものと、二通りあった。

だから奇跡の一発ツモといくためには、テンパイをこれ等の牌と合わさなければならない。

そうして又、一種類の牌が五枚もあることを覚えられてはならぬので、河《ホー》に多くの牌がさらされない序盤で手を作ってアガリに持っていく電光石火の早業《はやわざ》が必要である。あれやこれや、けっこう芸のいる仕事なのだ。

(日本人ちゅうのは、小面倒な細工が好きな人間じゃわい)

長崎で生まれて、日本内地以外の土地を知らない李億春がそう思った。

それから李は、ロッカーの前を一歩も動かずに、ゆっくりとあたりを見廻《みまわ》した。ガスが、数歩と離れていないところに立っていた。李はそれを予期していたように眼を細めてポツリといった。

「わしァ、こげなもん、気質にあわん」

李はバッグのチャックを締めて、

「わしなら、欲しい牌がありゃあ、山でも河でも他人の手でも、どっからでも盗《と》ってくるわ」

「さよか、ほなら――」とガスがいった。「そのバッグ、返してんか」

フフン、と李が笑った。

ガスも笑いながら一歩近づいた。彼は何かいいかけて、思い直したように構内食堂の方を指さした。

「おっさん、まァ一杯いこか」

李はガスのあとへ従って食堂のテーブルに向き合った。

「お前、さっき、なんで小三元、アガらんやったとや」

「小三元？」

「おう――」

「アホな！　おっさんが、ほれ、いうて、發アンコを見せたやないか」

「なんでアガらんやったとや。お前の手にも、發一枚、ポケットの一枚と足して小三元ができちょったはずじゃ」

「アガれェへんわ。[發]三枚もとって何吐《ぬ》かす」

「甘い奴《や》っちゃな、[發]はお前の山に一枚寝てたと。お前が散らして積んだンじゃろうが」

「―――？」

「わしが見せたのは[發][發][　]ばい。[　]は指の腹でかくしちょったが。お前が勝手に[發]三枚と思うたンじゃろ」

ガスはだまって二級酒を呑《の》んだ。それからお面一本とったような気でこういった。

「おっさん、その手袋が、仕かけやろ」

「仕かけ？」

「すべりどめなんか、塗ってあるんとちゃうか」

「それじゃ、さわってみんしゃい」

差し出された李の両手を握って見てガスは顔色を変えた。手袋自体はべつに変ったところはない。しかしどの指先もフワフワした綿らしいものが詰まっているだけだったのだ。

「わしゃ仕かけは好かん。本物の手品師は仕かけなんか使わん。身体ァ張って、盗《と》るんじゃ」

彼等は又だまった。コップはいずれもカラになっていた。ガスは、かたわらのバッグに向けた視線をもどして、

「ほな、どうする――？」

「なにがたい？」

ガスはこういい直した。「汽車の時間は、ええのンか」

「汽車は、まあええ」

「まあええて、どないするンや」

「お前と一緒に行くよ」

ガスはキョトンとして相手を見た。

「わいと――？　何《な》して――！」

「バッグ《こいつ》が無かなら困るやろ。ついていってやる」

バッグをさげて歩きだした李の、上背はないががっしりした胴まわりを、ガスはにらんだ。

蹴《け》りつけて、どうだろう。背後から首を羽がい締めにして、バッグを離すだろ

うか。

だが、李はもう切符売場でガスが買うのを待っている。二人はしばらくにらみあったがここでもガスの方が気負けしたようだ。

「大阪――！」

「二枚たい」

「二枚――！」

ヤケになって怒鳴《どな》りこんだ。

「大阪の前には寄らんとね」

「寄らへん。家へ帰って寝たるで！」

大阪までくっついてくるようなら、腕ッ節のある友達《だちつこ》を語らってメリケン喰《く》らわしてやりたい。けれどもガスは、ずっと一人で打ち歩いていたので、こんなときに便利な仲間がすぐには思い浮かばなかった。

二

道頓堀《どうとんぼり》でテッチリで一杯やり、残った鍋《なべ》に飯を炊《た》きいれておじやにして喰った。

李は平然として楊枝《ようじ》を使っている。

例のバッグは梅田《うめだ》（大阪）駅のロッカーに入れて、その鍵《かぎ》が李のポケットにおさまっていた。

「行こうか――」李が立ちあがる。

ガスは勘定をすますためにレジの方へ歩く。彼はもはや険悪な眼の色を隠そうとしていない。麻雀を打ちはじめて以来、こんなにカッカとしたことはなかった。だがあせってもどうしても、鍵《かぎ》が李のポケットにおさまっている限り、強くはなれないのである。

「お前の気安いクラブを紹介して」と李はいう。「近くに行きつけの店があるやろう。そこへ行って二人で打とう。気にせんでもええ、牌が出てきたら、わしが駅へひとっ走り行って同じ奴《やつ》を持ってきてやる。お前、それで稼ぎんしゃい」

「――おっさんは？」

「わしはあとで打たして貰《もら》うたい」

「このへんは、皆、ブウやで」

「ブウ。いいばい」

Sというブウ麻雀では名のあるクラブに入った。昼間なのに十卓近くが動いている。小いそがしく飛びまわっていた雀《じゃん》マネがすぐに寄ってきて、

「おや、山陽線のにいさん、お帰りやす。今あそこがあきますっさかい」

商売人として知っていてもいやな顔をしない。そのかわりこのへんは筋者《やくざ》の息が強くかかっているから組織に入っていないガスなどは、危なくてあまりあくどい仕事はできないわけである。

それでも李は早速《さっそく》梅田駅まで行って、牌の紙包みを手渡してやった。

そのあと李も打ったが、結構ツイた。負けたらガスに負担させるつもりで打っているのだからこれは気がラクである。

夕方近く、これもいくらかになったらしいガスが、立って李の卓の方へ来た。

「おっさん、帰るで――」

「そうね、ばってん、まだ外は明かるいじゃろう」

「そやかてブウは長いことやるもんあらへん。テラ銭奉公になるだけや」

まもなく李も立ちあがったが、その店を出ながらガスは今まで自分の打っていた卓を指さしていった。

「あそこによう肥えた男が居るやろ。あいつはどうも相性が悪いンや」

「負けたとね」

「いや。奴《やつ》は今入ったばかりやねん。そやけど、前に二、三度会《お》うたことがあってな」

「バイニンね？」

「十三《じゅうそう》デブちゅうてな、十三の方からやってくる競馬ゴロや、きついでえ、よう打つわァ」

李は足をとめた。

「そんなら、どんな打ちかたするとか、ちょっと見てきてやろうか」

「ええかげんにせえや。悪いことといわん、大阪いうとこはヤー様の天下やさかい、いたずらァ利《き》けへんで。そない麻雀せんかて、カモはドサ廻《まわ》っとったらなんぼでも居《お》る。ヒラで打ちよったかて一日やりゃ必ず半分はツカんようになるわ」

「けど、もう寝るだけたい。寝るには早い。ヒマもありすぎるね」

「女でも買うたらええ。松島へでも行て寝えよ、なァ、女買うたろうか。ホレ、銭やるで、バッグの鍵《かぎ》返してえな」

「見ちょるだけで、打ちゃァせん」

「やめな。やめなちゅうに」

ガスは後戻りする李をしばらく見送っていたが、

「指なし――！」と又駈《か》け寄ってきた。「ほな、わい帰る。鍵《かぎ》くれや」

「明日、梅田の駅へ出てきんしゃい。わしゃァ大概ロッカーのそばに居るけん」

糞《くそ》ォ、このデボチン──というガスの声を背後にききながら、李は又店の中へ逆戻りした。

まっすぐ、ガスが居た卓へ歩いた。十三デブのうしろにはストーブがあり、若い男が二、三人立っていたので、李は反対側の赤ジャンパーのうしろで見ていた。

赤ジャンパーの卓隅にはかなりの点棒がのっている。(ブウでは浮き点を卓上に明示しておくきまりがある)黒棒に混って赤棒が三本あるから、ブウ寸前、何でもアガればOKというところだろう。

赤ジャンパーの手は、

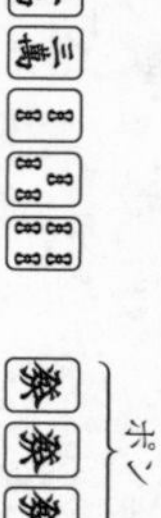

をツモってを切り、をツモって手の中のを切った。その前、目ぼしい牌としては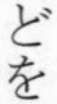などを切っている。
「なんやろな、待ちは──」

赤ジャンパーの下家の背広がきき、

「さァな、ピンズはいややな」とデブが答えた。「ピンズはツモ切りしとる。ソウズで手を変えるように見えるけど、臭いンはピンズの方や」

デブが大きい目をギョロリとむいて伍萬を捨てた。次のツモが六萬で、アホ！とツモ切り。赤ジャンパーのところへ四萬がカチリと入って山ごし狙《ねら》いの三萬を捨て、

「ロン、親やさかい、ブウやな」

とデブ。

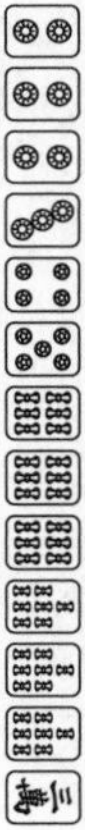

「三暗刻タンヤオで、ブウになるのか」
「赤五筒があるんや」
「赤五筒か、ほなブウや。畜生《ちくしょう》、又やられたか」

三

十三デブの麻雀は堂々たるものだった。李が目を皿のようにしていくら眺めていても、怪しい影が全然ない。

きわめて明朗な地《ヒラ》の麻雀のようである。打法ばかりでなく、喜怒哀楽の表情が豊かで、笑うと太鼓腹が波打ったようになり、むしろ好人物の印象を呈する。

李は首をひねった。野郎が何故《なぜ》、このデブを嫌ったのだろうか、ひょっとしたら、奴《やつ》の仕事《ごと》がバレて剣突くを喰《く》らった相手なのかもしれない。ただそれだけのことなら、興味はうすい。念のため、デブのうしろに行ってのぞいてみた。ひと風眺めて帰るつもりだった。

デブの手は、

ここへをツモって来た。これは八巡目。リーチはかかっていないが赤ジャンパーがをひっかけており、下家の出ッ歯もこの場で強い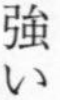と完全安全牌のを二つながらツモ切りしている。テンパイと見てよさそうである。そしてもももとおっていなかった。デブの持ち点は千二百点ほどのプラス。

デブはさして考えるふうもなく、を切った。

チラとのぞいてみると、出ッ歯が門前《メンゼン》タンヤオの二五万のテンパイ。

このは李も切れない。しかしとが、表面上おなじ危険性ならば、李としてはを行くような気がする。

次のツモが、これは無表情にツモ切り。次が、これもツモ切りでリーチ。

そして次のツモが。ことわっておくがツモ山は上家の背広の山だ。

「ほいほいほい、行てしもた、ブウや」

赤ジャンパーが苦笑しながら手をあげた。

「じゃ、アガれんさかいにな、チャンタに見せかけて、四を釣りだしたかったんやけど――」

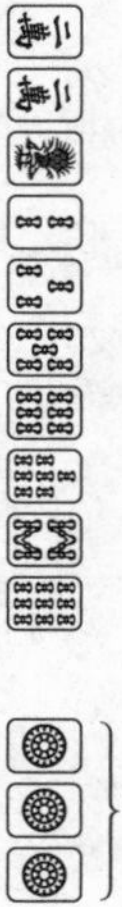

ポン

雀マネが、他の卓があいたから打たないか、といってきたが、李は動かなかった。

ええ手を打ちよるわい、と感心してデブの背中を眺めていたが、しかし、偶然といえば偶然、ツキといえばツキだ。そうじゃあるまいか。

これをしおに、赤ジャンパーが立ちあがったので、李は進んで椅子《いす》に坐《すわ》った。

「一丁打たして貰《もら》うばい」

李の黒手袋を見て、デブがちょっと影のある表情になった。

「初めての顔やな。おっさん、打つのはええけど仕事《ごと》は駄目《だめ》やで」

「仕事《ごと》？——わしゃァ、ただ——」

デブは腹を揺すらして、ケタケタと笑った。

「眼つきでわかるわ、わいも昔、ようやったもんやさかい、この連中かて素人《しろうと》やあれへん。ただな、ここじゃ皆、仕事《ごと》はやらんのや、麻雀、つまらんようになるよってな」

李はだまって眼の前の点棒を箱に入れていた。

「そんにな、おっさん——」とデブがいった。「仕事《ごと》やったら、負けるわ。打つ手がはっきりするで。悪いことといわへんよ」

「わしゃァ——」と李も眼を吊《つ》りあげていった。「あんさんみたいに麻雀巧《うま》くなか。ヒラ打ち（フェアプレイ）するくらいなら、ここへ坐《すわ》ったりはせんたい」

一瞬、場が静まった。

「あんさんたち、勝手に綺麗《きれい》な麻雀打つがよか。わしゃ、おのれのやり方でいく」

出ッ歯がいった。「おのれのやり方ちゅうと、どんなんや」

「おのれのやり方は、おのれのやり方ばい。どっから牌をもって来よるかわからんたい。不正じゃいうならそれもよかたい。手ェ押さえられたら、わしの身体をきざんでもよか、何されたって文句はいわん」

「おもろいな――」とデブ。「わい等はヒラでいこ。裏芸がとおる相手ばかりとやりよるさかい、このおっさん、麻雀ちゅうもんを、まだわかっとらへんのや」

「あんたさん等は正、わしは邪じゃ。わしは邪ァしかでけんばい、この道行かなしょうがなか。どげえなことでもしてみせるけん、よく眼ェあけとれよ」

李はファイトをむきだしにして山を積みにかかった。

起家はデブ。サイを振って李の山の端から配牌をとりだした。

「――ほう、やりよるなァ！」

最初の四枚をあけて、ケタケタ笑った。🀅🀅🀅🀙だ。

「偶然たい。そげェな素人《しろうと》芸はやらん」

いってから、アッと思った。端に🀅など積まん。端は数牌だった筈《はず》だ。

「はっはっはっはっ冗談や、今のはこっちゃですりかえたんや。もう一度振り直ししよう。——けどなァ裏芸で打つならやさしいわ。おっさん、ここんとこわかりィな」

背中の一牌

一

　出ッ歯が親、李が南家。その前、十三デブが出ッ歯から三八四《ザンパースー》アガリ、（ピカ一本つきの満貫四千六千ルールなので）あと黒棒六本、つまり何をアガってもブウという態勢だった。しかし李も、一《イッ》九《ク》二《ニ》をアガってデブの親をおとしており、デブがたとえ満貫をツモっても安全圏にあった。

　序盤で出ッ歯が🀄をひっかけた。

　🀃🀉🀝🀐🀜🀎🀆

　出ッ歯の捨牌はこうだ。八巡目、出ッ歯が手の中から切った🀟を、李が喰《く》おうとして🀡🀠を開きかけたとき、対家のデブが、ポン、といった。

「ポンや悪いな――」

デブは🀟を二枚開き、出ッ歯の前からもう一枚をひろっていった。腹立たしいが、これはまァよくあることだ。

李の次のツモは🀠。死んだペン七筒をあきらめて、🀡を切ろうとして、ふっといやな予感がした。🀟をポンしたデブの切り牌は🀆。親が🀆を切ったとたんに彼も🀆を捨て、これは続けての🀆だ。つまり手からの二丁切り。今、🀆一飜《イーファン》でアガっても出ッ歯の一コロ乃至《ないし》背広（原点）まできこんでの二コロだ。二コロでは不服なのか。では何故《なぜ》🀟をひっかけたのだろう。

だが李もアガリにかけたい。それはそれとして、頭より手の方が先に動いた。

🀡切り——。

出ッ歯が静かに牌を倒した。

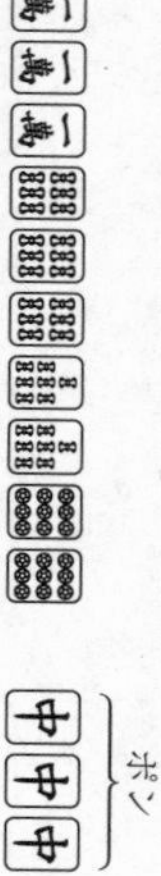

親の三八四《ザンパースー》だ。

「出場が悪いんやけど、わいも原点になるさかいにな」

李は立ちあがってすばやく対家の手をのぞこうとした。

「なにさらすんねん！」

デブがわめいてぱったと手牌を伏せる。

「手牌見られてたまるかい、おっさんかてそうやろが」

理牌もしてないし、よくはわからなかったが東や發が一枚チラと見えた。

「ヒラ打ちじゃいうとるが――」と李はいった。「おのれ等《ら》、通しちょるとか」

「ど阿呆《あほう》、疑ごうとるわ」とデブ。「説明しようか。親の切り方はどう見たかてトイツ手や。が手から出よった。筒子がトイツにあれば、その上や。おのれがとおすようならおもろいがなァ思うてひっかけたんや。おのれが打たんけりゃわいはマルエイ（三コロ）狙《ねら》えんのや。それが、ブウっちゅうもんや。通してると？　フン、なに吐《ぬ》かしてけつかる。大甘《おおあま》の麻雀打ちよって、おのれ等相手に通し使うほどさがっちゃおらんわい。なめよったらあかんで」

李は一言もなかった。次の局、三本五本をツモってデブの方寸どおりマルエイ。

二回目、しょっぱなにデブがリーチをかけてきた。リーチ棒（黒棒一本）が、ポツリと河《ホー》に出ている。

普通に考えれば、この局面は喧嘩《けんか》の一手である。相手はリーチ棒を出すことでみずから原点を割ってきているのだ。ブウでは原点を割ることに重要な意味がある。安手ではリーチするまい。すくなくとも、ツモリブウであろう。

ではは打ってもいいのだ。打って、相手がブウになったところでワンナウト（一コロ）、考えようではツモられた場合のマルエイを防いだことになる。かりに負け銭が五百円としよう。ワンナウトなら一人がトップに五百円払うだけである。しかしマルエイになると三人が倍の千円ずつ出さねばならぬので、トップ者の収入は一躍三千円になる。だからワンナウトなどは誰《だれ》も狙《ねら》わない。お互いにマルエイの取りっこをするのがブウ麻雀なのである。

だから他の三人はそれぞれ平生よりきつい打牌で手を進めていた。

十巡目、李の手はこうなっていた。

一萬二萬二萬三萬四萬六萬六萬六萬六萬七萬七萬八萬九萬

テンパイはしていない。リーチの方に万子がとおっているのは八萬と一萬のみ。筒子や索子の筋はあらかたとおっている。穴待ちやシャンポンでは、この場合、原点を割ってまでリーチをかけるだろうか。多面待ちでツモリ易い手だからこそ、リーチときたのだろう。

で、李も万子が切り出せぬまま、様子見の感じであった。

突然、上家から[伍萬]が出てきた。李は[四萬][六萬]で喰《く》い、[二萬]を切った。

デブがニヤリと笑った。

「喰うたか。喰うとわいの勝ちになるでえ」

しかし李は、勝った、と思った。あとはツモに賭《か》ければよい。デブのリーチは、九割九分まで、三六九万の筋であろう。

下家に[二萬]が流れた。デブのところに[四萬]が行った。李は見向きもしなかった。力を入れてツモった。安全牌のだった。

続けてツモった下家の背広が、オヤ、といって手をとめた。

「おっさん、喰わいでも、[伍萬]ツモったで」

打て、と思った。出れば、ピートップ（二コロ）だが（デブも原点を割っているので）李はアガるつもりだった。

だが、下家の打牌は。

デブが[南]。出ッ歯が。

続いてツモって、李は青くなった。ツモった牌は[九萬]。

一瞬考えた。打ったとてワンナウトなのだ。勝負しようか。もともと李の麻雀は、こういう場面で手を廻《まわ》したりなどしない。勝負のどんづまりに来れば、喰《く》うか喰われるかなのだ。

（——行け、勝負たい！）

だが李はその九萬が打てなかった。九萬で放銃したら、デブは又、甘い麻雀よと笑うだろう。それを怖《おそ》れたのだ。

李は通貫を犠牲にして八萬を打った。

一萬二萬三萬六萬六萬六萬七萬七萬九萬九萬　四萬伍萬六萬（チー）

「はっはっはっは三六九にしよったか」

次のデブの牌が八萬。すると背広からも八萬が出てきた。前にとおった一枚と合わせて八萬が四枚。流局でデブの待ちはたしかめられなかったが、李はかすかに頭を振った。

（——相手の言葉に耳ば貸さんと、おのれの麻雀を打て！　おのれの麻雀を！）

二

はっきり、負けちょる、と思った。点数で負けてるだけなら思い煩うことはない。最後までに勝てばよい。

だが、麻雀で押されていた。三回目、四回目、デブと出ッ歯にそれぞれマルエイをとられ、五回目は三八四《ザンパースー》をアガって、ブウにもう一歩と迫ったが、ここでも又、デブのリーチに四萬が打てず、喰《く》いピンフのテンパイを崩してしまった。というのはデブのリーチは廻《まわ》しリーチで、背広の打った四萬直後にかけたものだったからだ。

結局その四萬はとおり、李は又勝機を逃している。

（――くそッ！）

李は懸命に牌を憶《おぼ》えようとした。一局終るごとに、手牌や自分の前の山の牌を表に返して憶えやすくしたが、たちまち他の三人の手で伏せられてしまう。

「オール伏せ牌や、おっさん、協力してや」

奴等《やつら》の積む速度は尋常の速さではない。李も仕事師《ごとし》である以上、手がおそいわけはないが、それでもアッというまに河の牌がすくなくなり、李が積むだけの数しか残ってない。まるでからかわれているようである。

六回目も、駄目《だめ》だった。一番若い背広のビートップ。李と出ッ歯がマイナスだ。

「こまいのなかたい、次、くずすけん、一緒に払うわ」

「店ですぐ替えてくれるで」

「ゲンが悪か。次、払うからよかろうもん」

七回目、ツキはじめた背広が五本十本をツモったのち、バタバタと李の方もツモがまとまって、

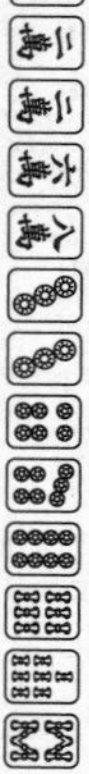

となった。四萬六萬六萬と切ってある。だが李は渋い顔をとけなかった。上家の出ッ歯がとをポンしていたのだ。

七萬で三色同ポンだ。待ちとしてはひどく具合が悪い。どうしようか、思い迷って二、三巡まわした。

不意に出ッ歯から、七萬が飛びだしてきた。李は次の牌をツモって、ワザとのろくさくいった。

「なんじゃい、タテ三色じゃなかとか。そんなら、リーチたい」

西ツモ切りのリーチ。李は我ながら好手だと思った。今のセリフはわりに自然だったので山越しリーチは疑われずにすむだろう。七萬はいずれも今まで打てなかった牌、浮いている率が多い。李のリーチはなさそうに見えるから、出ッ歯

が捨てたのを機に続いて出てくるのではなかろうか。

下家の背広は、安全牌の發をツモ切りした。デブは何かをツモり、手の中の牌を振ろうとして、ヒョイと手を元に戻した。

「ふうん、妙なカパチが入ったなア。なんやて三色が無きゃリーチやと？　おっさん、今までそないカパチはいわんかったでえ。——いわでものことをいいよるときゃ、あぶないな、やめとこ」

デブが振らなかった牌は見えない。しかし李には、それが七萬以外の何物にも思えなかった。ああ、駄目か。李は吐息をかくすのに骨を折った。

それから、三巡後、出ッ歯がタンヤオトイトイをツモった。

「なにをしくさるんや——」

突然、背後で声がした。

「おっさん、甘いなァ。そないなアホな麻雀打ちよったら、なんぼやってもブウはとれんでェ」

いつのまにか、ガスが立って観戦していた。

「なンか気ィなるよって、呑《の》んだ帰りに又寄ったんや。その按配《あんばい》じゃ、おっさん負けとるのやろ」

「ばってん――」と李が反論した。「リーチにせにゃブウにならん。わしゃ親じゃけん、下家から出りゃマルエイじゃもン」

「テン即リーチや、その手やったらそれしかないわ。七萬は上家がテンパイしよるまで抱いとる牌じゃ。トイツになりゃァ出てこん。他でテンすりゃ切ってくる。それ狙《ねら》うよりしゃあないやないか。おっさん、手がしなびとるで、今日ンとこはひっこんだ方がええな」

李はカアーッと頭に来ていた。デブばかりでなく、ガスにまで嘲弄《ちょうろう》される。いわれてみればそのとおりなのだ。デブの言もガスの言も同じ意なので、要するに麻雀の理屈よりも勝負のコツをいっているのだ。彼等と同じく実戦で叩《たた》きあげた李にも、そのことはよくわかっている。が、何故《なぜ》か、その夜は後手をふんでしまうのだ。

(――何故じゃろう)

李億春は、実に彼らしい答えをみつけた。

(――牌ば盗《と》れんからじゃ。牌ば盗れるときゃ、ビクついとらん。なんとかして、奴等《やつら》が眼ェ剝《む》きよるごと手をアガりたか)

三

とうとうその折りがきた。というより、もうここしかそのチャンスがなかったのだ。何故なら李の懐中には、細かい銭ばかりでなく崩すべき大きい銭もなかったから。カン七万をアガリそこなってから二局目に、デブがトイレにたった。

李は夢中で積んだ。ほとんどの牌はやはり伏さっていたが、一人、その場に居《い》合《あ》わせないということはやはり牌のなくなり方がちがう。自分の山の左隅に🀆🀅🀄🀁それぞれ一枚ずつ計四枚をおき、その右隣りに🀂と🀃をおいた。むろん、それでは不充分だったが、やっとそれだけ置けたのだ。

親はデブ。サイは出ッ歯の山に出、李がとった配牌第一集団は、🀇🀘🀠🀡。

（――くそッ、飜牌でもずらっと来い！）

だが第二集団は、🀒🀔🀞🀍。第三集団は🀄🀎🀏🀃、そして最後の一枚は🀙だった。

李は手早く中張牌を右の方へ寄せた。そうして自分の山をちょっと前にずらした。それだけのことで、手の中の🀞🀠🀒🀔が山右端にひっつき、代って左端から🀆🀅🀄🀁が手牌になって入ってきた。

そこへデブが帰ってくる。

「ふうん、汚ない手やな。誰がとってくれたんや」

「こっちも同じたい、アガる手じゃなか」

ギロリ、とデブが眼をあげた。李はうつむいて心の中でくり返した。カパチを多くしちゃあかんたい——。

第一ツモが。第二ツモが。

李は生唾《なまつば》を呑《の》んで山の左端を見た。さっき四枚抜いたあとの角牌が。

(——おのれ、どげんするか、見とれ!)

李のツモ番になった。まだ背広の山が三幢《トン》ばかり残っていたが、百も承知で、いきなり自分の山の右端からツモった。

「おっさん! どこツモっとるんや!」

「お、そうね、すまんすまん」

「よう無茶するな、寝ぼけとるンとちゃうか」

「すまん、いうとるたい」

だが李は胸の中で快哉《かいさい》を叫んでいた。皆の視線が束《つか》の間、山の右端へ寄ったのを利して、左手が小さく動き、手の八萬と山の西を音もなくスリ変えてしまったのだ。

国士無双のテンパイ。役満は長麻雀（半チャン制の麻雀）ほど優遇されてなかったが、それでも五割増し。へこんでいる李でも充分ブウになる。

東は初牌。どうせなら、ツモってマルエイになれ。

「リーチ――」とデブがいった。

不安が、又浪《なみ》のように押し寄せた。まだ三巡目なのだ。静かな局面なら、まず絶対にアガれる。だが、順調のデブのリーチ、こちらはそうでなくても体勢が悪いのだ。ここで、又、奴《やつ》に先くぐりされたら、敗《ま》けが決定する。

李の次のツモは伍萬。眼をつぶって抛《ほう》った。ロンの声がかからない。李の背中を冷たいものが流れた。

冷たいものはズボンのバンドのあたりでとまっている。

あッ――と声を呑《の》んで、李は背後を振り向いた。ガスが、足早に店を出て行くところだった。

すばやく、左手を背中にまわした。肩口から入って腰のあたりにとまっている物は、まぎれもなく、牌だ。だとすれば、🀀、にちがいない。ポケットの紙包みからそっと出して、ガスがおとしこんでくれたのだろう。

ツモ山に、李の黒手袋が伸びた。牌を卓に叩《たた》きつける前の一瞬だった。

「待ちィな――」

左手から声がかかり、同時に右手から人影が吹っ飛んで来て、バタッと李の手を押さえた。

左手のは隣りの卓の若い男、右手のは雀マネ、そうして背後に二、三人、他の卓でやっていたのが忽《たちま》ち立ちはだかった。

「おっさん、妙な麻雀しよるな、おっさんのは背中から牌をツモるんか」

押さえられた李の右手の中から、まず🀀が落ち、それからツモ牌の🀖がポロリと落ちた。

「こいつゥ、ごっついことしおって――」

「大阪ちゅう土地を、なめとんねやな」

卓の三人は揃《そろ》って手をとめて、李を眺めていた。

「そない騒がいでもええのや――」とデブがいった。

「こいつ、最初《はな》からいうとってな、裏芸使うが、バレたらどないしてもかめへんて、話はもうツイとんのや、ええからこっちゃにまかしといとくなはれ」

勝負は終ったな、と李は思っていた。まわりの騒ぎを他人事《ひとごと》のように、煙草《たばこ》に火をつけた。

負けよった、わしの負けたい、つまり、それだけのことじゃけん——。

「さ、おっさん、行こ」

「——どこへたい」

「どこへでもええわい。身体《からだ》ァきざんでもよか、いうたやろが」

李は三人の輪の中心になって、ぼろきれのように引きずられながら、千日前の夜の雑踏の中を歩いた。

あンとき、急いたのがあかんとたい、背中《せ》の牌を、もう一呼吸おいとけばよかったばい——。

もう一巡二巡、待てなかった自分の弱気を責めた。今夜は始めからしまいまで勝負で負けちょった——。李はそういうふうに反省したのである。

十三枚のガス牌

一

夜更《よふ》けの中之島《なかのしま》公園――。

ガスはベンチの上で眠る浮浪者を装おって、暗やみの方の気配にじっと耳をすましていた。

暗やみの中では苦鳴が低く断続してきこえ、骨を打ち、肉を切り裂くような響きが荒々しく伝わってくる。それはドッとラッシュして、束の間止まり、もとの静けさに戻った。

何人かの男たちが小魚のようにもつれながら引きあげていった。

それっきり、何の気配もない。

（殺されよったンやろか――）

一杯ひっかけてさっさと巣へ戻り、かみさんでも抱いてりゃいいのに、何故《なぜ》、こんなふうにあとをひいて奴《やつ》にかかわっているのか自分でもよくわからない。あの男とは仲間でもないし、怨《うら》みこそあれ友情を湧《わ》かせる筋はすこしもないのだ。

けれどもガスは、とうとうベンチから立ちあがって、草むらの中に歩きだした。

李億春は、河辺にほど近い暗がりに、ぼろきれのように打ち倒されていた。幾筋もの血の痕《あと》が顔をまだらに染めている。着衣からも血が噴き出ているのが淡い月の光りで読みとれる。

ガスはかがみこみ、ハンカチを濡《ぬ》らしに水呑《みずの》み場の方へ立とうとして、ふと思い返し、李のポケットをあちこち探った。

今のうちに、茶色のバッグの鍵《かぎ》を、とり戻しておこうとしたのだ。ポケットには何も入ってなかった。ガスは最後に、分厚い毛の腹巻きの中へ手を突っこんだ。その手を、李の黒手袋が、むずと押さえた。

「あッ、気ィついてたンか」

李は、うつろな眼で長いことガスをみつめていた。

「――ふうん、お前か」

「ごっつい目におうたな。待っちょれ。今、ハンカチを濡らしてきてやるよって」

ガスは立ちあがろうとしたが、李がその腕をはなさなかった。

「ええわい。風に当てときゃ直るばい。――それよか、何故《なぜ》、儂《わし》を助けたとか」

「助けた――？」

「東を背中に入れてくれおったじゃろ」

「ああ、あれかい。なァに、わては気まぐれやさかい」

「何故じゃ――？」

「だからな、――まァ人恋しさってこともあるわい」

李がうす気味わるいほど押しだまっていたので、結局ガスは沈黙に耐えられなくなってペラペラしゃべった。

「――わてな、呑《の》んでるうちに、ジャン屋をもう一度のぞいてみる気ィになったンや。ひょっとしたら、お前が、連中を手玉にとって大勝ちしてるかもしれん思うてな。そやったら、おっさんがどんな手使うとるか見がてら、奴等《やつら》の負けざま眺めたろうと、こう思うたさかい、又行ってみたンやが、おっさん、すっかり負けとったやろ、わて、口惜《くや》しゅうてなァ」

「――何故」

「しらんわ、そんなこと。何故何故いうな。――ほいから、あの国士無双や。とっさに、わて思うた、よっしゃ、東、入れてやろ、おっさん、この東を奴等の前でどない使うやろか。広島じゃ、たしかにわてが一本見すかされとる。今度はわてがおっさんの腕をためす気ィやった。助けるなんて、なんでわてがおっさんを助ける気ィになるもンか」

「そうじゃろうのう。ばってん、競馬ゴロじゃいうとったけん、奴等はそんなにきびしか打ち手ぞな」

「競馬ゴロは表向きや。まァ賭《か》け屋ってやつやな。麻雀だけやない。競馬競輪ボート野球拳闘《けんとう》、ピンポンバレーバスケットから高校野球まで、なんでも道具にして儲《もう》けるわ。わて等とちごうて仲間も多いしな。大阪にゃあんなんが仰山《ぎょうさん》おるんや」

「そうね、奴等も同業とか」

「同業いうたかて、奴等のはあこぎやでえ。あンな、奴等の手口いうとな――」

「同じようなもンよ」

李は顔をしかめて痛みをこらえながら起き直った。

「もうよか。行け。――親切にしてくれても鍵《かぎ》は返さんぞ」

ガスもうす笑いしながらいった。「ほんまや、わても不思議でたまらんが、親切を売っとるな。何故《なぜ》やろう。お互い、友達やあらへんのにな」

「人の災難みとるのがええ気持なんじゃろ」

「ああ、ええ気持や。けど、これが逆で、仕事がバレよったンが奴等やったら、もっとええ気持やった」

「何故――」

「又何故か。わても奴等にゃァ、ひどい目におうとるンや!」

たしかにガスはずっと上機嫌《じようきげん》だった。けれどもしゃべっているうちに、徐々に生気が失われていき、暗い顔つきになっていった。そうして最後の一言などは、汚物でも吐き出すような口調になっていた。

　李が、眼を細めてこういった。

「お前も、こげな目にあっとるとか」

「殴《なぐ》られへんが、店ェ一軒とられよったわ。上六《うえろく》でジャン屋やっとったンや。麻雀打ちになったンはその後やでえ」

「それで、奴等の顔見て逃げよったか」

「けどなァ――」ガスは李の着衣をめくってひどく出血している腹の傷を眺めながらいった。「わてはまだ店一軒でもとられる物があってよかった。何も無きゃこのざまや。命あっての物だねやで、もう大阪じゃやめとかなあかんでえ」

ガスは相手の傷が思ったより深いので、又いくらか機嫌を直したらしかった。

「わてもな、子ォでもでけたらきっぱりやめる。こんな喰《く》い方、ようやってられへん。子供に顔向けがでけんわ」

「はずかしいことはなかよ」

「おっさんはそうでも、わいはちがうんや！　いかさまで喰うなんて、下の下やないか」

「正も邪ァもなか――」と李は彼のセリフを又口にした。「正だろうと邪だろうと、結局は、同じことたい。儂等《わしら》、勝負ばしちょるンじゃろうもん」

二

翌日の昼さがりだった。

ジャン屋に、ぼろぼろの着衣を血泥で黒く染めた李が入ってきて、さすがの雀マネを一瞬絶句させた。

昭和三十年。むろん、人々の服装に、もはや戦火の影はない。しかし、浮浪者はまだぽつりぽつりと残存していた。道ばたの人々は李を浮浪者と見てとり、血泥をただの汚れと見すごしたのであろう。

ええ天気やね、と李は関西口調でそういい、返答なしとみて又くりかえした。

「あんさん、ええ天気や」

「へえ、おかげさんで。けどあいにくだすな、空《あ》きがおまへんね」

「かもうてくださらんでもよか。儂《わし》ァ、十三デブと打ちたいんじゃけん。デブは今日も来るじゃろう」

「そりゃ、一日一度は顔出すやろが、いつのことかわかりまへんで」

「よかたい。待たして貰《もら》いますばい」

李は丸椅子《まるいす》に腰をおろして動かなくなった。雀マネが運んだ茶にも手をつけない。眠っていたのかもしれなかった。しかし夕方、十三デブが現われて雀マネと二言三言話しを交わしていると、その声をききつけて李はたちまちデブのそばへ寄っていった。

「昨夜はお疲れさんですたい」

「なんや、なにしに来よったンや」

出ッ歯や背広や、もう一人二人の若者がところどころの卓で立ちあがって此方《こちら》の様子を見ていた。

「あンたさんともう一回だけ打ちたくて、待っちょりましたけん」

「打ちたいて、タネは持っとるンかい」

「昨夜のままじゃけん、金ば持っちょらん」

「ど阿呆《あほう》！　タネ無しを相手にするかい」

「金ば無かとじゃが、負けたら身体で払うけん、打とうね。儂《わし》ァ、金ば無くなるといつもこうしとるとじゃけん」

こういうセリフが、もしかりに一オクターブ高調子でいわれていたら、誰《だれ》も相手にしなかっただろう。李の調子は至極平穏だった。それがかえって、いい加減でないひびきを感じさせた。

「一回だけでよか。ブウなら早くばものの五分とかからんばい。身体まで張っとるンじゃけん、打ってくれンねえ」

「身体ちゅうと、指でもくれよるンかい」

「指ば駄目《だめ》じゃ、もう無かと」

店内の牌音が、この一言でぱたっと止んだ。出ッ歯や背広たちが自分の卓を捨てて寄ってくる。

彼等の視線の中心で、李は両手の黒手袋をはずして見せた。

「これじゃけん。――指なんてケチなことはいわんたい。お好みでよか、負けたら、腕でも足でも根元からスッパリと持って行きんしゃい」

「ブウといって腕一本か。一回勝負やな」

十三デブは、出ッ歯と背広に顎《あご》をしゃくり、一番奥の空卓の掛布を払った。

「ふふふ、そのセリフを忘れたらあかんで」

雀マネが牌を持ってきた。

「場ァきめるか」

「その前にな――」と李はいった。「昨夜もいうたが、儂ァおのれの芸をどっかで使うけん、あとでガァガァいうたっちゃァ、勝負ば元に戻さんたい。いい分あればその場で手ェ押さえるこっちゃ」

「やれるもンならやりゃええわ。けど我々も盲目じゃあらへんよってなァ」

東南西北とおのおの一枚ずつ取った。場がきまると、李はトイレに立っていった。

「けったいなおっさんやなァ」と背広。

「おい――」

十三デブは顔を前につきだし、両手で出ッ歯と背広が積みかけた山を崩した。

「仕込め——」

「へえ、仕込みまンのか」

「そうや、おっさんの山も積むんや。加藤（出ッ歯）は奴《やつ》の上家やから無理やが、わいか中井（背広）が親になるようにサイの目を出す。ええか、わいか中井か、どっちゃが親になっても天和がでけるように、皆で仕込めよ」

「最初《はな》からか？」

「最初が肝心なんや。起家もきまらんうちに仕込むとは奴だってまさか思わんやろ」

「おもろいな。野郎の腕の一本、貰《もら》いまっか」

「こっちゃ三人に、一人で向かってくるのンが、大とんまなんやわ」

「小便くらい前にしときィな、おっさん」

李は帰ってきてうす笑いした。

「俺《おれ》の山ば、積んでくれちょるのか」

「大サービスやでえ。指なしじゃ、積むのもえらいやろと思うてなァ」

三人がゲラゲラ笑った。

「さァおっさん、サイ振るでえ」

デブが仮親になって振った。サイの目は六。出ッ歯がもう一度振って七。背広が親だ。

「ツイとンなァ、お前——」

背広が綺麗《きれい》に、⚀⚀の二を振った。受けたデブが、ポトリと河におとして、これも⚀⚀の二——。

三

三人がうつむき加減になって牌をツモりはじめた。

「なにかおかしいことでもあるとか」

「いや、なんでもあらへん、ちゃんとやっとるわい」

背広の配牌第一集団に🀉🀉🀉🀙、第二集団は🀚🀛🀁🀁。ここまでがデブの山からのもので、あとは背広自身が自分の山に仕込んだものだ。

第三集団、🀓🀔🀕🀍。チョンチョンが🀎と🀎。

あッ、と背広の顔がうろたえた。たしかに七八九と万子のメンツを作ったつもりだったのだ。

一瞬の積みちがいか。

デブと出ッ歯は神妙な表情で、わざと丁寧に理牌している。李は、配牌をとったきり、理牌もせずにじっとしていた。

仕方なく、背広は捨てて、リーチをかけた。

「ダブルリーチ！」

「リーチやて？　阿呆《あほう》！」

「しゃァないわ。リーチやもん！」

デブの捨牌が同じく。出ッ歯が。

次にツモった第一ツモ牌を、李はそのまま脇《わき》にあけた。

「ヒャア、アガっとる、地和《チーホー》ばい」

ツモ牌は。
「昨夜とはガラッと手がちごうとるばい。ツキじゃねえ。こりゃ、マルエイ（三コロ）たい」
三人はキョトンとして顔を見合わせていた。サイの目二の二で計四は、こんな場合の定法《じょうほう》。デブも背広もそのつもりで李に入る牌は駄牌を選んで、積んだ筈《はず》である。

「儂《わし》ァトイレに行っとったンじゃけん、何もしとらんばい。ばってん、儂の勝ちや、さァ金ば払うて貰《もら》おうかい」

「ふっふっふっ――」

とデブが腹を揺すって笑いだした。

「負けたわ、おっさん、ツイとったな。さァ払うてやるぞ」

デブが立ちあがり、背広に向かっていった。

「お前、三人分出しとけ」

「わいが、全部か？」

「当り前や、でぼちん！」

李は左手で、背広が出した札をつかみとり、

「ええ勝負じゃったな」

「なにがええ勝負なもんか、阿呆《あほ》くそうて！」

「ばってん、儂ァきつかったぞ、一か八かじゃけんの」

今まで上にあげ気味にしていた右手の袖口《そでぐち》から、ざらざらっと、卓上に牌をおとした。あッと、三人が眼を剝《む》いた。

袖口から、配牌分の十三枚が、音立てて出てきたのだ。

それから李は、地和になった手牌の一枚を取りあげて、三人に見せた。

「それ、形は似ちょるが、竹の色がいくらか白かたい。急場に間に合わんけん、強引に使うてしもうたが」

「おんどれァ——！」

背広がわめいた。

「ようわい等をなめよったな、南海線にぶちこんでバラバラにしてやるで、こっちィ来い！」

雀マネがすっ飛んで来、他の卓の若い者も二、三人立ちあがった。

「待てよ、待てってば——」

デブはまだ笑いやめていなかった。

「おもろいなァ、おっさん——。まァそこへ掛けいな」

「もう一勝負、やるとか」

「勝負はもうええ。ちっと話ししよう。おっさん、根っからの麻雀打ちか」

「麻雀は戦後たい。小《ち》っさい頃《ころ》は、いろんなことしちょったが、けど、子供ばいっても、ええ勝負したぞ」

「うむ、芯《しん》が入っとるな。——わいな、今、おっさんみたいな男、探しとったんやが」

「雇うとか。あかんたい」

李は手を振った。

「儂《わし》ァ、雇われるようにはでけちょらんけん」

「まァ聞きなや。東京にな、まだ、ブウスタイルのジャン屋がすくないんや、これ、手っとり早うて、おもろいやろ。ジャン屋の方かて長麻雀よりなんぼかジャン代もあがるし、関東の方でも流行《はや》るやろ思わんか」

「そりゃ、そうかもしれん」

「わい等の手先きに、向こうでジャン屋を何軒か持たしちょるんや、もうちいっと増やそ思うんやが、はかばかしいことといかん」

「簡単たい。金ば使うとなら、店などなんぼでもあろうもん」

「さァそこや。金使うて増やすなら素人《しろうと》や。わい等のはそうやない。力でいくんや、力でな。おっさんみたいな本筋のバイニンが行って、店にぶったかってな——」

「乗っとるとか」

「まァ早ういや、そうや」

「――煙草《たばこ》一本、くれんしゃい」

李は煙草に火をつけて、深く吸いこんだ。

「東京ば、儂も行きよるとこやったわ」

「ほならちょうどええ。東京行ったら、金町《かなまち》の野上ちゅう女、訪ねてくれへんか」

「野上、とな――」

立て続けに煙を吸いこみながら、李は眼を細めてこういった。

「ま、気が向いたらな」

関東対関西

一

ここでちょっと、まだご存じない読者のために、ブウ麻雀について説明をしておこう。

ブウ麻雀、これは半チャン単位で勝敗を争う家庭ゲーム式の麻雀と、まったく対照的な見地から考案された麻雀である。

そのもっとも大きな特徴は、半チャン（或《ある》いは一チャン）という時間枠《わく》をとり払った点であろう。各自が満貫分（初期のブウはアールシアールルールだったため満貫二千点、現在は場ゾロ一つに一飜しばりルールで満貫四千点の所が多い）の点棒を持ち、持ち点がハコテン或いは倍増した者が出たら、そこで一回の勝負を終る。

その時、原点以下の者は（たとえ黒棒一本のマイナスでも）定められた金額をトップ者に払うのである。沈み点の多寡《たか》は関係ないし、原点以上あれば払う必要はない。

かりに、レートが百円としよう。一人マイナス（ワンナウト）の場合、一人分の百円がトップ者に行くだけである。二人マイナス（ビートップ）ならば百円ずつの二人分、二百円がトップ者に入る。

しかし三人マイナス（マルエイ）の場合に限って、金額が倍の二百円になる。この場合トップ者には三人分の六百円が入るわけで、誰《だれ》しもマルエイを狙《ねら》うわけだ。ワンナウトではたとえその機会があっても見送る方が多いくらいである。

簡単にいえば、ブウとはお互いにマルエイを目指し、又相手にマルエイをとられないように防衛するゲームなのだ。したがって相手の持ち点をいつも頭に入れておく必要がある。このため浮き者はプラス点を卓の隅に出して明示しておく。沈みの者も沈み点を訊《き》かれれば正確にいわなければならない。

そしてトップ者を利するようなアガリはしない。ブウでは親で二千点、子で千点（四千点持ちの場合）プラスの線が二着者の安全圏だといわれる。満貫をツモられても沈みにならないからだ。せっかく千点プラスしている二着者から、沈みの者がアガると、次局にはトップ者のマルエイチャンスになるので、こういうアガリは誰もしない。

つまり、沈みの者は一躍ブウ（ゲーム終了）になるアガリ以外は、よく状勢を考えて、アガる相手を選ばなければならない。又、トップ者のマルエイチャンスを防ぐために、他の者に狙い打ちしなければならぬ場合もある。このへんのかけひきがコクのあるところであろう。

そのうえ、東の一局でも、誰かが満貫分浮くか沈むかすればケリがつくのだから、勝負が早い。いそがしい仕事の隙《すき》を見て、三十分か一時間、さっと打ってくることができる。こういうスピーディな点も、現代のテンポに合っていよう。

どこの誰が、こんなことを考えだしたのか。一説によると関西の東洋人たちともいい、筋者の組織であるともいうが、そのへんは混沌《こんとん》としていてわからない。発生地は大阪神戸界隈《かいわい》。いずれにせよ、その世界の商売人であろう。

今日では各地でさまざまなルールが工夫されていて、特にブウだけが目新しいわけではないが、発生期、つまり昭和二十年代の中期の時点では、なかなか画期的な発想だったと思う。当時は一般の間では一チャン制から半チャン制に移りつつある頃《ころ》だった。

関西という土地柄は商業中心地であるせいか、一方で革新、他方で保守、この二つが奇妙に入り混じっているが、麻雀の場合にもそうで、関東で流行したリーチ麻雀がなかなか根につかず、古いアールシアールスタイルが幅をきかせていた。ブウ麻雀は、この古いスタイルを基本にして、関西流に大幅に手直ししたものなのである。これは受けた。大阪神戸の麻雀屋をアッというまに席捲《せっけん》していく。そうして関西文化圏である山陽道、四国、九州、或《ある》いは名古屋近辺まで拡《ひろ》がった。

私の考えでは、麻雀がかくもさかんに日本人の中に根づいたのは、第一にリーチを発明したこと。これは相手の待ち筋をじっくり読み合う日本人向きの興趣《きょうしゅ》を高めた。アメリカ製の手役チートイツの移入。（アメリカではこの役のことを、ヘヴンリイ・ツインズ、天使のような双生児たち、というそうだ）これはハメ手のような技巧的待ちを多くした。そして、第三に、すべて手っとり早いブウスタイルの考案にあったと思う。

もっともブウ麻雀の弊害も大きい。これをやる麻雀屋にはフリー客が集まる関係上、クマゴロウ（プロ）あり、筋者（やくざ）あり、百鬼夜行の状態。もうひとつは、きわめて短時間に一回終るために、ジャン代がかさむ。そこを狙《ねら》って悪質麻雀屋がはびこるという始末。勝負だけが目的の下品な賭博《とばく》麻雀というわけで識者からは総スカンであり、関西のある都市では現在も、ブウ麻雀撲滅運動があるくらいなのである。

にもかかわらず、ブウを好む人たちはどんどん増えてきている。近頃は東京の盛り場にも、レートが安く、公正を看板にしたブウ屋が増えて、学生や若いサラリーマンが出入りしているようであるが、私が麻雀打ちだった頃、ブウ屋は関東ではほとんど定着していなかった。

私の経験だけでいえば、昭和二十五、六年頃、蒲田《かまた》と大井で一軒ずつ、浅草、池袋、新宿などに数軒あったのを知っている。むろん、その他にもまだあっただろう。しかしいずれも、店のたてまえは、普通の長麻雀であり、ブウのメンバーが来ると隅でやっている程度だった。メンバーといっても、当時、国法の外の存在として巷《ちまた》で威を誇った東洋人たちがほとんどで、一般の人たちがその卓に入っていけるムードではなかった。

そのすこしあとで、東京に進出しようとする関西系ブウ派と、これを防止する地元系の間にいろいろな形で角逐《かくちく》があったのは事実であるが、私はほとんど直接にはタッチしていない。何故《なぜ》なら、ちょうどブウ勢力の東京進出がさかんになった頃、私は麻雀ごろの足を洗って、勤め人になっていたからだ。

黒手袋の李億春という男の特徴は、生きるということに関してまったく無責任であり、自分の生に意味づけや値定めをして、みずから慰めようとしないことである。

二

おそらく、無国籍者という彼の生まれながらの条件が影響していよう。李にとってこの世は、喰《く》って、生きてる、或《あ》いは生きた、というだけのもので、したがって彼の一生には、喰うために争った、ということ以上の重要なモメントはない。そうして、生いたちはちがうが、私も李億春と共通した部分があり、李に対して今日に至るまで一片の感傷を抱いている理由になっている。

けれども、李と私とでは、いくらかの相違点もある。私はこれまでの年月を通じて、他の人間たちと自分を比較して劣等感を抱いたことはない。しかし、かくあらねばならぬ生、というものを漠然《ばくぜん》と空想していた。

かくあらねばならぬ生、は隅から隅まで明快なものではなかったが、それは糞《くそ》の塊りのようにいつも私の腹の中に在り、私を怯《おび》えさせ、恥じいらせていた。

当時勤めていた会社の上司が、私にこんなことをいったことがある。

「君は、恐縮しながら図々しいことをやる男だね」

私は恐縮し、卑屈になり、重罪人のような心境になるのは、腹の中の糞《くそ》の塊りに対してであって、私自身を含めた現世の人間に対しては、単に喰《く》うか喰われるかの関係でしかないと思っている。表面にその二つがごっちゃになって出るだけである。だから私は、十代の未熟期をのぞいて、女を深く愛したことはない。いつも不幸だが、不幸であることを不服に思ったこともない。

で、雀ごろだった頃も、以後さまざまなことをやった二十年ほどの間も、いつも足を洗いたいと思っていた。そのくせ、大概の場合足を洗って何になればよいのか、それがわからなかった。

あのときは何が原因で、本当に足を洗ってしまったのだろう。

きっかけはたくさんあった。第一は、ようやく人心が安定期に入って社会機構も整いはじめ、おまけにパチンコという新しい（しかもわりに安全な）遊びが大流行して麻雀屋に来る客が減ったこと。第二に、ツキが落ちて頻々《ひんぴん》と警察に捕まったこと。

しかしそれ等の原因だけなら平気だったのだ。一番こたえたのは、唐辛子《とうがらし》中毒だった。

元来、私は注射を怖がる方なので、例のヒロポン全盛期も、何度か中毒になりかけたことはあったが、とうとう本格のポン中にまでは至らなかった。当時、ちょっとした博打《ばくち》の場には注射器が常置してあったし、疲労を忘れるために必要でもあったので、打たないのが珍しいくらいだった。

ところが、麻雀不況である。クラブはどんどん転業してしまう。客がなくて何日もアブレたが、そんなときでもタネ銭を喰《く》うわけにはいかない。

一日一杯、かけソバを喰うだけで我慢した。普通に喰っていては食欲を満たすことはできないから、卓上に出してある唐辛子の容器の蓋《ふた》をとって、ざァッと全部、ソバの中へあけてしまう。そうして箸《はし》で、むちゃくちゃにかきまわすのである。

すると全体が赤茶色いどろどろした液体状になる。眼をつぶって、それを一気に呑《の》み干す。カァーッとし、腹の中が燃えたぎって食欲どころではなくなり、まる一日ぐらい何も受けつけないようになる。

うまい按配《あんばい》に呑み干した当座は身体もほてってきて、ドヤのうすい布団も気にならない。どうかするとドヤにも泊まれない夜が続く。そんなときは寒さしのぎに、夜明かしの屋台をつかまえて、焼酎《しょうちゅう》を一杯ひっかける。

ただの焼酎じゃない。やっぱり唐辛子を一袋ぐらい混ぜてしまうのである。梅割り、ぶどう割りじゃなくて、唐辛子割り。一度やってみるとよくわかる、これは利《き》く。

酔いと辛さとで、全身が火の塊りのようになっちまう。

くせになって、毎日やった。最初、胃を烈《はげ》しくやられた。しかし、まもなく、胃袋なんぞの具合を気にしていられなくなった。

眼覚めが吹っ切れなくなり、頭がボーッとしてきたのは初期で、まもなく頭痛に吐き気、記憶力の混乱。試しに唐辛子粉を口にふくむと仁丹《じんたん》を呑んだようにスッとする。

食欲はまったく無く、たまに牛乳を呑む程度。二か月ばかりで、袋の唐辛子を一度に口に流しこまなくてはおさまらぬようになった。もうその頃《ころ》には辛くもなんともなかった。

一日に七袋も九袋も呑《の》むようになって、麻雀も打てなくなり、昏倒《こんとう》して警察病院に運ばれ、今度は家族の保証がなくては出してくれず、私は糸のような身体で、足かけ七年ぶりに親もとに帰った。

さすがに合わせる顔がなくて、早く元気になって、なんでもいいから自立したいとあせった。

三

はじめ、相当にインチキ臭い業界新聞の見習い記者になった。早々にそこをドロンして、新聞広告を頼りに他の小さな会社を転々とした。札つきの私に就職を世話してくれる者が居る筈《はず》はなかったから。

大でたらめの履歴書を書いたが、向こうも履歴などよく吟味しない。

「給料の希望は？――」

「べつにありません」

面接のとき、こうした会話が重要視されて採用になったらしい。それほど小さな会社ばかりだった。

おかしなもので、一度、足を洗ってみると、もうなんとしてでもその日その日の生きざまを改めたくて、私は足を洗いまくった。つまり、次から次へと会社を変えたのだ。最初はいずれも二か月か三か月で変った。少したって、半年から一年も腰をおちつけるようになったが。

どこも皆安給料だったが私に不服はなかった。私は一方できわめて卑屈によく働いたが、同時に又きわめて放縦で、遅刻欠勤のし放題、会社のルールはまったく守らなかった。足を洗うことのみを考えていたつもりだが、その実、雀ごろ時代とすこしも変らぬ態度で世間に向かっていたらしい。

私はその三年の間、出張旅行の時などをのぞいて、牌はいっさい握らなかった。けれども心の中で、会社を麻雀屋に見立て、経営者や営業上の客などを旦《だん》べエに見立てていた。経営者は私たち社員の労働力をカモリ、私たちは経営者をカモリ、会社というところはそれで統一がとれているのだろうと思いこんでいた。

しかし、くり返すが、何故《なぜ》、足を洗う気になったのか。

もし、私と同じように一匹狼《おおかみ》のグレ小僧が今居るとしたら、私はその男にこういうだろう。

「君、足を洗ったって、洗わなくたって、同じようなもんだぜ。ともかく、喰《く》って、生きてるだけさ」

世の識者はちがうというだろう。相違点の方をあれこれあげるだろう。しかし、私は、麻雀ごろの頃も不幸、足を洗って以後現在までもずっと不幸である。同じように不幸だがあの頃は不幸が当然と思っていた。現在の不幸には不服がある。それだけ悪い。

あるいは、それは私が若かったからかもしれない。若かったから、何にも隷属しない形で辛《かろ》うじて生きられたのだろう。現在はがんじがらめに隷属させられている。そのうえ、隷属しなければ生きられないという常識まで身につけている。そうなのだ。識者に習っていえば、たったひとつ大きな相違点がある。私はくだんの若者に、もう一言、言いそえるだろう。

「——だがね、足を洗ったために、僕はどうにか今日まで生きてこれたよ」

考えてみると、敗戦後の乱世期にごろついていた仲間の大部分が、死んでいるのである。私が唐辛子中毒になった当時、奴等《やつら》はいずれも栄養失調で、ある者は身体じゅうに吹出物をこしらえ、ある者は腰が曲がらなくなって寝たきりだった。それでも奴等は足を洗おうとしなかった。そうして年齢とともに窮し、野たれていった。死なないまでも、巷《ちまた》の底にかすんで消息がわからない。

私一人、おめおめと生きている。

台所の流し器の外交員をしていた頃、私に仔分《こぶん》ができた。安田幸二という同じ会社の新米運転手で、しかし関西地方の豪家の一人息子《むすこ》だという。

入社するときの履歴書の趣味特技欄という項目に、麻雀、競輪、と記してあった。社員たちは失笑を交わしていたが、どういうわけか彼は入社を許され、やがて私の前に姿を現わした。

履歴書はなかなか突飛《とっぴ》で鮮やかなものがあったが、一見して、母親の手で育てられた甘ったれ坊やが凄《すご》んでいるようなところがあり、ありふれたチンピラだと思ってあまり相手にしなかった。

ある日、私が外から帰ってくると、事務所の空気がヒリヒリと乾いている感じで、所長が緊張した声音《こわね》で私にこういった。

「君警察から、電話だよ」

私は受話器をとって、指定の署のダイヤルをまわした。その署には御用を喰《く》ったことがなかったから、どういうことになるか予測もつかなかった。

しかし受話器に出たのは、唐辛子焼酎の屋台で顔なじみになった呑《の》み友達の刑事であり、彼はその署に転属になったことを告げ、続いて、ヘロイン中毒の哲という私の幼な友達の行方《ゆくえ》を知らないか、といった。

その刑事の真意はわからない。が、ともかく、私に関する犯罪ではないことを知って、事務所の緊張が一度にとけたようだった。

そのことがあってから、安田幸二は急に私に接近してきた。刑事が電話をかけてくるのは大物だと思ったらしい。

「俺《おれ》、飛行機で家出してきたんだよ」

と彼は車の中でいった。

「東京で一週間、競輪を打って、ハコテンになっちゃってさ、宿から履歴書出したんだ。入社するとき前借りしちゃったよ」

奴《やつ》はまだ宿屋暮しだが、前借りした金で、今度は夜、麻雀を打ちはじめ、結構収支が合っているらしい。

この安田が、ある日、一人の男を連れてきた。ちょうど私は小ビルの入口近くの便所から出てきたところで彼等と鉢合せした。

男というのは、上野《のがみ》の健、通称ドサ健といって、私とは因縁《いんねん》浅からぬ男である。犬の皮のようだが、おそろしく派手な毛皮の半オーバーに、鍔《つば》の広いテンガロンハット、いつもながら無統一で、景気がいいのか瘦《や》せ我慢なのかわからぬような恰好《かっこう》をしている。

私は何よりまずうろたえて、健とはその場で立話でもして別れようとしたが、彼は私を押しのけるようにして事務所へ入ってきた。

あいている事務椅子《いす》に片脚を乗っけて、帽子を小突いてあみだにし、

「久しぶりだな、よう、坊や、お前こんなところで何してるんだ」

といった。

ブウ一万両

　私は身をひるがえすようにして上司の机の方に行き、一礼して友人とお茶を飲んでくる旨をくそ丁寧にことわった。その社ではそうした方がいいらしいという感じがあったからだが、それに私の個人的状況を披瀝《ひれき》して社内に弱味を握られたくもなかったからだ。

　だがドサ健は動かなかった。

「いいよいいよ、気ィ使うなよ、俺《おれ》ァすぐ帰るからさ」

「まあ久しぶりだからさ、そこまで出よう」

「いいんだよ、無駄《むだ》なことするない、用事ってほどのことはねえんだ。今、そこの雀荘であるチンピラと打ってたらよ、偶然お前の名前が出てきたもんだから
――」

安田が首をすくめ、事務系社員たちがこちらを注視している気配がわかった。

「ところでよ、お前、夜はひまか」

「今夜かい」

「ああひさしぶりで俺と打ってみる気はねえか」

私は一服つけて考えた。

「へんだな。それこそ無駄なこっちゃねえのかい」

健は笑った。

「そりゃそうだ。お前とサシで勝負したってお互いに出るものはたかが知れてらア。別筋があるよ。——来るか」

「どこだい」

「広小路《ひろこうじ》を本郷《ほんごう》の方へ曲った所の福竜って雀荘だ」

上野《うえの》界隈《かいわい》なら私も以前、健たちと一緒にごろついていて知っているが、福竜というのはきいたことがなかった。

「新しい店だな」

「いや、古いよ」

「覚えがないぜ」

「名をかえたんだ、元は悟楽荘」

「悟楽、あ、あそこか」

「今は福竜さ。東洋人の経営に変わったんで、一応治外法権だ」

「――なるほど」

私は頷《うなず》いた。健は片手をあげて事務所を出ていったが、ものの一分もたたないうちに電話がかかってきた。すぐ前の赤電話らしく、健の笑いを含んだ大声がガンガンひびく。

「坊や、いったいいくらで身を売ったんだ。ことわらなきゃ外へも出られないのか」

「サービスしたのさ、係長に」と私はやや小声でいった。「健さんだって、カモにゃサービスするだろう」

「奴《やつ》はカモなのか」

「ああ、そうだよ、カモでない奴なんて居るかい」

「チェッ、調子いいぜ、未来のお前に頭をさげているだけじゃねえのか。――そりゃそうとさっきいい忘れたがな、今日は俺《おれ》とはなァなァだ、相手は雀荘のマスターたちだぜ。そのつもりでな」

私はだまって電話を切った。安田幸二がこんなときよくチンピラが見せる案じ顔で近寄ってきた。

「連れてきて、よかったのかな」

「ああ、かまわないよ」

「あんたの話が出たらひどくなつかしそうにしてたもンだからね、あの野郎、でも、ほんとにダチッコかい」

「なにしろ、なつかしい野郎なことはたしかだ、友だちじゃないけどね」

安田幸二はひどく面白そうに笑った。

「見に行っていいかい」

「麻雀をか」

「ああ、あンたの通し（サイン）を教えてくれればカベ（スパイ役）になってやるぜ」

私は安田の額を指でちょっと小突いて笑った。それからこういった。

「足を洗ったんだがな、俺。どうだい、今俺が何を考えてるかわかるかい」

「さァね、でも、一度おぼえたら博打《ばくち》っ気《け》ってのは抜けないらしいって、お袋がいってたぜ」

「そんなこっちゃねえや、馬鹿野郎。健とやるときゃこっちから技をかけちゃいけねえんだ。向こうに技をかけさして、それをこっちが崩す展開にならないといけねえ」

福竜の前の悟楽荘は、最初バラックで、あとで建て増しを重ねたような家で、つまり一時は相当にさかっていた店だ。その小さい部屋でいくつも仕切られている造りになっていた。ひと部屋一卓の特別室もあった。

したがって、カベ役も立ちにくいかわりに周辺の視線を遮断《しゃだん》する関係で、打っている者はわりに仕事をしやすい。

店に入ってみると、麻雀不況の当時としては珍しく超満員。私が一人と見てすかさず寄ってきた店側らしい男が、

「お客さん、うちはブウ麻雀だがいいかね。よかったら点棒を買ってください」

「健の奴《やつ》は来てますか」

「健？　ああ——」

東洋人らしい男はチラと特別室の方を見て、手にしていた支払い用の点棒をひっこめてしまった。

「どうぞ、あっちへ——」

二

特別室といっても現在の都心の雀荘のように豪勢な造りではない。そこだけ畳敷きで、脇《わき》に料理などをおく小卓がおいてあるくらいのもの。

ドサ健はもう来ていた。私を見ると、そばに坐《すわ》っていたはしっこそうな中年男の方へ顔を向けていきなりこういった。

「この坊やが今話していた東々荘の息子《むすこ》です。おい坊や、こっちへ来てこの店の景気をよく見ろ。お前の親父《おやじ》の店とは大ちがいだろ」

私はあいまいに頷《うなず》いた。何かが仕組まれているらしいが、そのときはまだ奴の考えがつかめなかった。

「それでね、陳さん――」と健が中年男にいった。「パチンコとテレビにはさみ打ち喰《く》らって客がへっちまったもんだから、こいつの店でもブウ専門に鞍《くら》がえしたいらしいんだよ、だがなにしろ関東の奴にゃブウは馴染《なじ》みがないからね、陳さんにいろいろ教えて貰《もら》いたいというわけで――」

「ようこそ、いらっしゃいました」

陳という男は立ちあがって、きざに握手を求めてきた。

「お店はどのへんでしょう」

「四ツ谷《よつや》です――」

「はァ四ツ谷の？」

「信濃町《しなのまち》寄りですね、慶応病院に寄った方です」

「いいとこだよ――」と健がすかさずいう。「学生も居るし、裏道の方は会社の寮なんかも多いしな。ブウ屋にはおあつらえさ」

陳は分厚い紙入れから名刺を引き抜いてくれた。東南商事、陳徳儀、陳田徳儀と名が二つ出ていた。

「お名刺を、いただけますか」

「名刺、持ってないんです」

「はァ、じゃお電話は」

「電話もない。すみません、焼け残りの古い家なもんで」

「そうですか――」と相手はひと息入れた。「で、ブウのルールはご存じですか」

「ええ、打ったことはありませんから、一応うわっつらだけのことですが」

「ぜひ、やりなさい。ブウは関東ルールの麻雀より手っとり早くて面白い。お客さん大喜び。早いときは五分で片づきます。そのたびにジャン代が入る。麻雀屋儲《もう》かる。お客負ける、すぐ出ていく。新陳代謝よろしい、全部うまくいきます」

「でも、ジャン代は組合の規則でいくらときまってるンです。ブウをやれば規定料金を守らないことになって、組合を脱けなければならないでしょう。すると不便なことが――」

「さァそこです――」あんのじょう陳はひと膝《ひざ》乗りだした。「もし必要なら、名義だけ私どものお貸ししますよ。貴方《あなた》がた日本の法律守らなければならない。といって組合を抜けたら、きっとサツにふみこまれるでしょう。私どもの名ならサツも手が出せないし、税金も払わなくてすみます。これ、いいでしょう」

「その場合、どんな条件になるんですか」

「それは、そのときの話し合いです。でも決してご無理は申しません。どうします。私どもと提携なさいますか」

「――その前に」と健がいった。「一度ブウって奴《やつ》を打ってみようじゃないか。ねえ陳さん」

「わかりました。ヘイ！　高峰、カモン！」

高峰という狸《たぬき》のような顔をした三十男が出て来て、ブウの大体のルールを手っとり早く説明してくれた。

「まァ打ってみる、すぐ呑《の》みこめます」と陳がいう。「日本の麻雀屋さん、馬鹿ねえ。ゲーム料半チャンいくら、一時間も二時間もかかって、いくらにもならない。ブウなら儲《もう》かるよ。何故《なぜ》、こんな便利なもの、やらないか」

今までのところは、大体スムーズにいってるようだな、と私は牌山を作りながら思っていた。だが、健は何を考えているのだろう。

健が何を考えているにせよ、私はひとまず案山子《かかし》のように何もしないで、彼等の出方を見守ることにした。

ドサ健が、ただの遊び麻雀をやるわけがない。

ドサ健と同じく、この東洋人たちもただの鼠《ねずみ》ではない筈《はず》。

私は昔の健の仕打ちを忘れていなかった。健と知り合った当初の頃《ころ》、進駐軍の賭場《とば》に健を連れていった。二人とも一文無しで、二卓に別れて打ったが、どちらか先にトップをとって金を融通しあうつもりになっていた私が甘く、健は一回トップをとると、沈んでいる私を見捨てて先に帰ってしまったのだ。

あの経験が、私に博打《ばくち》打ちとはどんなものかを教えたといえよう。だから、健とはなァなァといっても、健を頼ることはできない。私は終始勝っていなければならぬ。

一応相手の出方を見守るが、相手が何か仕事をしたら、同時にこちらもやってやろう、と思っていた。一筋縄ではいかぬメンバーと打つときは、相手が仕事をしたときが、こちらの仕事のチャンスなのだ。

初回、私は山になんの作為もほどこさなかった。配牌を持ってきた山は、陳と狸《たぬき》の山。むろんサイは二度振りだ。

これが私の配牌だった。ドラのところに九萬がひっくり返っていた。

「ドラは隣りかね」

「そうさ」

第一ツモがで、一応東を切った。ところが第二ツモもだった。素直に九萬切り。ツモ山は私の山にかかっていたが、何が来るか予測がつかない。

健がをポンした。すると、スッとが又流れてきた。その次のツモが八萬。

あっけなかった。私はだまって手牌を開いた。

「あッ、ブウ」

「ブウ！」

陳と狸が同時にいった。

三

「できすぎてやがるな、ドラ三丁使いか」

とドサ健もいった。

「ね、これで一回の勝負が和了《ワンラ》です。早い、早い」

「スピード時代だ、面白いでしょう」

「さァ、はじめましょうか」

陳と狸は洗牌をはじめたが、健は手を動かさなかった。

「はじめましょうかってのはどういう意味だ。もうはじまってるじゃないか」

「え？　いや、この人がルール教えてくれ、いうもンだから」

「ルールはわかったよ。だが精算がついてねえじゃねえか」

健は懐中から手の切れそうな新しい一万円札を二枚出して、私の方に投げだした。

「マルエイだろ、払わねえのか」

陳も狸《たぬき》もだまってその一万円札を見ていた。

「――マルエイだよ」と狸。「うちのルールはゴオ、ヒャク、なんだ。ブウで五百円、マルエイで千円ずつだな。そんなキザな札《さつ》なんかひっこめろい」

健は大きな鼻息を立てて息を吸いこんだ。

「おい、どうしたい」

「おい、誰《だれ》が誰に物をいってるんだ。そのへんの鼻たらし小僧がやるのたァわけがちがうぞ。俺《おれ》ァ上野《のがみ》の健だぜ。どこで麻雀やるったって、千点が一万両、これっぽっち欠けたってやらねえ男だ。そうじゃないか陳さん、お前知ってるだろう」

「まァまァ――」と陳は両手を大仰《おおぎょう》に振りながら口を曲げて低く笑った。「初回はレートもきめなかったことだし、次から、健さんのいうレートでやろうよ」

「冗談いうねえ、勝負ってのはそんなもんじゃねえんだ。俺ァ自分が勝ったんじゃねえからそういうんだぜ」

「それでも、あとで、高いレートをいわれたって」

「じゃァお前たち、最初に、こいつは乗せ無しの試験飛行だってことわったか。もしお前たちがブウをとって、この場はブウ十万両が定《き》めでございったって、俺たちゃ文句がいえねえんだぜ。そうだろう。最初にレートをきめなかったのは場主のお前たちの手落ちなんだ。いやなら手前等とはこれっきりだ。面倒なことになるが覚悟しろよ」

「よかろう――」と陳が真顔でいった。「そのかわりだね、健さん、見せ金をして貰《もら》うぜ」

「この畜生《ちくしょう》野郎。見そこなうなよ、俺ァ博打《ばくち》で飯を喰《く》ってるんだぞ。払いきれなきゃァ上野の商店街の金かっさらっても、博打の金の始末はつけらァ」

「言葉じゃ駄目《だめ》だね、現物を見せな」

「さがってやがるなァ。お前等、男ってえものを知らねえんだ。よし、見せてやろう」

健は紙入れを出して（私は健が紙入れを持っていたのをこのときはじめて見た）小切手帳を抛《ほう》りだした。

陳が、じろりと私を見た。

「そっちの人は」

「この野郎はいくら持ってるかしらねえ。だが野郎の負けは俺が責任を持つ。親父の店と引きかえにすりゃいいんだからな」

ヘイ――！　と陳が叫んだ。店土間の方にいた若い男を呼び、やがて私の前に、二人分四万円がおかれた。

「じゃァ、続行だね」

「ああ、続行だよ、陳さん」

「遠慮しないよ」

「結構さ」

私はぐっと緊張した。当時の一万円は大金だったが、緊張したのはレートのせいではない。最初の手が奴等《やつら》のサービスであることは眼に見えてわかっている。奴等は私をカモだと思っていたからだ。私の雀荘（むろん健の出たら目だが）を乗っとろうという下心で、ブウの面白さを私にわからせようと努めたのだろう。それを予期したドサ健の作戦が見事に当った。奴等は戦わずして四万円のハンデを背負ったのだ。

しかし今度はちがう。奴等はこのハンデをすぐにとり戻そうとするにきまっている。奴等が何を仕組むか。健がどう出るか。そして私はどう対応すればよいか。あッというまに四人の山が積まれた。今回も、私はなんの作為もほどこさなかった。そのかわり、眼を皿のようにして相手の山を見張っていた。私の親。サイを振る。ここが勝負だ。

サイの目は二、サウスポウ（左利き）の狸《たぬき》が振り直す。目は四、合計六。

配牌をとるために皆の手が動きだす。ほんのすこしの余分の動きでもあれば、眼にとめなければならぬ。最初の四枚を私が取る。狸が取り、陳が取り、健が取った。狸がドラ牌を開く。次の四枚を私が取り、狸が取り、陳が取り——。

配牌を取り終って皆の手の動きがとまった。長年月これできたえた私の眼にも、特に怪しい動きがうつらなかった。それから私ははじめて、自分の手牌に視線を落した。

ドラ牌は。よくない。おそらく、というより必ず、誰かが最初にツモリブウの手を狙《ねら》ってくるだろう。
私の手が悪くて、ブウ（満貫）の手を狙えないとすれば、ここは懸命に安くとも早いかわし手に出て、又振り出しに戻さねばならぬ。
ブウ麻雀では、初局のセオリイとして、ツモリ満貫をアガリ、一発でマルエイをきめるアガリ方と、安手をツモって相手三人をわずかでも沈ませておいて、次局に満貫手を作る方法がある。

前者なら理想的。しかし後者でも次局に満貫を作れば、ツモでなく誰かの放銃でアガってもマルエイになる。（但《ただ》し相手にもマルエイのチャンスが容易になるわけだ）

私の第一打は南。次の狸《たぬき》が、一打目からちょっと迷った。おやっとそのとき思ったのだ。私は何の気なしに、配牌のときの皆の手の動きを復習してみたが、狸の左手が第一打を切りだすとほとんど同時に、あッ、と思い当ることがあった。

私は思わず、狸の横顔を凝視した。

雀ごろ返上

一

親の私の振ったサイの目が二、サウスポウの狸が振り直した目が四、合計六――。

私は、今しがた、皆がとった配牌時のそれぞれの手の動きを、心の中で綿密に復習してみる。

まず親の私の右手が、下家の山に伸び、七、八幢《トン》目の四牌を取ってくる。次に狸の左手が次の四牌（自分の山）をとり、その次の四牌に陳の右手が伸び、そしてドサ健の右手が次の四牌を持っていく。

当然の動きだ。他の手は動かない筈《はず》だった。しかし、ここまでの間に、それ以外の手の動きもあったのだ。狸が、六幢残った眼の前の王牌《ワンパイ》に両手をかけて、左手の人差指と親指を使って、王牌の尻《しり》から三枚目の牌をひっくり返したのだ。

これはドラ牌を明示するためで、そのこと自体は少しも不都合ではない。私の復習は、その次の四人の手の動きに移行しかけた。だが何か、吹っきれないものが残る。ひとつひとつの手の動きを独立させて考えれば少しも不都合はないが、どんな手品だって、不都合が表向きになって居ることはない。

私はさらにこの部分を復習してみる。配牌第一集団の四牌を取っていったそれぞれの手のストレートな動きは疑いをはさむ余地がなかった。私自身もそっくり同じ動きをしているのだ。問題は、彼しかしなかった動きだった。つまり狸《たぬき》だ。狸の左手は四牌つかんで手牌を置く位置に戻って行った筈《はず》だ。しかし同時に彼は両手を使ってドラ牌を開いている。では最初つかんだ四牌は手牌の定位置にさらされていなければならない筈だが、私の眼の中にはその印象が残っていなかった。

山から四牌とった狸の左手は、いったん手牌の定位置に来て四牌を置く動きを省略して、四牌を持ったまま王牌《ワンパイ》をつかんでいたのだ。このなめらかさがかえって疑いをおこさせなかった。ということは狸が王牌を両手でつかんだとき、それは六幢でなく八幢あったのであり、牌をあけて両手が引っこんだとき、右手に王牌の右端の四枚が握られて、それが配牌第一集団として狸の手牌におさまってい

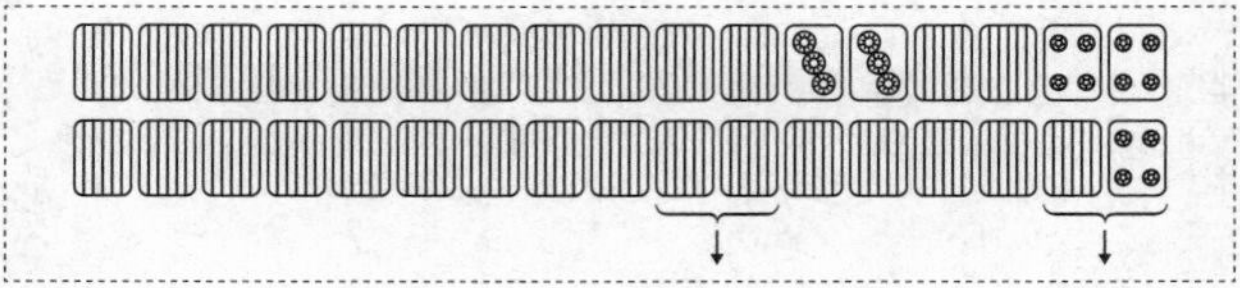

たことになる。したがって開かれたドラ牌は、正規の尻《しり》から三枚目でなく、正規でいえば嶺上《リンシャン》牌だった筈だ。

私は狸の山が、上図のようになっていただろうことを予測した。サイ一度振りのときによくやるドラ爆（ドラの爆弾）の、これは新手である。私も、形式はややちがうが配牌時の抜き業を得意としていた頃《ころ》があったので、見きわめがつきかかると断定も早かった。

尻から三枚目に開いている牌は。ではドラ牌のが狸のところにかたまって入っていることになる。

私の第一打牌のに続いて、狸が、陳が、ドサ健がちょっと腰を使った感じだったが、しかし鳴かずにツモってを切った。あれやこれや考えているうちに、ツモ順は又私だ。

私の手は、

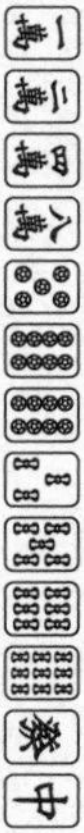

この手では勝負にならない。狸がアガればブウ（ツモリマルエ

イ)であろう。どうやってそれを防ぐか。ドサ健は狸の手の動きを見ていたのだろうか。
私はチラッと健を見た。

「どうしたい、やらんのか――」

「ちょっと、失礼」

私はツモる前にトイレに立った。懐中には、健の二万円を合わせて、一万円札が六枚入っている。ここはずらかる一手だ。プロ麻雀打ちの勝負に卑怯も糞《くそ》もない。それはドサ健が身をもって教えてくれた手口であり、健とはこれでおあいこなのだ。

トイレの小窓の外を都電が走っていく響きがきこえた。私は自分の小便をだまってみつめていた。ずらかるなら小便をしているひまはない。

何故《なぜ》、そうしなかったのか、私は今でもこのときの自分の気持が理解できない。

私はトイレを出て、まっすぐ卓の方へ引返した。自分は麻雀打ちの足をもう洗っているのだから、というのがそのとき頭に浮かんだ理由だったが、そんなものは私の感傷にすぎなかったろう。

健の視線がじっと私にふりそそいでいた。私の逡巡《しゅんじゅん》をはかりかねている眼の色だ。

私は健の山の右端をツモった。

🀇。そして🀝を捨てた。狸《たぬき》が無表情で🀠をツモ切り。陳も🀙をツモ切り。

初局だから、狸はどうせツモリブウを狙《ねら》ってくる筈《はず》。だからしばらく私はただ、喰《く》わせて狸の手が進行しないようにしていればよい。

🀠🀟とツモ切りして、狸はやや焦りの色を見せている。陳の切った🀆を狸が鳴いた。

そこで私も🀅を切る気になった。🀅はさっき健が腰を使った。おそらく自分の山にツモがかかるために鳴きを嫌ったのであろう。

「――緑発《リューファ》」

「はい、それまで」

健が手を倒した。

🀟🀠🀡🀍🀎🀏🀏🀏🀖🀗🀘🀅🀅

「甘えな、さっきモーションかけたじゃねえか」

「しかし、チンマイだろ」

「いいんだ、次にダブル（連勝）を狙えるんだから」

狸《たぬき》はすばやく手牌を裏に崩して表情を殺している。

成功、と一度は思った私も、一万円札を健に渡すとき、悔いに似た気持に襲われた。健ならば、必ずずらかっていただろう。

二

一度、狸にドラ三丁の手をツモられてマルエイをとられたが、圧倒的に健がリードしていた。彼はマルエイを二度続け、その上三連勝目、初局の三巡目に陳が北を振ると、両手を口の端に当てて、

「カーン！」

身をふるわせて叫び、国士無双をアガった。役満は五割増し、三連勝目だからこの一打で三万円は払ったわけだ。

私はビートップ（二コロ）を一度アガっていたが、陳はツカなかった。かりに陳と狸組、私と健組にわけて、この日の調子から狸と健がアタッカーだとすると、陳と私はそれぞれトスを打ちあげる役目を負わねばならない。その点、私のトスの方が正確だった。陳のトスは乱れてこちらのパンチを誘発したりする。狸がブ

ウの数で健におよばなかったのもそこに一因があろう。

　その回は陳が起家。ブウではツカない北家や西家ばかりに当って、早番の親が来ないものだが、珍しく陳が起家になって、私たちの山から配牌をとったせいもあったが、一飜手をツモって安アガリした。

　陳のマルエイチャンスだった。不思議にあれから狸《たぬき》の山にはサイの目が出ていなかったが、このとき久しぶりに四の目が出た。それを受けて狸が慎重にサイを振り、三の目を出した。

　これで又、狸の手にドラが固まるだろう。よろしい。やってくれ。配牌時、私は私流のぶっこ抜きで山から六枚抜いた。久しぶりなのでやや手の動きがおくれたが誰《だれ》もなんともいわない。

　私は狸の山にサイ目が出るのを待っていたのだ。誰かが何か仕事をやったとき、その分の視線がへるわけだから、そのときがこちらの仕事のチャンスでもあるわけだ。

　ドラ牌は。

　そして私の手牌はこうだった。

陳がを捨ててスタート。ドサ健がほとんど同時にをバシッと切って、「リーチ――！」と叫んだ。

ダブルリーチか。せっかくのチャンスだというのに打ち辛《づら》い。健には四連勝がかかっている。いかにトス役とはいえ、ここで暴牌を打って健にアガらせるのは露骨にすぎよう。露骨を押して強行する手もあったが、私はそうしたくなかった。私の懐中は元の振り出しに戻っていて、一万円札はもう一枚も無い。これ以上負ければ健におぶさることになる。それが面白くない。なァなァだと健の方からいいだしたことでも、弱味は見せない方がよい。

私のツモ牌は。そこで長考した。ドラ牌は健の手にはあっても一枚。しかし、マークされる連勝狙《ねら》いの身で、何故《なぜ》ダブルリーチなどかけてきたのだろう。かける以上、リーチのみの安手であるわけはない。安手でないならこの場合はヤミで一応アガって、陳のマルエイチャンスを潰《つぶ》し、次局に賭《か》ける手だってある。考えられるのは、ダブルリーチの方が早く出易《でやす》くなる待ちだ。

「わからんわい、行くぞ！」

私は🀎をツモ切りした。狸《たぬき》が🀌🀍と開いて🀃を捨てた。その🀃を陳がポン。

「——白板《パイパン》！」

健がギロリと眼を剝《む》いて陳を見た。健としては緊迫した声で、

「こらァ、持って来い！」

ツモったが、🀓。駄目《だめ》。

次の私のツモが🀒だった。そのの手ざわりのいい🀒をがっちり手の中へ入れて又考えこんだ。

🀃も🀆も、リーチに対して強い牌だ。狸が向かってくるのはわかるが、陳は何をやっているのだろう。マルエイチャンスだから向かって当然だが、初牌の🀃ポンが無気味だし、🀆打ち出しは他に捨てるべき牌がないことも意味する。ということは——。

一瞬、🀓を捨てて様子を見ようかと思った。が、私もアガりたかった。まァ健なら振ってもいい、この手を見せりゃ申しわけもたつだろう。私は🀂を振った。

「それ！　和了《ワンラ》！　マルエイです」

陳が手を倒した。

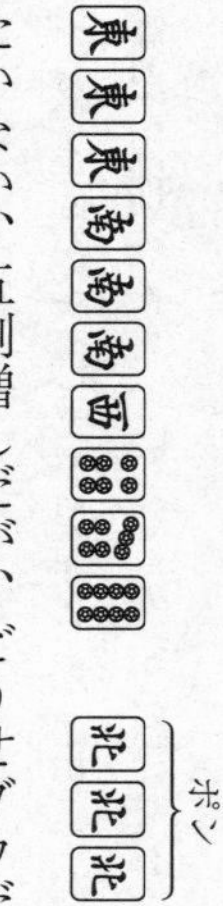

「もったいない、五割増しだが、どうせブウだからね」
「健さん、手はなんだったい！」
私は声をふるわせて健の手をのぞいた。
□三枚、中二枚、發二枚が見えた。
「お客さん、どうもありがとう、わたし、ツカないと見て情かけてくれたね、そうだろうよ、でなきゃアガれやしないさ」

陳がやっと笑顔を見せて私の方へ片手を差し出したが、健がその手をはねのけた。

「糞《くそ》ゥ、汚ねえ手出すない」

「なんだよ、一人勝ちしてて怒ることはないだろ」

「一回でも負けるのは気に入らねえんだ」

私はスッパリと席を立った。

「やあ、まいりました、じゃ僕はこれで——」

三

「もうですか、まだ早いでしょ、ひとつ今夜はじっくり打ちましょうよ」

「ええ。ですが今夜は持ち合わせもないし」

「それなら、健さん、まかせろ、いってた。ねえ、ここでやめられちゃ、こっちがかなわんわ、せっかく初トップしたのに」

「又にしましょう。お邪魔さまでした」

もう未練がなかった。ここで止めなければしばらく苦戦を続けることになろう。私は一気に福竜を飛び出し、電車通りを広小路の方に歩いた。

厳密にいうと、先刻、トイレに立ったときがやめどきだったのだ。あのときやめていれば、宵《よい》の広小路のネオンも一段と綺麗《きれい》に見えたことだろう。

だが、今ならドサ健もまだ浮いている。奴《やつ》だってそろそろやめたくて、そのきっかけを欲しがっていたかもしれない。

(まァ、奴に花を持たしてやろう。俺《おれ》はなにしろ、足を洗ったんだからな)

「——おい、——おい！」

ドサ健があとを追ってきた。

「やめどきだったろう」

「まァな――」とドサ健はいった。「だが、お前さえしっかりしてりゃ、まだとれたぜ。お前、しばらく打ってねえんだろ」

「ああ――」

「そうだろうな。昔たァ、気合がちがう。おっかなびっくりの守り麻雀だ。あれじゃ相手が打ちいいだけだよ」

しょうがねえよ、とだけ私はいった。今は勤め人なんだから、腕がなまるのは仕方がない。つまり、もはや動物園の虎《とら》なのであろう。

「いいさ、しょげるなよ――」と健は肩を寄せてきた。「今日は、陳一派がどんな仕込みを使うか、それを見に行っただけなんだ。それより、そこで一杯呑《の》もう」

健は肩で私を押して小路《こうじ》へ曲り、ひどく汚なくて小さいバーに入った。

「俺《おれ》の店だ、さァ来いよ」

あるものはカウンターと数本の酒壜《さかびん》だけ。誰《だれ》の姿もない。

「ギャングバーだ。酔っぱらいをひきずりこんで身ぐるみ剝《は》がせるところよ」

コトリ、と奥で音がして女が顔を見せた。しかし私たちを一瞥《いちべつ》して引っこみかける。

「おい、友だちだぞ、酒だ」

「うちにはただ酒はないよ、キャッシュをおきな」

顔は若そうだったが、声はひどく荒れている。

健は内ポケットから一万円札を出して、

「虫けら、とっとけ――」

それから小切手帳を出した。

「これも、返しとくぜ」

「あ、こんなもの、いつのまに！」

「シャレたものを持ってたんだな。一度ぐらい俺にもさわらせろよ。だが金は使っちゃいねえぜ」

それきり、健は私の方を向いた。

「最後の一手は惜しかった。陳の奴に、むざむざ六万円、返してやることはなかったんだ」

「ああ――」と私は答えた。「健さんが山から抜いたのを知らなかったもんだから」

「じゃ、陳の奴の抜き業は知ってたのか」

「陳もか、——そうだろうな」

あの手は抜かなくては、ああ早くはできない。なあンだ、全員がやってたのか。

「すると、やっぱり俺が勝負に負けたんだな」

「陳の振った□で当れなかったところが弱かったがな」

私はウイスキーを一気にあおった。

「健さんのいうとおりだ。俺はみっともねえエラーをするまいと思いながら打った。こんなことははじめてさ。前はエラーのことなんか考えなかった。いつも危ない橋を渡って、それで勝ったんだ。もう危ない橋が渡れない。俺ァ麻雀打ちじゃなくなったな」

「すぐ又戻るさ。月給とりなんかやめりゃァすぐだ」

「いや、駄目《だめ》だ。俺ァもう野っ原じゃ生きられない」

「月給とりは面白えか」

「面白えかって?」と私はいった。「俺ァこういってるんだぜ。もう面白え生き方をする力がなくなったんだって」

「そうだろうな、だがそうとも限らねえぜ。昔のお前は本物の博打《ばくち》打ちだった。出目徳のおっさんと打ちあった夜のことを思いだしてみろい。そりゃァ、あんな晩ばかりじゃない。獣みてえに他人の喰《く》い残しを突っついたり、雨風ン中でも一人すごさなきゃならねえ。だが月給とりにあんなすばらしい晩があるか。お前は今さら本物の月給とりになれるのか」

「俺は足を洗ったんだよ、健さん」と私は必死でいった。「だから、もう、二度と博打は打たない。今のところそれだけしか考えられない」

ドサ健は酒をあおり、それから新しい一万円札を出して、持ってきな、といった。私はその彼らしくない振舞いにびっくりして健をみた。

「わかってるだろう。こりゃァ仲間のわけ前じゃない。お前はもう月給とりなんだそうだからな。ただ、お前が最初、マルエイをやったとき、六万円握ってずらからずにつきあってくれた礼金だ」

私は、ドサ健も、一万円札も、両方見捨ててだまって立ちあがった。

「おい、坊や――！」と健の声が私の背中を襲ってきた。「二度と麻雀屋なんかに面ァ見せるなよ。もし見かけたら、同業の人間たァ思わねえ、そのへんのカモあつかいしてやるからそう思え――！」

獣に訪れる運命《もの》

一

麻雀打ちの足をきっぱり洗ったとなるとその世界が恋しいようでもあり、かといって牌を握れば心から没入できないものを感じる。

気持にふんぎりというものがまったくなくて、だらしのないことおびただしいが、それはまァ運動選手が引退するときも、万感こもごも至るのであろう。

要するに体力気力がおとろえていて、エラーや、それにともなう不首尾をこわがるようになっていた。体力気力が充実しているときは、不首尾をこわがらない。だから、うまくいく。

これはごく最近の話だが、非常に筋のいい麻雀を打つ或《あ》る若者がこんなことをいった。

「自分の手の中から切る牌は、その限りにあらずだけれども、ツモ切りする牌で放銃することはめったにありませんね。その自信があります」

　事実、彼は思いきりのいい麻雀を打つ。とおっていない牌をスパスパ切って、勝負にくるのである。それで不敗とはいえないが、どこに行っても確実に勝っている。

「その牌を摑《つか》んだ瞬間の感じできめます。イヤな感じがしたら切りません。理屈じゃないですよ。でも、手の中から切る牌はその感じが摑みにくい。先に見えてるから、どうしても理屈で処理したりすることがあるンでね」

　それで私も久しぶりで、うんと若い頃《ころ》の自分の麻雀を思いおこした。あの頃は卓に向かうとすぐに、身体じゅうの全神経が麻雀を打つ姿勢になっていた。特に努力した結果、そうなったわけではないが、これは簡単なことではない。

　その牌を摑んだ瞬間の感じ、と若い友人がいった。一見たわいもないことをいっているようだが、実はここに麻雀の奥義があるので、理屈や確率よりも人間の直感力の方がまだしもレーダーとして信頼できる。人間はなかなか恐ろしい力を秘めているもので、要はその生かし方であろう。

　人間の他の能力と同様に、直感も使いこまなければ鋭敏にならない。又、他のことに気がいって集中しないために直感が働かないということもある。そのうえもともと根拠不明のものだから、ここに奥義ありと知っていても、理張った自分の頭を説得できずに、胸の中を淡くよぎる直感を消して打ってしまう。なかなかむずかしいのである。

要するに、体力気力が充実していなくてはこういう打ち方ができない。

で、仕方なく、

「俺《おれ》アプロだい、負ける博打《ばくち》には手を出さねえ」

なんていって、花道を引きあげる。博打打ちは運動選手とちがって、有無をいわさず未練をたちきるために公表する世間というものがないから、ぜひとも自分で矜持《きようじ》という奴《やつ》を作り、それを足かせにする必要がある。そうして、獲物《えもの》を捕える力のなくなった獅子《しし》に訪れる餓死という運命を避けるのである。

私の場合、体力気力に欠けるものが出てきた一番の要因は、勤め人になったということよりも、親の家に帰ったという点にあろう。十六の時に飛びだして、博打で生きようと発心して以来、ほぼ十年の間、野天に寝ていたようなものだった。これが全力を振りしぼれる条件だった。

親の家に戻って、決して大きな顔をしていたわけではないが、それでも寝る場所があり、餓《う》えることがない。たったこれだけのことが、なんという大きな影響をもたらすのだろう。

私は戦争中の中学生時分、勤労動員で工場に行き、級友や工員さんたちと混然となってガリ版の雑誌を作り、無期停学になっている。発覚したのは空襲がはじまった頃で、周辺の大人たちにヒステリックな気分がたちこめていた。この雑誌は反戦活動ときめつけられ、私は工場街を歩くことも、級友と会話を交わすことも禁じられ、謹慎を宣告された。

退学は他の学校に移れるが、無期停学は、つまり無期懲役のようなもので永遠の停止である。この間、級友たちは卒業し上級学校へ進学していったが、私は落第でもなく、そのまま据《す》えおきで宙ぶらりんの存在だった。

しかしこのとき、一番にこたえたのは、家の中の状態である。私の父親は退役職業軍人で、私の行為を微塵《みじん》も許さなかった。食糧のないときで、部屋から呼びだされ、乏しい膳《ぜん》につくたびに、穀《ごく》つぶし、という言葉をみずから思い出さねばならなかった。

戦争が終るとはそのとき考えていなかった。将来もなく、友もなく、居場所もない。今でも私は、逃走犯人の如《ごと》く社会から完全に孤立してしまった者を見ると、反射的に、市民の方にではなく、その人間の方に心が吸いついてしまう。

あの頃、こんなことを考えた。

(——誰《だれ》にも愛されないってことは、かなり辛《つら》いことなんだな)

戦争が終ったというだけでは、私のこの傷は帳消しにならなかった。愛し、愛されるということを道具(或《ある》いは保証)にして生きる世界には、もはや立ち戻れなかった。

他の要因もあるのにはあったが、家を飛び出し、アウトロウの世界に入ったとき、私の心を表面上支配したのはこのような感情だった。

したがって、私は、アウトロウの世界にもある組織には一歩も入らなかった。組織が保証してくれる安定のかわりに、野天に寝る自由さをえらび、それに満足した。若さが、辛《かろ》うじてそれを維持してくれたということを知らずに。

或いはご記憶の方もあるかもしれない。出目徳が死ぬまで戦った夜のことを。あのとき、死んだ出目徳に対して、同じく相手だったドサ健や女衒《ぜげん》の達にも、奇妙な人なつこさをおぼえた、と記した。わざと説明はしなかったが、私にとって、愛というものは、あの晩のようなぎりぎり決着のところで突如湧《わ》いてくる、日常化しない感情だったのである。

二

一番辛《つら》いことは、誰にも愛されないということだ、とまず実感し、同時に、一番烈《はげ》しい生き方は、誰にも馴《な》れずに生きることではあるまいか、と思った。あの頃は本気でそう考えていた。

だが、なんという阿呆《あほ》らしいことであろうか。寝るところと喰《く》い物を得ただけで、がくっと私はおとろえたのである。

親の家に戻ってからしばらく、私はそのことに驚き続けていた。唐辛子《とうがらし》中毒でささくれだった胃袋がケロリとなおり、体重がすぐに五キロも増え、肉親たちが私を許したわけでもない家の中で、私は、喰い、眠り、ひと筋の平和をむさぼった。

家に戻った当初、便所の中で苦しい唸《うな》り声をあげていたという。何を考えているというわけでもなく、ただ放心しているところを家人に再三みつかった。行きづまって、河に飛びこんで死ぬような気持で、親の前に出ていったのだ。戦争中と同じように誰にも評価されない日常に甘んずるつもりだった。事実それに近い状況だったが、それがなんと、今度はそこで憩《いこ》えたのである。

私は今さらのように、これまで居た世界の烈《はげ》しさを想い、復帰した世界の大きさを知った。健には、足を洗った、というふうな表現を使ったが、実際は足を洗っただけでなく、もうすこし積極的に生き直そうとしていた気配がある。

私は自分で職場をみつけ、転々としながらも、おどろくほど頓馬《とんま》に張りつめた気持で勤めていたのである。たとえば、ある職場では、同僚といっさい口をきかず、笑いもしなかった。

ある職場では、女事務員より一時間早く出社して、一人で掃除をしていた。ある職場では、夜半まで他の係りの計算を手伝ったりした。

しかし、依然として、他人と馴《な》れ合いで生きることを本当には会得《えとく》していなかったので、そうした職場でバランスをとるには、ひたすら自分に苦役を課すか、又は精一杯お芝居をするしか方法がなかった。

ドサ健がどうせ本物の勤め人にはなれやしめえ、といったのはこの点で当っている。

私はまもなく、愛されるための演技をいろいろ案出した。

同僚や先輩が私に気を許すためには、
①まず自分が皆から軽蔑《けいべつ》されるための欠点をひとつ目立たせねばならぬ。

②同僚先輩と仕事内容、個性、得意技などが接触することを注意深く避けねばならぬ。
③誰にもわかりやすい情感、たとえば友情、義理、せつなさ、などについて話し合える男、つまり気のいい男である必要がある。
④しかし、一転して、わかりにくいユニークな特徴をもたねばならぬ。
どうも、さっぱり麻雀小説らしくないおしゃべりが止まらないが、この四条件ぐらいを実行できれば、比較的、多くの社員から愛されるものである。私はこうして気を許してきた先輩上役を喰《く》い殺そうと身がまえていた。

つまり半分は小市民、半分はアウトロウの人間だったわけである。

さて、ここが実に矛盾しているところであるが、にもかかわらず、麻雀への未練が捨て切れなかった。

麻雀打ちを本業にしようとはさすがにもう思わなかったし、昼間、麻雀という言葉が会話の中へ出るだけでビクリとふるえるほど内心の傷になっていたのだが、そのくせ、社からの帰り道など、ふいとうずくときがある。

そのくらいだから健に誘われて打ち、又そこで悔いる破目《はめ》になる。

健の前で、二度と打たない、と高言してからたった三日目に、私はもう麻雀屋の敷居をまたいでいた。

台所流し器のセールスで、北千住《きたせんじゅ》一帯をまわり、夜に入って仕事を切りあげ、その日はまっすぐ家に帰るつもりで、三河島《みかわしま》駅前の大通りに出ていた屋台のラーメン屋に首を突っこんだ。

先客が二人、そばをすすっていた。背の低い方の足もとに茶色いバッグがおいてある。

「おじさん、ラーメン！」

私は叫んで、屋台に背を向け、口笛を吹いていた。

「――――！」

というような気配が横であり、丼《どんぶり》をおいて私をみつめている背の低い方の客を、私も眺めた。

暗いせいもあったが、誰かわからなかった。

「又、逢《お》うたね――」

と相手はいい、喰《た》べさしの丼を台の上に捨てて、黒手袋をはめた両手を私の眼の前にさしだした。

「あんたか、ええと――李さん」

「逢《あ》えると思うちょった、あんたと、東京で打ちたかったばい」

黒手袋の李億春は伴《つ》れの男を振り返ってこういった。

「ガス、こン人たい、よか打ち手よ！」

三

私がラーメンをすすっている間、李は、はやりにはやっていたが、伴れのガスは、逆になんとなくしぶっているようだった。

「もうええよ、今日の仕事は終ったんや、わいはもうしんどいねン」

「ぜいたくいうちょるぞ――」と李はいった。「ほら、立てよ、ガス！」

「又、あのクラブへ戻るンかい」

「そこらでええよ。時間が惜しか、その煙草《たばこ》屋の二階に看板が出ちょったわ」

李は片手に茶色いバッグを抱え、片手でガスの手を引くようにして、煙草屋の脇《わき》階段を昇り、雀荘のドアを押した。
四、五卓しかない、小さな店だった。八時をちょっとまわった頃《ころ》で、いかに麻雀不況とはいえ、こうした店に一番人が出さかる時刻だけにガヤガヤと三卓ほど動いていた。

ほとんど若い衆ばかりだ。

李は店の女主人にこういった。

「ちょっと、これ、おかして貰《もら》うたい」

「バッグ？　どうぞ」

「悪いが、商売物が入っとるばい、奥へおかして貰うぜ」

障子をあけて、主人の部屋らしい方にバッグを押しこんだ。

まもなく一卓が崩《くず》れた。

「おい、そっちの人、一人なら入れるぜ」

「ガス、打ってろよ」と李が顎《あご》をしゃくった。

ガスは私たちの顔を眺め、

「徹夜のつきあいはご免だぜ、短期戦でいけよ、おっさん」

疲労の浮きでた表情で、その卓に入った。

ガスだって商売人だから、私たち三人突っ立っていては店側の一人が警戒して
メンバーに入らないだろうと気をきかしたのであろう。

この場合、ガスはやらずに見ていることもできない。三人で来て、二人打ち、
一人が眺めているのでは、カベ役と思われる。

あとから又、同じような年頃の若い衆が二人入ってきた。一人はツラ公と呼ばれており、笑うとえくぼができる可愛《かわい》い若者。もう一人は角刈りのせいか、四角い顔が目立つむっつり屋で、トンボちゃん、或《ある》いはトンボのあにさん、と呼ばれていた。

私、トンボ、李、ツラ公の順で卓についた。

「李さん、ここはブウマンじゃなさそうだぜ」

「ええとも、なんでもええわ、関東ルール、ゾロつき半チャンの奴《やつ》じゃろう」

李は、黒い歯をむきだしにして、ニッと笑いながら私に握手を求めてきた。差しウマのしるしだ。私も無言で握り返した。

その夜、私のすべりだしは順調だった。

東三局、北家で、こんな配牌が来た。

第一ツモが白。第四ツモが北。とたんに下家から北が出て、ポンした。このポンは大変に効果があり、次のツモで發がアンコになった。

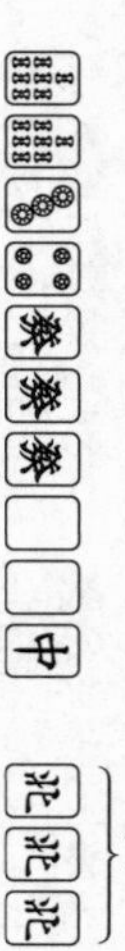

ドラは。十二巡目にもアンコになり、を捨てた。すると次にをツモってきた。手をかえてを出せばこの近所の牌が手の中にあることがバレるだけだ。

トンボのにいさんが索子手をやっている。だから一帯に索子が高かった。期待できるのは筒子だけだ。で、はむろんツモ切りだ。ところがそれから二巡後に又をツモり、ツモ捨てした。トイトイならばアガっていたわけだ。

結局、がツラ公から出て、その手はアガれた。東四局、私は続けざまにタンピン闇《やみ》テン、三九をアガった。すると李が、チートイツのドラ入りをツモり返した。

南二局、親を迎えて、依然、私の手はよい。

序盤の四、五巡でバタバタとトイツが出来、

八巡目、［北］がアンコになった。ここが勝負だ。とこれは誰でも力が入る。私の身心は昂揚《こうよう》していた。

李はややうつむきかげんに、考えこみながら打っている。私をかなりマークしているらしい。マークされた方が、麻雀は打ちよいものだ。これはいけるぞ、という気がした。

たしかにこれまでの経験では、こういう感じの手はものになっていたのだ。

李と反対に、ツラ公の切り牌は強かった。トンボが一つ鳴いた。私はむろん、鳴きをいれない。

「きつかのう――!」と李がいった。

「これかい、ああ、俺《おれ》ァなんだって平気で切るよ、考えたって、こんなもの、しようがあンめえ」

一向聴がなかなか動かない。トンボが一つ暗カンしたら、新ドラが［發］になった。李から二丁目の［八萬］が出た。ポン、といいかけたとき、ツラ公がスパッと手をあけた。

「アガっとくか、そンじゃ安いがなァ」

李は一瞥《べつ》したきり、なんにもいわなかった。ただ私に、「ええとこになったのう」といっただけだ。差しウマが僅差《きんさ》になったというのである。

南三局、私の手はやはり落ちない。タンヤオ手で、一盃口と三色と、どちらかになる手だった。中盤で、をツモってきた。

ふっと、そのとき、いやな感じに襲われたのだが、ツモって捨てる手の方がとまらなかった。

「ロン――」

と李がいった。ピンフのヤミテンで安手だったが、私は自分の右手の甘い動きを、内心で叱咤《しった》した。

九連宝燈《チューレンパオトン》の血

一

ピンフヤミテンの千点――。赤棒たった一本が私の手から李に渡っただけだ。けれどもこのため私は親を失っている。そればかりでなく、このポカが私に与えたショックは大きかった。

（――以前なら、こんなもの、とまる牌だった）

摸牌《モーパイ》した瞬間にイヤな感じが来たじゃないか。いい手だったが一向聴で変えようがないではないし、は握りこめば死手になるような融通の利かない牌でもない。つまり、理由のつけられない失点に入る。気を入れて打っているつもりだが、どこか神経にゆるみがあるのだろう。やっぱり毎日のように牌を手にしていないと駄目《だめ》なのか。

しかも、お互いの点棒をのぞいたわけではなかったが、この直撃で李の持ち点がわずかに私を上まわった筈《はず》だ。むろん李もそれを意識している。うつむき加減だった李の顔が、今はしゃんと正面を向いていた。

あと一局、このラス場で、どうしても私はアガらなければならない。

ところがラス親のトンボのにいさんが、早いリーチをかけてきたのだ。

リーチ

これが彼の捨牌。私の手は、

そして私の捨牌は、

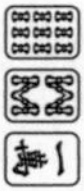

手牌に恵まれた夜だと思っていたが、アッというまに手づまり。私の捨牌の中に親に対する安全牌が含まれていれば失投だが、を、親が捨てるのを見越してとってはおけない。

そしてツモったのは🀠。

大体、早いリーチがかかると、稽古《けいこ》不足のときは辛《つら》い。勘が利かないからだ。

私は🀠をもう一度摸牌した。何か感じないか。（勘を催促したって駄目なものだ）何も感じない。私の手の方からいえば、この手は🀜を軸にして作りたかった。他にリーチがかからない理想的な展開なら、五八万をひき、🀟🀚🀚と捨てて、三六筒で待ちたい。

ツラ公がいった。「どうしたのお兄さん、早くやって——」

どこを切るか。強行策で🀠🀟とおとすか。それは危険のわりに手がおそくなる。🀚打ちも同じ。🀍打ちなら、🀌のカベがあり、手は一向聴。理からいけば🀍だろう。

だが、何故《なぜ》か迷った。

「——🀍！」

「当たァり、一発！」

がくっ、と肩の力が抜けた。麻雀とはこうもむずかしいものだったろうか。

李も、さすがに案外の表情をしている。

一本場、私の手はバラバラ。李がすばやく🀄アンコ六九索をヤミでツモってトップ確保。差しウマ一敗。

「もう一丁、な――」と私はいった。

俺《おれ》はもう駄目なんだろうか。

もう二度と打たないと健の前でいった。今度こそ、この半チャンで負けたら、麻雀のことはすっぱり忘れよう。

どこまで打てるか、とにかく地《ヒラ》で打ってみよう。積極的に裏芸をやる意思はなかった。地の腕がともなわないときに仕込んでもよい結果は得られない。李も、何かをやったような気配はなかった。

もっとも次の一戦はわからない。新規に飛びこんだクラブでは、最初は皆が警戒してその手つきにくまなく眼を配っている。最初の半チャンは、むしろ堂々と地で打って、相手の警戒をゆるめた方がよろしい。相手の油断に助けられなければ、効果的な大技はなかなかきまらない。

もうひとつの卓も半チャン終ったらしく、ガスが立ちあがってこちらへ来た。

李が声をかけた。

「どうね――」

「ブルさがりや。もうやめた。気が乗らんわ。先ィ帰るで」

「まァ待っときンしゃい、もうちょっとじゃけん。わし一人じゃ、まだ道がわからんばい」

ガスは溜息《ためいき》をつきながら、私の斜めうしろ、少しはなれた椅子《いす》に腰をおろして、

「ビール、おくれ——」

私はガスに、カベ役（スパイ）につかれたようで、いくぶんやりにくかったが、さほど忠実な相棒ではないらしく、まもなく背後で軽い鼾《いびき》がきこえた。

私たちの戦局は、ツラ公と李が散発的にアガっただけで決定打がなく、東ラスの私の親を迎えた。

🀄🀄🀄🀆🀆🀀🀁🀁🀑🀓🀔🀝🀏

これが配牌。おあつらえ向きの手だが決して仕込んだわけではない。初巡と三巡目に🀁が出てしまって、これをポンせざるを得なかった。オタ風から鳴きだして、しかもすぐ🀅を一枚ツモったために、初牌の🀀を捨てざるをえなかった。手順としてはまことに拙《まず》いがやむをえない。

案のじょう、字牌はしぼられているらしく李とトンボから🀀がすぐに出てきた。

　ところが八巡目、ツラ公から、

「いけねえか！」

　ひょっこりが出てきた。私はポンして安全牌の北を打った。

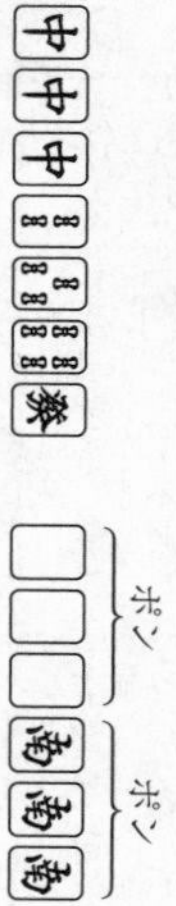

　次巡にツラ公は手牌から九萬を切った。
「行っちゃえ、リーチ！」

　　　　　　二

　ツラ公の切り牌は、

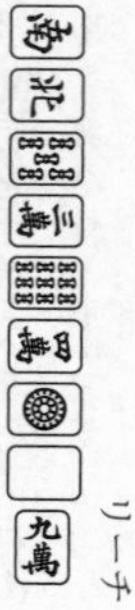

、、と私はツモ切りした。ドラ牌の二萬も（ますますこちらの手がみすかされそうでまずかったが）切った。發はまだ初牌、一か八か、ここが勝負と

思っていた。

七萬をツモったとき、ハタと迷った。ツラ公の捨牌の形がいけない。五のあと九、三四のあと九切りのテンパイ。□の打ち出しも迫力があり、強引な□のあとまで九萬を残さねばならなかった。——早くて信じ難いが、私は、純チャン、それも七八九の三色手と踏んでいた。

もうひとつ、こんな場合、チャンタ手、乃至《ないし》チートイツの發単騎もあるが、はたしてそう単純にくるだろうか。リーチしてくる以上、發を抱いていることは充分考えられるが、チャンタ手として九萬切りのリーチである以上、發シャンポン受けはないと見た。

發三丁抱きで来る場合はある。

七萬で当ればハネ満まで。發単騎なら満貫まで。

（裏ドラはまだやっていなかった）

私は發を切った。

切った瞬間に、バチッと言葉が湧《わ》いた。

（——親ハネじゃないか。親ハネを崩すのか！）

純チャン三色としても、一向聴の段階で二方向の待ちがある。七萬が入ってテンパったかもしれぬ。手を崩すなら、🀅も切れぬ。危険を冒してクズ手にして、どっちつかずの愚を冒している。

🀀の場合とちがって、トンボからも李からも🀅が出てこない。リーチ手に固まってるのか、山に生きてるのか。

二巡後、ツラ公が🀅を持ってきた。そして次に奴《やつ》はツモったのだ。チャンタ三色、🀅雀頭のペン🀟だった。

李が不思議そうに私の方に顔を寄せた。

「どげな手ね、見してンない？」

「いや、いいんだ、なんでもないよ」

「あんたがどう打ちよったンか、見たいンじゃ。🀄があったンじゃろ」

「放っといてくれ、好きなようにやってンだ」

李の視線が私の背後に行った。寝てると思ったガスが、すかさずいった。

「🀍単騎や。そやったね」

「ふうん――」と李はそれだけいって口をつぐんだ。

私は屈辱に頰《ほお》を染めていたが、チャンスの波はもう遠のいており、当然ツラ公がツキだしてきて、李の視線も私よりツラ公の方へ向けられた感じだった。

トンボの親がメンタンピンドラ一丁、李の親も早い喰《く》いタンドラ二丁で蹴《け》られ、親をとったツラ公がドラ含みの中堅手を連発。

「奴がツキ出すと手がつけられねえんだよ、ツラ呼びのツラさんだからな」

「滅茶《めちゃ》打ちするからよ、はずれるとひどいがなァ、へへへ」

地元勢二人が上機嫌《じょうきげん》。すると、李が不意にガスに声をかけた。

「なァ、奥に置いちょるバッグから、煙草《たばこ》取っちゃらんな」

「おっさんの荷物やろ、おっさん行って持ってこいや」

「そういわんと、今手が離せんもン、頼むよ」

そのとき李は、東をポンしたばかり。まだ三巡目だった。

そうして李が珍しく、長考した。

ガスが奥の部屋においてあったバッグをさげて現われ、片手で真新しいピースの箱を李に渡した。

「うん、すまんの――」

スッと煙草をポケットに入れ、ほとんど同時にドラ牌の一萬を切った。

ポン、と親のツラ公が鳴いた。

「ソラ来た、ツラ公、又親マンか」とトンボ。

李はマッチを探す手つきで、卓の下をのぞき、古いピースの箱を手にして、

「ああ、まだ一本あったばい」

火をつけた。ガスが、私たちの卓から遠くはなれて、扉《とびら》に近い位置で他の卓を眺めていた。私はガスを眺め、李に視線を返した。煙草が一本吸い残してあったというが、無用のセリフだ。打ってるとき、商売人は無意味な言葉は、まず吐かない。

二巡後、李がツモりアガってツラ公の親をおとした。ツモ牌は。

やったかな、と思ったが、案に相違して平凡な手だった。

ラス場、私の親だが手牌は依然として悪い。しかし点差が開いているので、トンボや李は、かなりの手を作らねばならず、ツラ公の蹴《け》りさえ気をつければ、なんとか連チャンできるだろう、と私は思っていた。

ところがその五巡目、勝ち誇ったツラ公がを捨てると、突如、李が狂ったような叫び声をあげて手牌を倒したのだ。

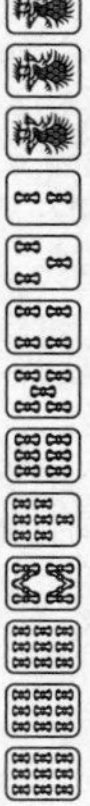

見事な一発だった。李以外には誰も声をあげなかった。そうして店じゅうの者が総立ちになって、その手を見に来た。
たった一人、寄ってこない男が居た。ガスだった。私はその姿を見て、李の手牌に仕かけがあったことを諒解《りようかい》した。

三

「九連宝燈のおっさん、俺《おれ》に煙草を一本めぐんでくれねえか」
とツラ公がいいだしたのは、私がいさぎよく負け銭を払って席を立った直後だった。（その金は会社の公金で、当時の私の一か月分の給料にほぼ匹敵する額だった。その金をおいたのは第一に、仕かけとはいえ九連宝燈に対する敬意。第二に、相手の裏芸に悲鳴をあげることは私の残りすくない自尊心が許さなかったからだ）
「おっさん――」というツラ公の声を又背中の方できいた。「きこえねえのか、煙草をくれといってるんだ」

李の返事がない。私は扉のところでわずかに振り返った。皮肉なことにトンボが火をつけたばかりの煙草をくわえている。

手を見に来た男たちの輪の中で、李の声がやっときこえた。

「そっちのにいさんが、持っちょるばい」

「お前のが貰《もら》いてえんだ。ホレ、さっき奥から持ってきた奴《やつ》をよ！」

私はそこまできいて足早にその店を離れた。だからこのあとのことは、すぐあとで李にきいた話だ。

しかし、何故《なぜ》ガスは早いところ消えなかったのだろう。時間的にはわずかの間とはいえ、何故かガスは扉のそばに突っ立って、この一件を眺めていたらしい。

李はそのとき、ツラ公に利き腕をねじあげられ、卓を横倒しにする勢いでトンボの兄貴の方にひきずられた。トンボの兄貴が李のポケットへ手を突っこみ、中のものを摑《つか》みだして一同に見せた。

ひしゃげたピースの箱が出てきたが、中の煙草《たばこ》は一本もなかった。そのかわりにポケットの底にゴロゴロしていたのは、今の牌と寸分ちがわぬように見える索子ばかりが六枚。

「野郎ッ、ふざけた真似《まね》しやがって！」

しかし李の左手も、ガスが飲み残したビール壜《びん》にかかっていた。李はいきなりトンボの前額部にそれをぶつけた。ゴボッ、と音がして中のビールが飛び散り、トンボが悶絶《もんぜつ》する。割れた壜をツラ公に投げつけ、

「ガス——！」

足もとのバッグをガスの方に蹴《け》りながら李は扉の方に走り、ガスが丸椅子《まるいす》を一団に投げつけて出足を防いだ。その隙《すき》を狙《ねら》ってガスは李と逆にバッグの方に走り寄り、掬《すく》いあげようとしたが、卓と椅子の間にはさまってバッグの手がもげた。

「ガス——！」

李が扉のところからもう一度うながしたという。ガスは身を泳がしてバッグを抱えあげようとしたが、ほとんど同時に誰かの足がバッグを蹴《け》りあげ、窓にぶつかってガラスを粉砕し、ファスナーがぱっくり裂けて、ぎっしりつまった牌の紙包みが乱れ散った。そのときもうガスには誰かがぶつかっていて腹から血を噴いていた。

麻雀屋の女主人の悲鳴、男たちの怒号——。

私は国電の駅に達する大通りを避けて、暗い道を迂回《うかい》し、うねうねと歩きまわ

ったあげく、別の大通りに出てひと息ついた。私はそこでタクシイをとめるつもりだった。

なんという偶然か、もう一本先の小道から走り出てきた男と鉢合《はちあわ》せをしてしまったのだ。李だった。私は反射的に奴を避けようとした。大声をあげて、奴は私に追いすがってきた。

「大丈夫、追われちゃおらんばい、大丈夫」

「だが、俺はあんたの仲間じゃないぜ」

「道を知らんばい、一人じゃ動けんとたい」

「俺だってそうさ。この辺はよく知らん」

私はタクシイに手をあげた。私の制止にもかかわらず、李も乗りこんできた。

「日本橋――」

と私は自分の家とまるで関係のないところをいった。

「今夜は金町に帰れんたい――」と李がいった。「あンたの部屋に寝かせてくりようもん」

「ことわるよ、甘ったれるな」

日本橋で車を捨てたとき、私も李も、いくらか興奮がさめていた。

「何故《なぜ》、ガスって奴《やつ》はズラからなかったんだろう」

「さァな、バッグに気が残っとったンじゃろ、ありゃ、ひと財産たい」

「大阪ンときも、あんたを最後まで見とったって話だったね」

「ああ、大阪ンときもな――」と李も頷《うなず》いた。「気が知れんばい」

私も、恐らく李も、ガスが全身三十数か所も突っつかれて死んだことを翌朝の新聞で知ったが、この夜の李の胸の中にはガスのことはほとんど影を残していならしかった。少し歩いてから、李は突如、こんな感慨をのべた。

「わしは、贅沢《ぜいたく》ちゅうやつが好きたい。贅沢にしか、生きられん。博打《ばくち》ほど贅沢なものは無かと。なァ、どうな？」

私は返事をしなかった。少し歩いて又、李がいった。

「東京にゃ、博打に身を張ってる奴は居《お》らんとか。あンたはどうな？　そんな洋服着とったら、世間並みの挨拶《あいさつ》しかでけんようになるとちがうとな」

私はやっぱり黙っていた。

「誰も居らんとなら――」と李がいった。「わし一人でもやっちゃる。やっぱり九連宝燈たい。ありゃ贅沢なアガリぞ。勝つためのアガリじゃなか、王者の手じゃ。いけんとなら、あんたもあの男たちのようにわしを突っ殺せ。わしは文句はいわんけん」

「よし、ともかく」と私はいった。「ここで別れよう」

私は獣になれない劣等感でいっぱいになりながら、もっとしゃべりたそうな李を振り払って帰宅した。

一発ドラ切り

一

ガスという男が殺されたのである以上、それははっきり、事件である筈《はず》だった。敗戦後のドサクサ時代から十年もたっていて、機構もかなり整っていた頃《ころ》だから、警察が事件に対して手をつかねていたとは信じがたい。

恐らく、ツラ公やトンボ、及びその仲間たちは犯人もしくは重要参考人としてすぐに拘引《こういん》されたのだろう。ガスという男の身許《みもと》は、ツラ公たちにはわからなかった筈であり、その意味でも、同じく重要参考人として、事件の発端をになっている形の李億春も追跡されたにちがいない。

しかし私の耳には、このあと李が警察に出頭するなり捕まるなりした噂《うわさ》が入ってこなかった。李は事件のあと、ガスと一緒に寄宿していた金町へも帰らず、翌々日に、その頃ずっとかよっていた南千住の麻雀クラブに顔を出しているが、そのクラブに刑事が来たことを知り、以後寄りついていない。

それにしても、李がそれほどうまく逃げおおせるとは思えなかった。私ですら、その後の李の動向を、偶然のことからだがキャッチしていたのだ。ガスの身許《みもと》が別の線からわかり、小さな喧嘩《けんか》のもつれとして（まさにそのとおりだったが）簡単に事件が落着してしまったのか。或《あ》るいは警察が李を捕捉しがたい他の事情があったのか。

私は、ガスという男が、李に対して示した交情に興味を持った。広島で彼等は知り合い、以後ガスの仕事道具であるガス牌（贋牌《がんぱい》）のつまったバッグをカタにとって、彼をあやつったような李の話しぶりだったが、はたしてその間、バッグをとり戻す隙《すき》がなかったものか。またガスは、そのバッグが無ければ、他に生きる道がなかったのかどうか。

大阪で李が窮地におちいったとき、なんだかんだといいながら、最後まで見守っていたのは何故《なぜ》か。

三十男が、李の判断ひとつに身をまかせて東京まで吹き流れてくるものかどうか。そして先夜、気がすすまなかったらしいのに李や私につきあい、命を落とすまでに至ったのはハプニングとしても、あの夜の些細《ささい》な行為のひとつひとつが、無法《アウトロウ》の世界の男のとる態度ではない。

私ははじめ、李がある事実を隠して私に話したのではないかと思った。たとえばホモのような関係を思い描いたのだ。ところが、ガスのこの交情ぶりに対して、李の方は、まったく彼をただの相棒としてしか遇していない。李は、興味のないものには徹底して無関心な男だったが、生き物らしい情感をまったく失っていたわけではないのだ。このことは、ある時期の私を追った執着ぶりや、このあとドサ健に見せる奇妙な交情と比較していただくとおわかりと思う。

それはともかく、この事件からひと月ほどたった頃、私の勤務していた社の運転手で安田というチンピラが、李らしい男と大塚のクラブでぶつかったといった。黒手袋のおっさんというだけの説明だったが、李にまちがいはない。

「でも、俺《おれ》、負けなかったぜ」

「奴《やつ》が、負けたのか」

「いや。――そこのメンバーは奴に総なめになっていてね。いいとこ打っているのは俺ともう一人くらいかな。雀荘のママがこぼしているよ」

一週間ほどして安田は運転手のくせに徹夜麻雀で眠そうな顔をして現われた。李たちとブウマンを打ったという。彼は負けてきた感じだったが、そのことは口にしないでポツリとこんなことをいった。

「あのおっさんは、麻雀打ちってより、不動産屋だな」

「そりゃどういう意味だ」

「奴ァ客のゼニをカモるだけじゃなくて、もうひとつ、麻雀屋自体をカモっちまおうとしてるんだ、きっとそうだよ、そうにちがいねえ」

大塚の雀荘は、もともと四、五卓ほどの小ぢんまりした店のせいもあるが、すっかり常連客を荒らされて、閑古鳥《かんこどり》が鳴くような有様のところへ、陳という東洋人が現われ、

「名義を我々のに変えて、ブウマン専門の店にしなさい、警察も組合も怖くないし、きっと流行《はや》る。利益は歩でわけよう」

とママを口説《くど》いているという。

そうして、安田の推測によれば、李と陳は仲間、李が荒らし屋で、陳が乗っとり屋だという。

あるいはそうかもしれない。上野でドサ健と打った夜の相手の東洋人が、たしか陳といったが、彼奴《あいつ》だろうか。そういえば符号するセリフもあった。

しかし、あの李億春が、他人の手先きになっているとは信じがたいことだった。

二

さて、上野にほど近い根津八重垣町の裏通りにPという小さな麻雀屋があった。

店主は松浦よし乃という戦争未亡人で、一人娘を抱えて復員局に勤め、娘の伸江が高校から帰る夕方頃《ごろ》から門戸を開いて、主に近隣の小商人や学生たち相手に二、三卓貸す程度の小規模な店だった。本来、若者のお遊び程度のレート（賭《か》金《きん》）で、いわゆる健全にやっていたのが、ポツリポツリと旦那衆《だんなしゅう》が入ってくるようになり、すると若者たちもつりこまれて少し大きいレートに手を出すようになる。

よい按配《あんばい》に旦べエたちが平均して敗《ま》けていたので、ますます若者たちが入りびたるようになる。そんなわけで店の規模からすると案外に肥《こ》えたクラブという感じになっていた。

そのきっかけを作ったのは、長岡修一という学生だった。彼ははじめ串田という染物屋の次男坊に連れられて現われたのだが、ひどく負けて、最初の晩から持ち金の底を叩《はた》いた。

大きな身体を折り曲げるようにして奥の部屋にやってくると、

「破産だよ。少し廻《まわ》しておくれ」

「婆《ばあ》さん――」といった。

「――いくら？」

「五千円――」

「冗談じゃないわ。そんなことしたらこっちが破産よ。ツイてないときはやっても駄目《だめ》。又出直していらっしゃい」

「なんでえ、ケチ。商売を知らない婆《ばば》ァだなァ。俺《おれ》がやめりゃ卓が崩れるよ。俺の代わりに入って打ちゃァどうせそのくらい負けるぜ」

「串田さんが居るでしょう、廻して貰《もら》いなさいよ」

「打ってる相手に借りたくないんだ。串田だってつまらなくなるだろう」

「だってウチは初めてのお客よ。図々しいと思わない。第一、私は四十前ですからね。婆ァじゃありません」

長岡はしばらくじっとしていたが、だまって卓の仲間の方に戻っていった。で、よし乃もつい考えこんだ。ここが素人《しろうと》商法の悪さなのだと思う。しかし小銭なら、他の学生たちに立てかえてやっているところを、宵《よい》のうちから長岡にも見られている。彼を紹介した染物屋は上客で、万一の場合、串田に債務を代行させることもできる。

「——ちょっと」

よし乃は卓のおいてある部屋に出ていって、すでに帰り支度《じたく》をしていた長岡に、五枚の札を見せた。

「この次、きっと返してくれるんでしょう」

「なんでえ、糞婆《くそばば》ァ——」と長岡はいった。「手数をかけさせるなよ」

よし乃は怒るより先に笑ってしまった。

それから数日後、長岡は現われるなり、五枚の札をよし乃の前におき、部屋の隅に居た仲江の方に甘栗の袋を投げた。

「今日は郵便貯金をおろしてきたんだ。資金豊富だから負けないぞ」

長岡は身体《からだ》も大きいが、顔も大きくて、全体が茫洋《ぼうよう》としている。よく見ると、立派な顔だちだな、とよし乃は思った。口汚ないのが玉に傷だが、これも育ちがいいからなんだろう。

この界隈《かいわい》に多い画学生かと思ったが、きいてみると、ほとんど世間に知られていない三流校の国文科の学生で、学校にはほとんど行かず、映画館のフィルム運びをアルバイトにしているという話だった。

よし乃はなんとなく、がっかりした。

(じゃァ駄目《だめ》だな。娘の相手には役不足だわ――)

しかし長岡は、どこが気に入ったのか、アルバイトの収入が貯まるとP荘にまっすぐやってくるようになった。来ると二、三日居続けをする。なんとかかんとか、徹夜のメンバーを仕立て、朝方、ごろ寝して、夕方現われる新客を待つという按配《あんばい》である。

復員局に出ている間、二階に居る娘と、下でごろ寝している長岡のことを思って、よし乃はふっと不安になることがあった。

それとなく、仲江にきいてみたことがある。

「大嫌《だいきら》いよ、あんな人――」

と仲江はいった。

「台所にきてね、ご飯ばかり、ドカドカ喰《た》べるのよ。三杯も四杯も。男の魅力なんて、ゼロだわ」

「それでいいのよ。あんな人好きになるんじゃないよ。一生、うだつがあがらない人なんだからね」

麻雀の成績も、長岡はあまりうだつがあがらなかった。決して拙《まず》い打ち手ではない。しかし派手にガメりすぎて、ムラが多い。トップをとるかと思えばラス、ラスかと思えば又トップ、しかし結局トータルでは浮きより沈みのことの方が多い。

派手に騒いで明かるい麻雀のものだから、たまたま現われる旦《だん》ベエたちが、一様に長岡を気に入る。彼の存在は店の繁昌にたしかに一役買っているのである。

一年ほど、そんな日が続いて、ある日長岡が現われると、客が居ないで、よし乃だけが奥の部屋で一人チビチビやっていた。

「伸江ちゃんは？」

「友達の家に行ったわよ。まァ坐《すわ》んなさいよ、長さん」

長岡は怪訝《けげん》な表情ですわりこんだ。

「どうかしたのか、婆《ばあ》さん呑《の》みつけないものをやって、脳溢血《のういっけつ》かなんかおこすなよ」

「心配性だねえ、あんたも。からかってるのかと思うと本気で心配してるようなところがあるんだから、そんなじゃ麻雀も負ける筈《はず》さ」

「負けちゃいねえよ。大体トントンさ」

「ふふふ。今日はお店はお休みよ。麻雀の話はよそう。それよりあたしは嬉《うれ》しいんだよ。長さん、泣くかもしれないけど、見逃がしてね。今夜は本当に嬉しいんだから」

「なんだい、婆《ばば》ァが嬉しがることっていえば――」

「仲江がね、M銀行に、就職がきまったんだよ」

「なァんだ、そんなことか」

「冗談じゃないよ。母親一人で大きくさせた娘だよ。この節、小学校だって少し筋のいい所じゃ、両親そろってないと嫌《いや》な顔をするんだ。家庭だってこんなふうさ。――それがねえ、ちゃんとした家のお嬢さんでもむずかしい銀行に、パスしてくれるなんて、――よくそこまで育ってくれたと思ってねえ、――これで肩の荷がひとつおりたような気がするよ、――ここまでくるためには、娘も娘だけど、あたしだってどのくらい、気持を押えて暮してきたか、――男の人にはわからないだろうねえ」

よし乃は際限なく涙をこぼし、自分の言葉に酔った。そうして、いつになく黙ってきいてくれる長岡に、気持のうえで安心してもたれきっている自分を意識した。

(うだつはあがりそうもないけどこの人は――)

しかし長岡は固い声音《こわね》でときおりこういうだけだった。

「しっかりせえよ、婆《ばあ》さん。呆《ぼ》ける年齢《とし》じゃあんめい。しっかりしなくちゃ駄目《だめ》だよ」

三

銀行に勤めだした伸江は、急に娘っぽくなって、長岡をはじめ、麻雀を打ちにくる男たちとはほとんど口を利かなくなった。そんな伸江を、長岡は大きな顔に似合わぬ細い眼で遠くから眺《なが》めている感じだった。

ある日、P荘に風呂《ふろ》帰りらしく手拭《てぬぐ》いをブラさげた一人の男が入ってきて、打ち合っている長岡たちの麻雀をだまって眺めていた。

彼は三十分ほど居てだまって帰っていったが、男の姿が消えるや否や、染物屋の次男坊がこういいだした。

「凄《すご》い奴《やつ》が来たな。君たち、まちがってもあいつと打つんじゃないぜ。奴は上野《のがみ》の健という商売人さ。俺《おれ》は一度ひどい目にあったことがあるんだ」

「商売人て、麻雀にもプロが居るのか」

「居るとも、ああやって、カモを探しているんだろう。銭湯帰りのような恰好《かっこう》だが、こんなところまで風呂に入りにくるもんか」

「でも、いっちゃったんだから文句はない」

「又来るよ。今日は小当りに来たんだ」

その言葉のとおり、奴《やつ》は数日後、又フラリと入ってきた。

染物屋は居なかったが、皆はれ物にさわるように、健を隅においたままで仲間に入れなかった。だが今度はなかなか帰らなかった。

ちょうど夕飯どきで、一人がおそるおそる立ちあがったが、ちょうどそこへ、実にタイミングよく、又一人見知らぬ客が入ってきた。

「どうぞ、よかったらここがあきますよ」

「へェ、そンじゃ、やらして貰《もら》いますばィ」

それは小男のおっさんで、両手に黒手袋をはめたままで、勘弁しちゃんさい」

「指が不自由じゃけん。手袋をはめたままで、勘弁しちゃんさい」

長岡だけが健の方を向いてこういった。

「こっちの人の方が先に来てたんだぜ」

「いいよ、俺は見てるだけでいい、やってくれ」

「悪いね」

健は片手を、かまわんよ、というふうに振って見せた。それがきっかけのようになったらしい。長岡の後に立って観戦しはじめた。

こうした家庭麻雀風のところに見知らぬ客が混ざると、皆が緊張して打ちだすものである。特に長岡は、背後に玄人《くろうと》が見ているという意識もあって、それらしい打ち方になった。

第一局、起家の長岡が南単騎の地獄待ちでリーチ。流局になったが彼は誇らしげに手牌をあけて皆に見せた。

「摑《つか》めば出る筈《はず》だがなァ、寝とったんだな」

一本場、しかし、長岡は好調で十巡目に又リーチ。

リーチ

こんな捨牌だった。すると対家の黒手袋が一発で、ドラの六萬を振ってきた。

黒手袋は次に伍萬を捨て、それからすぐに又四萬を捨てた。

「へええ——、強いな」

「これがかの。こりゃ安全じゃろう」

「でもメンツ切りだ。何をやってンだろう」

その局は終局まぎわに黒手袋がアガった。長岡の待ちは四七索。——絶テンだという自信のもとにリーチした筈だった。

その翌日、ドサ健がP荘に現われたとき、メンバーがまだ揃《そろ》わず長岡は染物屋と二人で茶を呑《の》んでいた。

「昨日はどうだったね——」

と健は笑顔できいた。長岡は無言で首を振った。

「そうだろうな。まだ若いよ。勉強が足らん」

「健さん——」と長岡がいった。「俺《おれ》、麻雀打って、あんなことはじめてだ。びっくりしたよ。俺なんか、麻雀について何もわかっちゃいねんだな、って気がした。あんた玄人《くろうと》だそうだけど、教えてください。何故《なぜ》、あの待ちを読まれたんだろう」

「だから若いんだっていってるじゃねえか」

「どう若いんだよ」

「お前さん、最初にピンフの手を地獄待ちにとったろう。あの手を相手に見せた。これが第一にいけねえ。第二にいけねえのは、🀚打ちの即リーチだ。一向聴の段階で🀚が無関係なら🀃の前に捨てるだろう。あの捨牌で考えられるのは、わざと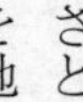のソバテンにしたか、或《ある》いは無さそうに見える索子待ちだ。ピンフの手を地獄待ちにとる級の腕なら、他のテンパイの場合、ああきおいこんで即リーチはかけない」

「だけど、一発でドラを振ってきたんだぜ」

「振るだろうさ。安全なんだもの」

「でもメンツ切りだった。ドラメンツをとっておいた方が、あのおっさんもよかった筈《はず》だ」

「ナメられたんだよ。ああいうのを、かぶせ打ちってんだ。派手にドラメンツを切れば驚く程度の腕と見られたな。お前さん、びっくりして手が縮こまって負けたんだろう」

長岡はだまって茶をすすっていた。

「奴《やつ》は、はじめての客じゃねえのか」

「ああ――」

「そうだろうな、初見の相手によくやる手だよ」

そのとき、申し合わせたように、黒手袋の李億春が、再び姿を見せたのだった。

ナルサン・パァピィ

一

「やあ、昨夜はすまんかったばい」

と李は長岡を見かけて、顔じゅうを口にして笑った。

「あげなツキはもう無かと、——今日ば、仇討《かたき》たれに来ちょるけん、充分やってください」

ドサ健が、しげしげと李の方を見ており、李もなんとなく視線を返した。

「メンバー居るな。やらんね」

染物屋はあきらかに尻《しり》ごみしていた。

「一人ぐらいもうすぐ来るよ、慌《あわ》てなくたっていいさ」

「誰《だれ》か来たらかわりゃァいいじゃないか」とドサ健がいった。「こうしとったって、しょうがないさ」

ちょうど店主の松浦よし乃が帰宅して、やってよ、とうながしたこともあり、染物屋も渋々と卓についた。

長岡、ドサ健、染物屋、李——。

いきなりドサ健が訊《たず》ねた。「その黒手袋はなンですか」

李は最初の局の山を積み終ったところだったが、黙って糞丁寧《くそていねい》に山の牌を手で算《かぞ》えはじめた。

「そりゃなんだと訊《き》いているの。おっさん、聞こえないの？」

「——あ、これ」と李億春がいった。

「わし、指先きが無いもンじゃけん、いつもこれでやらしてもろとるばい」

「無いって、あるじゃねえか」

「手袋の先に、詰め物が入っとると」

「で、はめたままやるのかい。礼儀を知らんな、どうだい君たち、このおっさん、帽子かぶって剣道やるというとるぜ」

健は、ツと手を伸ばした。

「取るぜ。気に入らねえや」

ドサ健の敵意が意外だったらしく、李は機先を制せられた形だった。黒手袋は健の手で剝《は》ぎとられ、背後へ放られた。その掌《てのひら》は、人指し指から小指まで両方ともに第一関節がなく、右手の薬指と、左手の中指小指は第二関節もなかった。満足なのは両方の親指だけである。

李の顔が急に凶悪に見えだして、長岡も染物屋も今さらのように顔を見合わせた。李が低い声でこういった。

「にいさん、グレン隊ね」

「何故《なぜ》――」

「他人の傷ばあばいて、ええ気持になっとるたい」

「別に。――プロレスだって覆面の中に凶器をかくしている奴《やつ》が居るからな」

「牌が積まれんね」

「積めんならやめろ。おっさん、招待選手じゃあるめえ」

李は動かない。サイを握ったドサ健を、振れ、とうながした。

「それで思いだしたが――」とドサ健がいった。「昔、地下道に寝てたおっさんから、こんな話をきいたことがある」

「話などよか、サイを振らんね」

「まァ聞けよ――」

とドサ健はしゃべり止《や》めなかった。

その浮浪者が元主計将校で中支《ちゅうし》に居たときのことだ。中国人の富豪の家で麻雀をやってる。それをよく見ていたんだそうな。

ドサ健を麻雀打ちと知って、ある日こんなことをいった。

「お前さん、ナルサン・パァピィをやってるかね」

「そりゃなんだ」

「やってないのか。それじゃ本当の博打《ばくち》じゃないな」と元主計将校はいった。「支那《シナ》でも本場じゃそいつァ常識なんだ。麻雀はイカサマが多かろう。イカサマをやりづらくするために下駄牌《げた》（現在の牌よりもひとまわり大きくて薄い）を使ってるが、それでも皆やる。今度の山は危《あぶ》ないな、やられている臭いな、と思ったら、定《き》めの点棒を場に出して、ナルサン！　とか、パァピィ！　とか叫ぶんだ」

ナルサン――とかけ声がかかったら、配牌をとるとき、四枚ずつでなく、（皆が）六枚ずつ二度持ってくる。

パァピィ――といったら、やはり配牌時に親が上山だけ四枚をひんめくってくる。南家がその下山四枚、西家は次の上山四枚、北家がその下山――。

要するに、臭いとみたら、権利の点棒を払って変則的なとりかたをするわけだ。

「ナルサンというのはなんて意味だったかな。パァピィはたしか、皮を剝《は》ぐって書くんだと思ったな」

「ナルサン・パァピィ、か」と長岡がいった。「へえ、はじめてきいたよ」

「面白いだろう。どうだ、千点で、その権利が買えることにしようじゃねえか」

染物屋が笑った。「誰《だれ》かインチキをやるのかい」

誰も笑わなかった。染物屋自身も平素の気の弱さでそんなお世辞をいっただけだ。

「——定めたぜ」

ドサ健が親きめのサイを振った。五、そして九。健が起家だ。

それから八が出た。受けて長岡が振る。十で、計十八。

健が千点棒を出していった。

「ナルサン——」

「最初《はな》からと——?」李が苦笑した。「まだ親もきまらんうちに積んだ山ばい」

「だからどうした、抜き業なら誰が親だろうと関係ないぜ。こんなものは最初が仕込みやすいんだ。そうはいくかい」

二

健の配牌第一集団が、

第二集団は、李の山の左端三幢《トン》で、

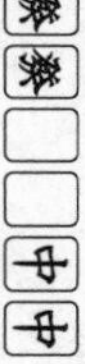

チョンチョンが染物屋の山のと。李の方には何が入ったかわからない。
健は大きく息を吐いた。そうして第一打を切った。
二巡目はツモの、打ち。
三巡目はツモの、打ち。
対家の李がカンをサラリと喰《く》った。ドラがである。
四巡目ツモの、打ち。
李がそのを、じっと見ている。
字牌が誰からもほとんど出てこない。李が又喰《く》った。今度はの。そ

うして少し考えた。健の中切りを暗カンの一丁落しと見たのか。考えた末の李の捨牌は。

五巡目の健の捨牌は□。

しかし中も□も、他家からは一枚も出てこない。

「リーチ——!」

と染物屋がいった。

一巡して李に来たとき、彼はかすかに唸《うな》ってツモ牌を叩《たた》きつけた。發をツモったのだ。

李の手牌は、

だった。ドラがなのでこれでも七千七百の手だ。しかし、中も□も両方暗カンの一丁切りでない場合が、もしあるとしたら、どういうときだろうか。
そんなことはありえない。他の手とはちがう。役満コースである。中アンコ、□アンコ、發二枚。テンパイしているかどうかわからぬが、この形をむざむ

ざとこわす筈《はず》はない。🀅はむろん捨てられぬ。

しかし🀐もリーチにとおっていなかった。李はいさぎよくオリて、現物の🀘を捨てた。オリた瞬間、対家（健）が、🀄三枚🀆三枚🀅二枚ではなく、手をこわす場合がありうる。対家も、残りの三元牌を仕込んでいたとしたら、この場合はどうだ。その場所がツモから遠い位置であり、そのうえ李の手が早いと見て、手をこわしてくる。そんな偶然があるだろうか。

健が又🀄を捨てた。そうして次巡に🀆も。

しかしそのときは李の手も大分こわれていた。

リーチはまだツモ捨てを続けている。十巡目、李が四枚目の🀖をツモって来、待っていたようにカンをした。

「――カン！」

李は叫んで、染物屋の前の王牌尻でなく、健の山の左端に手を伸ばした。むろん故意にだ。長岡の制止にあい、李は謝罪してすぐ王牌尻をツモり直したが、その牌は東。そうしてすばやく摸牌した対家の左端の上牌は中だった。

李は心中でニヤッとした。

（――なにが、ナルサンか、にいさんも同じことばやっちょって。――ふふ！）

一発、ナルサンのお返しに、親愛の情を布告しておこう。わざと初牌の東を切って、健の顔をいたずらっぽくにらんだ。

「ロン――」

と健がいった。

「ドラ二丁だ、親マンだな」

「へええ、東發つきものか」と染物屋。

一本場。配牌をとる場所が健の山を通過する。

ドサ健が三人を見ていった。「正規にとっていいんだな」ドラは。

李は沈黙。しかしかみつきそうな顔になっている。

健（親）の第一打、、以下北二萬六萬。あいかわらずおとなしくない。

これに対して李の捨牌は[一索][九萬][八索][八萬][南]、これも字牌の出がおそい。染物屋から出た[白]を李がひっかけた。下りポン、それも初代である。次に染物屋が[中]を出すと（これは暴牌気味で普通はしぼるところだが）李が又ポン。

「いやだな、俺《おれ》、おそろしいよ」と染物屋が半分冗談ともつかず——。

健が、すっと[發]を出した。

李の眼が細くなった。

（野郎——、なめてやがる）

[白][白][中][中][發][發]とあれば、初物をポンしていかない。どれかがアンコになるまで待つ。でないと大三元への望みがうすくなる。これは李クラスなら常識のセオリイ。まだ前哨戦《ぜんしょうせん》でそのセオリイを逆用する時期でもない。

だから大三元はないが、[白][白][中][中][發]で、最初から小三元狙《ねら》いならどうする。冒険じゃないか。それとも、又、[發]の在り場所を知ってるのか。

李の手牌は、

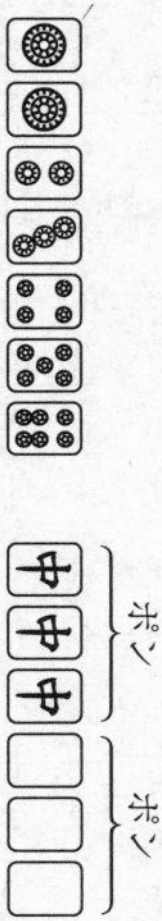

健の前の牌山は配牌時にとられて、むろん綺麗《きれい》にない。では健の🀅打ちに関して二種類の状態が考えられる。

Aは、健が🀅のカン切り、乃至《ないし》アンコ切り。

Bは、残りの李と染物屋の山に🀅があるのを健が知っている場合

Aのアンコ切りなら、単騎にぶつかる可能性があるのでやはり冒険。この場合健も相当の手をテンパイしていよう。

Bでも同じくテンパイの公算が大。しかし、と李は考えた。捨牌からして奴はいくらか手間どる手ではないか。もしノーテンで🀅を切ってきたとしたら——。

三

「おっさん、番だぜ」

「むぅ——、何を捨てたら？」

染物屋の捨牌に新しく🀙が加わっている。

もし、ノーテンで奴《やつ》が🀅を切ったとしたら、と李は考えた。ここで切るのは理由があろう。他の三枚の🀅の位置が奴にはわかっており（奴の手牌の中も含めて）、そのうちの一枚は、次に自分がツモることになるのではあるまいか。

染物屋はまったくノーマークでよい相手。此奴《こいつ》から満貫をとるより、發を手に入れてハネ役に持っていこうか。健の態度から推して、次のツモが發だという可能性が三分はある。

一瞬、そそられた。李は珍しくいくらか上気していて、初局に入れそこなった三元役にギリギリと拘泥《こうでい》していた。

「やっぱりアガろう。満貫しかなかけん」

一枚の發でなんにもならぬ。残りの發が健に雀頭になっている可能性が九分。

「どうしたんだい、おっさん――」

健が笑って手を伸ばしてきた。次のツモ、李の山をめくると發。そこから六幢目をめくると發。

「小三元ができとったな」

だが李は無表情で牌山を崩した。自分は抜くために三元牌をかためたのだ。自分の山の他の部分に發があるわけはない。うまく見当っていれば三種固めて積む。

野郎は眼の前で、奴の手牌の發と山の牌とをすり変えて開いているのだ。俺《おれ》はそんな挑発《ちょうはつ》には乗らない。だが、からかうのもいい加減にするがいい。

ガラリと戸をあけて、近所の三等郵便局長が入ってきた。

「ああ、ちょうどいいところへ来たよ、前田さん」

「なんだい、やられてるのかい」

郵便局長は店主の娘の伸江が持ってきたおしぼりで金語楼《きんごろう》張りの禿《は》げ頭を拭《ふ》き、酒、といって人の好さそうな笑みを浮かべた。

「へへへ、酒の肴《さかな》は麻雀に限るなァ」

東二局、六巡目、李が發を暗カンした。二巡後、長岡が中を捨てると、突然、李が手牌を倒した。

「やだ俺、おっかねえや――」と染物屋が立ちあがった。「前田さん、代ってくれよう」
「だって、まだ終っちゃいねえんだろ」
「東二局だがよう、俺、用事もあるんだ、満貫ひとつ分の沈みさ、負け賃は前田さんに預けていくよ」

「そうかい、それじゃまァ見てるんじゃ勝てないからね」

郵便局長が嬉《うれ》しそうに席についた。

「お手柔らかに願いますよ。こっちはなんだって牌にさわってりゃいい方だからね」

東三局、李の親。

サイの目が八と四、計十二。

「パァピィ――！」

李が猛然と叫んだ。

「皮剝《かわは》ぎか――」健がニヤッとした。

「ふふふ、柄に合ってるなァ」

「パァピイって？」と郵便局長。

「千点出せば変則に配牌がとれるんですよ。イカサマ防止のためにね」

「イカサマ防止か、そんなことする人は、居ないでしょ」

郵便局長の山の左端から健の山にかけて取ってきた配牌だが、李の手には、べつに怪しい作為の影はない。

だが局長が、うーん、と唸《うな》って冷や酒のコップをガブリとやった。

「染物屋さん、俺、酔ってるかい。酔うのはまだ早いだろう」

ドサ健の切り出しは、。

「え？　から？――ドラだね」

「なんだって不要なら切るぜ。いけねえかい」

「いけないとも、あたしもそんな身分になってみたいね」

李の手牌は、配牌で怪しい影はなかったが、しかし、第一打にを切ったあと、こうなっていた。

をツモって打ち。をツモって打ち。
健の捨牌はのあと、。李としては端メンツの牌や字牌は早切りしてしまいたい心境になっていた。
七巡目にをツモって一応テンパイ。
上家の郵便局長が、
「おや、――」

「ポン──」
切り。次の李のツモはで、ここは切りに行きたいところだが、健の捨牌が無気味で、先へ行って字牌が高くなりそうなので、やはり字牌で待てなかった。
捨て。
「へぇえ、俺《おれ》、いいかね」と郵便局長がいった。「それでアガリですがね、たまげたね、俺こんなのはじめてだ」

「喰《く》わなくてよかった、すぐ来たんですよ」

李はすぐに手を伸ばして健の手を倒した。案のじょう、奴《やつ》はクズ手。国士狙《ねら》いと見せたのは李に字牌を早切りさせるためだったろう。

「にいさん、なんて名かね、名をききたい」

「俺か。つまらねえ名だよ、上野《のがみ》の健だ」

「健さんか、ふうむ──」

此奴《こいつ》が、上野《のがみ》の健か、と李は改めてこの相手を見た。乗りこみ師の陳から、この名前はよくきかされている。

深夜の散歩

一

やっと、東ラス——。

長岡の親だ。彼が出したサイの目は九と八、計十七。すると上家の李が言葉をはさんだ。

「待ちない、今、山を前に出すけん」

根元だけの手指を牌山の両端にかけて前方へ押しだした。健が何かいうより早く、ガシャッとその山が崩《くず》れた。

「あッ、悪かことをしちもうた、失礼——」

「待てよ、見えすいているぞ、元どおりに積みな」

「指が不自由じゃけん、なかなか思うようにいかんでの」

「おい、待てったら——」

ドサ健の制止を無視して、李はその山全部を崩して洗牌し、手早く山を作りなおした。そうしてニヤッと笑った。

「待てちゅうて、こりゃ待てんばい」

長岡が、李の山の右端から配牌第一集団をとりはじめる。

「おい、サイの目をもう一度振り直せ」

と健がいっても、長岡はきつい表情で頷《うなず》かなかった。

「どうして、一度振ったじゃないか」

「あのおっさんに又役満ができるぞ」

しかし長岡は沈黙したきり。

「おっさんじゃなくてお前のところに入ったか」

健も牌山に手を出した。

長岡の手にはドラのが三枚来ていた。彼は第一打のを力をこめて振った。ドサ健、郵便局長と進んで、李の第一打は七萬。長岡の第二打が。

誰《だれ》も鳴かない。四巡目に郵便局長が中を出したときも沈黙。健の眼がスッと細くなった。

六巡目、李が發をツモ切り。

「ヤバいぞ──」と健が叫んだ。「おっさんはリーチと同じ手だ」が、長岡の手は一向聴。をツモ切りした。それ、と李がいった。「こんな手ばっかりたい──」

長岡が口を大きく開けた。

「意地になってるのか、おっさん──」と健。

李が又ニヤリと笑った。「よう来るぜえ、ほんまに」

「俺《おれ》いやだ──」と長岡も奥の茶の間にいる染物屋の方を見ていった。「俺が抜けたくなったぜ」

「大丈夫だよ、心配するな」と健が低くいう。

だが次の戦いがもうはじまっている。健も両手を伸ばして洗牌をはじめたが、三元牌がほとんど眼につかない。またやってるのか、と健は少々呆《あき》れ気味だった。

（──此奴《こいつ》、どんなつもりで打ってるのだろう。商売人ならこんなアガリ方はせんぞ。これじゃァ客を逃がしちまう）

李の視線がまともにドサ健の方に来ている。勝ち誇った眼だ。それは健の自尊心をひどく刺激した。

南一局、健の親。

郵便局長が出した[發]をいきなり李が叩《たた》いた。同じく健も[東]を叩く。李が[九索]をポンし、健が[南]をポンした。烈《はげ》しい打ち合い。

五巡目、健が[西]を切る。

「おや——」と李。

李の手からも[西]が出てくる。

健が[中]ツモ切り。李がポン。そして[四索]を切る。

「そら来た。一丁アガリだ——」と健。

[北][北][北][西][西][二索][三索]　[東][東][東]ポン　[南][南][南]ポン

「牌山が動いたな。途中で音がしたばい——」と李。「見逃してやったが、わしなら、あげえな音ば、させんもん」

一本場。——二人の手指が烈しく動き、触れなば切れる動きをしめした。

二巡目、健が[北]をポン。

李が笑った。「無理たい、分が悪か。わしは三種類。にいさんは四種類じゃ」

「だが、おっさんは子、俺《おれ》は親だぜ。アガリ点がちがう」

「なんぼでも親が続くつもりか」

健が西をポン。

李がギラッと眼を光らせて暗カンをした。中だ。嶺上《リンシャン》牌をツモってカチリと手におさめた。

そのとたんに、李の前の牌山が揺れて右端の一牌がこぼれ落ちた。これが發だった。

「おッ、わしの牌は、ここじゃ、ここじゃ」

李が大きな動作でその牌を山に戻した。

が、実際はそのとき、こぼれた發は李の手牌におさまっており、山に戻っているのは李の手牌にあっただった。北九州のブウ麻雀で育った李は、不自由な指を克服してこういう芸をかっちり身につけている。一般に、ブウ麻雀系の西《さい》国《ごく》では手の仕あがりを早めるすりかえ技が発達し、長麻雀系の関東では一発長打をもくろむ積み込み技が進歩している。

長岡が、目測でその牌までのツモを算《かぞ》えた。

「ああ、おっさんのところに入っちまう」

三巡前に来た。

「喰《く》い返しをやるよ」と長岡。

彼の捨てた🀠を李がポンした。

「ああ、ツモが戻っちゃった——」長岡は一瞬考えながらいった。「今が捨てどきかな」

「🀅か——？」と健。「待ちな」

「やっぱり危《あぶ》ないかね」

「もう一回、卓を揺らしてみな」

「どうして——？」

「揺らしてみなよ。なんでも頭から信用するなってんだ」

長岡は卓をちょっとずらして、転がった先刻の牌が🀟であることを知った。

「おっかねえなァ、🀅振ったらドンかもしれなかったぜ、おっさん、先に振らせるつもりでわざと🀅を見せたんだな」

「面白か——！」と李億春は上機嫌でいった。「東京ば来てからはじめて、偉か麻雀打《ぶ》ちを知ったぞォ。健さん、今夜はひとつ長う打《ぶ》とうか」

二

長岡が退散して、あとから来たかなり打ちつけているらしい小柄な学生と代った。郵便局長は初回は小四喜《しょうスーシー》を辛《かろ》うじて守りきっていたが、三回目でお手上げになり、この雀荘でエース格の森サブという大工と交代。

相手かわれど主かわらずはドサ健と李。

李もさすがに初回のようななめた麻雀をやめ、地《ヒラ》に近い打ち方になっている。

十一時半をとっくに廻《まわ》って、店主の松浦よし乃が、

「閉店の時間ですからこの回でやめてくださァい」

これはまァ形式的なもので、守られたためしはすくない。よし乃親娘《おやこ》は二階へあがって寝てしまうだけだから徹夜のゲーム代をむしろ喜んでいたし、麻雀を続行しないときも、滞在している長岡を中心にして、奥の部屋で二時三時頃《ごろ》まで、冷や酒をくみかわしながら駄《だ》べっている若者が多かった。

その夜も長岡たち二、三人が奥で呑《の》み、ドサ健や李の一卓だけだったが、勝負はますます白熱化していた。

ちょうど南三局の森サブの親。彼はガードの固さを常々称讃されている打ち手

だが、この夜は後手後手になって、まだチャンスを摑《つか》んでいなかった。

「リーチ！」

と珍しく早く手牌を伏せた。まだ五巡目。

《リーチ》

という捨牌。

「ようようッ、偉い——」と奥の部屋から出てきた郵便局長が冷や酒にしびれた声を出した。「あんた、このメンバーでそれだけの手を作れば、たいしたもンだよ」

「だまってみててくれよ、局長」

しかし一発で持ってきたを、森サブは発止と卓へ叩《たた》きつけた。

「よし、ハネた！」

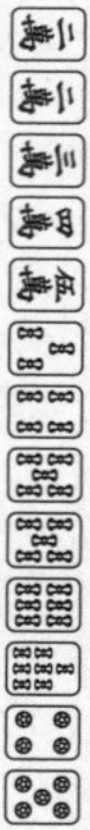

そのときガラス戸をあけて小肥《こぶと》りの中年男が入って来、健たちの卓へ向かって

両手を拡《ひろ》げて、

「そのまま、そのまま――！」

喧嘩《けんか》を仲裁するような恰好《かっこう》をした。

「皆さんお楽しみのところ恐縮です。現在、時刻が大体十二時半。これは条令に違反しておりますので、一応本署まで来ていただこうと思います」

「刑事さん、そりゃひでえ――」と森サブがいった。「もう三十分ばかりどこかでヒマ潰《つぶ》して来てくださいよ。俺《おれ》ァ今夜はじめてトップがとれそうだってのにさァ」

小さな笑い声がおこったが、そのときには刑事は三人に増えていて、

「証拠物件として麻雀牌と点棒を押収します。動かないでください。そうして一人ずつ外に出て質問に答えてください。――店主はどこにいますか」

「あたくしです――」と蒼《あお》ざめたよし乃が顔を出した。「申しわけございません、閉店時刻におことわりしたんですが、連チャンで長びいてしまって――」

「そうだよ、おばさんが悪いんじゃない。俺たちが強引に居据《いす》わってたのさ」

「おッ、健、お前こんなところで打ってたのか」

刑事の方がやや意外そうな顔をした。上野《のがみ》の健で売った男にしては、小さな雀《ジヤン》

荘《そう》にたかってると思ったのだろう。

森サブを一番手として、一人ずつ外へ呼ばれ、どのくらいの金額が賭《か》かっていたか、誰《だれ》が何時間ぐらい打っていたか、いつまでやるつもりだったか、など訊《き》かれる。口裏を合わされないためである。もっともこれはたいして重要な意味はない。賭博《とばく》は本来現行犯しか検挙できないが、麻雀の場合、金のやりとりを目撃するのがむずかしいので、当時は、夜半十二時以後にやっている場合は賭博とみなす、という軽便な慣行になっていた。現在も多分そうであろう。

したがって全員が口を固くして賭博行為を否定しても、埒《らち》があかずに時間が延びるばかりでたいして意味はないのである。このメンバーで賭博行為を否定してねばったのは小柄な学生だけであった。もっともドサ健あたりが否定したとしても刑事が笑いだすだけであろうし、李にいたっては、

「関東じゃ、博打《ばくち》ぶっちゃァいけんのかい」

と反問したくらいである。

調べが一段落したところで、中年の刑事がいった。

「さァそれではご苦労さんですが署まで来ていただきます。一人ずつ並んでください。べつに手錠など使いませんから、お気軽に、散歩するつもりで、但《ただ》し通行

人に対して口を利かないように――」

三

根津の電車通りを、三人の刑事たちと一緒にぞろぞろと歩いた。ほとんどの店はもう閉まっていたが、果物屋や寿司屋など、終電帰りをあてこんでポツリポツリと開いている店もあった。

どことなく異様な、この集団を通行人が振り返っていく。寿司屋から出てきた若者が、

「サブちゃん、――どこ行くの」

「ああ、ちょっと散歩」

郵便局長は一人でふるえあがっていた。

「弱ったなァ、あたしゃ知合いに会ったら辞職ものだよ」

所轄署へ行き、調書をとられ、屋台のラーメンをとって貰《もら》って腹ごしらえをし、懐中物やバンドなどを守衛に預けて、一同留置場入りをした。

「散歩の途中で、喫茶店に寄ったようなものたい」

「寒い喫茶店だ」

「それに呑《の》み物もない――」

と森サブがいった。

「きっとこの店は流行《はや》らねえぜ。待遇が悪すぎらァ」

「だが文句はいえねえな、なにしろ無料だ」

局長は壁ぎわでじっと正座。長岡たちは、さっきの続きでこの冬行ったスキーの話に花が咲いている。

「しゃべるな――」と看守が見廻《みまわ》りにくるたびにいった。

「眼をつぶってお前等のしたことを反省しなさい」

五十七号――、と看守は李にいった。

「もっと離れるんだ」

しばらくの間、誰も口を利かない。隣りの房でさかんに鼾《いびき》がきこえる。

「健さん――」と李が口を寄せてきた。「お前、本業は何と?」

「本業なんてねえよ。俺ァ麻雀にぶったかって生きてるだけだ」

「気に入ったな――」

李は口ばかりでなく身体も寄せてきた。

「俺はぜいたくな奴《やつ》が好きたい。いい機会じゃけん、少し話ししよう」

「しゃべることなんてねえよ」

「ほんとたいねえ、ほんとはいうことなにもなか。でも時間がつぶれるけん、俺一人ンときァ、いつも自分としゃべってるたい」

「なら、そうしな」

「陳を、知っとるとね」と李はいった。

「どこの陳だ」

「池の端のクラブで、この前打ちよったじゃろう。――今夜の刑事は、あの陳の差し金たい」

「差し金――？」

「もう三度も電話で密告しとったわ。陳のいつもの作戦ばい。そのうえ警察を動かしてガサを喰《く》わせ、狙《ねら》いをつけた店の客を四散させる思っちょるとやろ。店が干上がってしもたとこに陳ば出かけていって交渉するたい」

　フン、とドサ健は鼻で笑った。

「最初は、俺たちに任せろ、東洋人名義で共同経営といこう、いうがな、実際は名義料も借り賃も払わんばい。そんなふうにしてもう何軒も乗っとってる」

「何故《なぜ》、そんなことを俺にしゃべる」

「俺はどげんでもよかとたい。大阪のボスに頼まれたけん、やっとっとたい。そげえなことどうでもよか。俺は、俺より弱か奴《やつ》とは打ちとうなか。こげな商売、もうあいたもう」

「しかし、いいことをきいたな。早速《さっそく》、あの店のママに話してやろう。密告したのはお前たちだってな、お前はもう二度とあすこへ来られまい」

「俺はあの店なんかどうでもよか。お前と打ちたいんじゃ」

「俺は打ちたくないね――」

とドサ健はいった。

「俺はバイ公だ、麻雀で喰ってるんだ。ブヨブヨのカモと居眠りしながら打ってた方がいいよ。芯《しん》が疲れるだけの麻雀はおことわりさ」

「俺《おれ》はちがう。好いとるけん打つとたい。麻雀でやられるなら、殺されてもよか。あんたも、あそこまで打てる腕があろうもン、やっぱりそうたい。よかことか悪いことかわからんばってん殺されてもよか思うちょるもん、やめられんとたい」

ドサ健はしかし首を振った。

「今夜のことでなくてもどうせいつかはお前等を売るよ。あのママに売って、売っただけのものを取るんだ。俺は好き嫌《きら》いでものをきめない。おっさんは面白い麻雀打ちだが、それとこれとは別だよ」

　李億春はしばらく黙っていた。

「そうならそうでよか。俺はあの店にはもう行かんたい――」と彼は哀訴するようにいった。

「あすこの店は健さんの好きにしちょんさい。ばってん、約束ばして欲しい。他の場所でよかけん、もう一度打ちたい」

「そんな必要はないな」

「俺に好きなこと、やらしちゃくれんのか。――この指ば見てくれ、方々で無茶して、そのたんび人でねえようなあつかい受けたばい、おのれがいたずらしたんだから、恨むなァおのれしかねえが、俺はおのれも恨んじゃおらん。なんといわれようと俺の好きなことをしたんじゃけん、こげなことぐらい当り前だ。ばってん、ここまで来て好きなこと押しとおさずにひっこんだら、この指を無くした意味がなかろうもん。――どんでもあンたに喰《く》いついてやる。迷惑だろうが、離れんからそのつもりでいてくれ」

「俺もその点は似てるんだ。人のいうことなんかきかねえよ。人を喜ばすことなんか大嫌《だいきれ》えだ」

とドサ健もいった。

「俺の商売に必要なとき以外は、お前なんかにツバもひっかけねえからそう思え」

ドサ健と李は互いに対抗意識を燃やして、どちらも眠らず、にらみあったまま朝を迎えた。

一泊をまぬがれた松浦よし乃が夜のうち手を廻《まわ》して、区会議員に保証人を頼んでいた。こんなとき、信じられぬほど事は形式的に運ぶもので、警察は狩りの獲物に調書を書かせただけであとは何もしないまま、顔役の手にわたしてひと働きしたような顔になっていた。

それは、それでよろしい。豚箱に入ったというだけで、郵便局長のように前非を悔いる人物もいる。が、幸か不幸か、ドサ健も李もこの点には不感症の男であった。

味方は嫌《きら》いだ

一

ようやく戦前の店構えに戻ったナガフジのフルーツパーラーで、焼きたての上製パンをとり、バターをたっぷりつけてかぶりつく。乗りこみ師の陳の朝食は、この店で小一時間ほどパンと格闘するのが常だった。

生ジュース、サラダ、スクランブルドエッグ、と並べて平らげ、パンを充分つめこんだあとで、甘い大皿のパフェをとる。

物を食べるときの表情は誰《だれ》しも罪のないものになるが、陳の場合は特に子供に還《かえ》ったようになりふりかまわない。

だから黒手袋の李億春と一緒にドサ健が、突然その店に姿を見せたときも、陳はまだ上機嫌な表情を崩そうとしなかった。

「やあ、お前たちは、同類だったんだってな」

健は、陳の対面《トイメン》の椅子《いす》に手荒く坐《すわ》った。李は無表情だ。陳はゆっくりと二人を見くらべた。

「おい、なんとかいえよ。昨夜は失礼ぐらいのことをいったらどうだ」

「朝食かね――」

と陳はいった。

「それなら他のテーブルでやりなさい。ここは貸し切りね」

「昨夜の話をしてるんだぜ。俺《おれ》ァこいつと一緒に豚箱泊りだ。あすこは宿屋とちがって布団《ふとん》一枚出さねえから、俺ァ風邪《かぜ》を引いちまったよ」

「おや、こりゃァおどろいた――」陳はパフェをすくいながら微笑した。「健さんがあすこに居るとはね。それじゃァ食事ぐらいおごらなくちゃいけないな」

「ああ、食事と、風邪薬を買う金だ。薬もこの頃《ごろ》は高くなったからな。鼻っ紙ぐらいじゃァ受けとらねえよ」

「――李」と陳がいった。「健さんはいつから、私の仕事を手伝ってくれてるんだね」

李億春はあいかわらず無言。

「健さんは、私の仕事を手伝ってくれてたんじゃないのか」

「――」

「じゃァ、健さん。薬代は無理だね。こうしよう。寒い思いをしたお詫《わ》びに、この店で、好きなものを腹一杯喰《く》って貰《もら》おう。フルーツパフェ、チョコレートパフェ、アイスクリーム、フルーツポンチ、パンもいろいろある」

「パンを喰って、どうするんだ」

「腹がいっぱいになれば、風邪も治るだろうよ」

「――李」と今度はドサ健がいった。「陳さんはこんなことをいっているぜ。お前ならどうする。パンを喰うか」

「おい、健――」

と陳がハンケチで口のまわりのパフェの汚れを拭《ぬぐ》いながらいった。

「仕事の邪魔だけはしないで貰いたいな。俺たちになんの恨みがあるんだ」

「邪魔だって？　この上野じゃ俺の方が本筋なんだぞ。こっちがいいてえや、俺の仕事の邪魔ァするなよ」

「麻雀屋は他にもたくさんあるだろう」

「だから、他へ行けよ。俺はあそこに少し居つくんだ」

「じゃァ、話がまとまらないじゃないか」

「そうだな、この上野に居たかったら、他へ行きな。──もっとも、話の筋がとおればべつだがな」

「話の筋というと?」

「まァこんな場合、世間の習慣じゃ折半《せっぱん》だろうな。利益の半分だ。薬代の他にだぞ。納めるかい」

「只貰《ただもら》いかい」

「只貰いじゃねえ。うまくいくように骨を折ってやる」

「どうやって?」

「力でさ──」とドサ健は胸を張った。「それ以外に何がある?」

「組織はあるか」

「ない──」

「じゃァ、たかが知れている──」と陳は笑った。「お前の力ってのは、イカサマ天和を作るぐらいだろう。それとも、この店の椅子《いす》でもブン投げてこわしてみるか。あたしは一文も損しないがね」

「そう思うかい。じゃァお別れだ。俺はもう行くぜ。早く薬代を出さねえかい」

「──李」と陳はまた李億春の方を向いた。「お前ならどうする。薬代を出すかい」

　李億春が、はじめて口をきいた。

「出してやんな――」

　陳は、まじまじと李をみつめた。

「なんといったんだね」

「ケチケチせんで、出しな」

「ほう。――いつから健と仲よくなったんだね」

「仲ようないたい。此奴《こいつ》は敵じゃけん」

「そうだろう――」と陳。「此奴は敵。あたしは味方さ」

「俺ァ味方なんか嫌いじゃけん――！」

　と李は大きな声を出した。

「おちつくんだ、李。あたしはお前と契約してるよ。契約どおり、なにもかもやってやってる。よく考えてみろ。お前はあたしを裏切れないよ」

「それがどげんしたと。貴様、恩や義理で俺が動くと思うとるとな」

「わかった、契約に不満があるのか。だがな、李。男はごねるもんじゃない。契約は絶対だ。不満があるなら最初にいうべきだ」

「お前は俺をよかめえしきると思っとるとな。人間同士の契約《やりとり》など無いのと同じだ。人間は人間の世話などできんし、他人のために働かれるもんか。俺は自分の好いとるごとやる」

と李はいった。

「この男に金ばよけいやっちゃんさい。お前が持ってるだけやればよかたい。俺は、この男から、博打《ばくち》でそいつをとるばい。俺がやりたいのはそれたい」

李が凄《すご》い眼で陳をみつめていた。ドサ健は、腕組みしたまま席を起《た》つ気配はない。

「――よし」

陳がうす笑いしながら、キザな手つきで内ポケットの札入れを、卓の上にポンと投げた。

「気違い犬奴《いぬめ》。これで縁を切ってやる。小汚《こぎた》ない札が欲しけりゃ好きなだけ持っていけ。だが覚えておけよ。ただ貰《もら》いはさせないぜ」

ドサ健はものもいわずにその財布ごとつかんで立ちあがった。

「あッ、おい――」と陳がいった。

「通帳――、おいッ、実印もあるんだ、現金だけにしなさい、こら、無茶するなよ——!」

二

「——ただいま」

とドサ健が入って来た。

店主の松浦よし乃を中心にして、長岡、森サブ、郵便局長など、昨夜の豚箱行きのメンバーがまだ顔をそろえて茶を呑《の》んでいた。おそらく、誰《だれ》もまだ家へ帰っていないのであろう。

「おや、局長さん、お勤めはいいのかい」

「日曜日だよ、わしが勤めをサボったりするものか。三十年間皆勤だ」

「固いねえ、立派だよ」と健は笑った。

「豚箱は入ってきたけど」

郵便局長は、金語楼《きんごろう》禿《は》げの頭を撫《な》でながら、沈痛な表情になった。

「それをいうな。もう忘れよう」

「冗談だよ、もういわねえさ」

「一杯呑《の》んでまっすぐ帰りゃよかったんだ。儂《わし》ァあのとき、打っちゃいなかったのに、運が悪いよ」

「だから、打っちゃいねえって、力説すりゃなんでもなかったんだ。俺《おれ》たちだって証明してやったぜ」

「お上《かみ》に刃向かうようでな」

「それにしても——」とよし乃がいう。

「警察もこんな小さいアットホームな店を狙《ねら》わなくたって、もっと他に挙げるところがありそうなもんなのにねえ」

「密告した奴《やつ》がいるんだ」

「そうかもしれないねえ」

「いや、そうなんだよ。俺はそいつを知ってる」

「誰なの——?」

「近所じゃねえか?」と長岡。

「近所の衆じゃない。客ってば客だがね」

「お客?——誰だろう」

「皆は知らねえよ。まだここへ来たことはねえんだ」

「じゃ、客じゃないじゃないか」

「そいつは来ねえが、代りの奴《やつ》をよこしてたんだ」

「――誰」

「いちいちいえるかい。俺はおしゃべりじゃない。――だが、これだけはいっといてやろう。こんな小っぽけな店でも、取って喰《く》おうって奴が、世の中にはたくさん居るんだよ」

「あたしンところを？　まァ驚いた。こんな汚い家でも喰《た》べられちゃァ親娘《おやこ》二人寝るところがなくなるよ。誰が取って喰おうっていうの」

「そいつがだよ」

「密告した人？」

「ああ――」

「何故《なぜ》？」

「何故ってことはねえ。自分の店を増やしたいからだろ。あいつ等はそうやって、今東京じゅうにチェーンを作ってるんだ」

「密告すると、どうして自分たちの店になるの？」

「客が一緒に豚箱へ持ってかれるだろう。そんな思いは誰だっていやさ。もうあんなゲンの悪いところへは行くもんか、とこうなるだろうな。そうじゃなくたって、どんどん荒らし屋を派遣して、客をカモる。店の品《ひん》って奴がおちる。客足が遠のく。その頃《ころ》そいつがやってきて、親切面《しんせつづら》して、ここはあっしにまかせておくんなせえ、きっと又さかるようにしてみせます。共同経営といきやしょう——。まかしてみると、一文も利益はよこさねえ。もう自分たちのチェーンのつもりでいるんだよ」

「そんな馬鹿《ばか》なことはない」と局長。

「だがもう何軒もやられてるんだ。奴等はびっくりするような手を使うぜ。お前さんたちとちがって、世間から守られてねえからな」

「警察にいえばいい。そんなときのために警察があるんだ」

「証拠はねえぜ。奴等がウチを乗っとるかもしれません、っていうのか。それに、今のところ治外法権だ、日本の法律じゃ駄目《だめ》だよ」

「大丈夫よ——」とよし乃がいった。「あたしは、奴等が何をいっても、うんといわないわ」

「だが、どっちみち、客足は遠のくだろうなァ。喰《く》えなくなることは同じさ」

「じゃァ、どうすりゃいいの」

「戦うんだ。自力で奴等を撃退するのさ。奴等が荒しに来ても、逆に負かして帰すんだ、そうしなきゃ、どこまでも喰いついてくるぜ」

よし乃は沈黙したが、若者たちは大分興味を示してきたようだった。

「俺はやってもいいよ――」とエース格の森サブがいった。「麻雀なら、負けて命をとられりゃしないだろう。やるよ」

「俺も仲間に入ろう」と長岡もいった。

「長岡さん、あんたの麻雀じゃ、心細いわねえ。いくら負けるかわからないわよ」

「でも、ここが潰《つぶ》れりゃァ、俺だって寝場所遊び場所がなくなるんだからな」

「よし――」とドサ健がいった。「お前は通しをおぼえろ」

「通し――?」

「サインだよ。奴等《やつら》の手をうしろで見ていて、サインで教えるんだ」

「そんなのがあるかい」

そのとき、台所の障子が烈《はげ》しい音をたてて開いた。仲江が上気した顔で立っている。

「やめなさい、やめてよ、もうたくさんだわ――!」

三

「あんたたち。留置場まで行ってまだこりないのね。お母さんもそうよ。こんな汚い商売、いつまで続ける気なの。もうやめるいい機会じゃないの」

何かいいかける母親を押しとどめるように伸江は続けた。

「街の不良ばかり家ン中に集めて、泊まらしたり、お母さんは面白いでしょうけどね、年頃《としごろ》の娘がどのくらい迷惑してるか、考えたこともないでしょう」

「だってお前、これで喰《た》べてるんだもの」

「あたしは働いてるわ」

「お前の月給じゃ――」

「母さんだって、お勤めしてるでしょ」

「お嫁入りの支度《したく》もあるし、物入りがいろいろあるんだよ」

「麻雀屋の娘に縁談なんかあるものですか。銀行の人は固いのよ。お願いだからもう止《や》めて頂戴《ちょうだい》。皆さんもう来ないでください。すぐに出てってよ」

ドサ健が、すっと立ちあがって、戸口とは反対の伸江の方に歩み寄っていった。

「ちょっとそこどいてくれ。便所へ行くんだ――」

健が用をすませて出てきたとき、家の中には伸江とよし乃だけしかいなかった。

「俺《おれ》だって固えよ――」と健はいった。「昨日から行ってなかったからな。コチの固便だ」

健は伸江をしげしげと眺《なが》め、便所へ行って洗いもしない手で、いきなり彼女の顎《あご》をつかんだ。

「なにをするの！」と母親。

「なにもしねえよ。銀行員だって、大便はするだろう。ただ人前でいわねえだけだ。固えってのはそういうことだよ。気になるなら、麻雀屋の娘だなんてかくしときゃいいんだ」

「出てって！」

伸江は身を慄《ふる》わして叫んだ。

ドサ健が外へ出ると、まだ皆が四つ角のところに居て、「おうい、健さん――」と長岡が手を振った。

「局長の家で、打とうってさ。局長が、昼間から寝ちゃうのは恰好《かっこう》わるいっていうんだよ」

健は、笑顔になった。

「お前たち、勘がいいなァ――」と健はポケットから札入れを出して皆に見せた。

「来る途中で銀行へ寄ってきたんだよ。こんな日はカモになりそうだなァ」

「奴等《やつら》と打つときは、なァなァだが、今日は真剣勝負だぜ。情け無用だよ」と長岡。

　郵便局長の家の茶の間で、早速《さっそく》開帳に及んだ。

　最初の半チャンは四十分ほどであっけなく終ってしまった。健が一人でアガっていたからだ。次の回の東の親で又早いチンイチをアガったとき、さすがに森サブがいった。

「インチキしているんじゃないのかい」

「そう見えるかもしれねえな。ははは。今日、懐中があったかいから優しい気持になってるんだ。ツイてるだけだよ」

　しかし、一本場、又ドラのをポンした。

「キビしいなァ、少し手加減してくれよ」

「ツイてくると、自然に牌が寄ってくるからなァ」

　ううむ、と局長が唸《うな》りはじめた。眼が血走っている。留置場で眠れなかった筈《はず》だから、かなり疲れているのだろう。しかしそれだけではなさそうであった。

「どうしたい局長、捨てなくちゃ多牌するぜ」

「おかしいなァ——」

局長は頭へ片手をのせて考えこんでいる。

「こうなると儂《わし》にはわからんな。おうい、冷たい手拭《てぬぐい》を持ってこい」

ドサ健が眼を細めて、局長の捨牌を眺めている。

特徴があまり無い。この捨牌で、どう切るかわからない手というと、アンコの多い手しか考えられないが、手がかりはと、ドラ含みの順子《シユンツ》をおとしてきたことだけだった。
四暗刻《スーアンコー》かな——ならば、迷うことはない筈《はず》だが。
局長はこんな手であった。

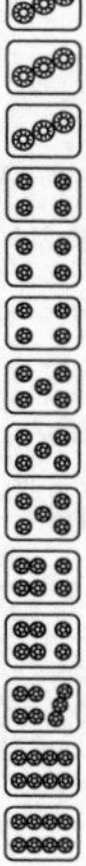

が一丁、が一丁、場に出ている。を切ればツモリ四暗刻だが、やや望みがすくない。

🀜を切れば三六七八の待ち。🀝を切れば四七八の待ち。🀞を切れば二五八の待ち。🀟を切れば三六八の待ち。そうして🀠を切れば三四五六七九の待ち――。

「よし、きめた、もういい――」

局長は🀠を振った。こう考えては、捨てた筒子のそばはいずれにしても出ない。ツモアガリするためには牌数が多い方がトクだ。

長岡が🀐、森サブが🀄、ドサ健が🀡。そして局長が、

「それッ、ツモれ――!」しかし🀑。

「リーチすればいいじゃないか。どうせバレてるんだから」

「そうだな。リーチだ――」

一巡して、局長がキリキリと指を鳴らしてツモっていったが、同時に凄《すご》い吠《ほ》え声をたてた。

ダ、ダ、ダ、ダ――! というふうにそれはきこえたが、局長は両眼を吊《つ》りあげ、足を突っ張りだし、卓を蹴倒《けたお》しながらまうしろにのけぞった。

身体が波のように震えている。

「貴方《あなた》――、貴方――!」

と局長の妻君が駈《か》け寄ってくる。

「どうしたんだ、局長」

「いいんだよ、いいんだ――」

長岡と森サブは案外おちついていて、てんかんさ、といった。局長の固く握った右手の中に、ツモったがかすかにのぞいていた。

破壊ゲーム

「ごめんなさい、——誰《だれ》か居《お》らんとな」

たてつけの悪いガラス戸の間から、黒手袋の指先がさしこまれている。

週刊誌をめくっていた長岡が立とうとするより先に、奥の部屋から伸江が叫んだ。

「あいすいません、本日休業ですの、ちゃんと札がかかっていたでしょう」

「札は見とるよ、休みはわかっとるけん、茶ァ一杯貰《もら》いたか、歩いてきたんで喉《のど》がかわいてしもた」

伸江は立っていって戸を開けた。

「麻雀はしばらくお休みですからね。お茶を呑《の》んだらすぐ帰っていただきます。どなたさまもですわ」

李億春は店土間に入ってジロリと長岡を見た。

「はいよ。けど、そう勝手もできんばい。客は皆ほかの店に行ってしまうぞ」

「いいんです、やめるんですから――」

「お袋さんは？」

「二階に居ます」

「呼んでもらおうかい」

「母はもう店とは関係ありません。この店は一週間前からあたしにまかされています」

李はちょっと舌打ちして煙草《たばこ》に火をつけた。

「お前さんと、あの男と、二人でやるンかい」

「あの人？　冗談じゃないわ。居候《いそうろう》よ。今出てってもらうところです」

「若い娘じゃ、この商売、無理たい」

「ええ、だからやめるんですの。見てくださいな、家ン中が荒れ放題よ」

「ふうん――」と李はいった。「そいつァ陳が喜ぶだろうよ」

「お茶のお代りはいいんですか。だったらもう帰ってください」

「健は――？」

「知らないわ」

「――おい」李は長岡に声をかけた。

「健はどこに居ると? 呼んできちゃんさい」

「何故《なぜ》――?」

「俺《おれ》は健が居たほうがいい。この店だって、多分そうたい」

ガラス戸があいた。チャンチャン帽をかぶった眼つきの鋭いその男は、李を黙殺して伸江に一礼し、名刺をとりだした。

東南商事、陳徳儀、陳田徳儀、と横書きに二つ大きく名を刷りこみ、裏面にはたくさんの肩書が並んでいる。

伸江や長岡は知らないが、乗りこみ師の陳さんである。伸江はその肩書のうち、左端のひとつを声に出して読んだ。

「麻雀荘コンサルタント――」

「そうです、ご主人にお眼にかかりたい」

「主人は私ですの――」と伸江はいった。「でも今日はお店を休んでますのよ。お話でしたら又今度にしてくださいな」

「お休み、ちっとも知らなかった、ごめんなさい」

「札が出ていませんでした？」

「いいえ、見ません。でもその方が都合がいいんです。実は私、麻雀をやりに来たんじゃない。麻雀屋の経営についてですな、ご相談を受けたいと思いまして――」

長岡が立ちあがった。

「健さんを呼んでくるよ」

「何故《なぜ》？」

「呼んでくる」と彼はいった。「居場所はわかってるんだ。局長の家だからね」

「健、ああ、ドサ健かね――」と陳がいった。「上野の麻雀小僧だ、一文無しで来て、勝てば持っていく、負ければ暴れて払わない、イカサマはやる、客は皆殺してしまう、あんな奴《やつ》を出入させたら潰《つぶ》れますよ。今まで何軒もそんな店を見てる。警察でも手こずっていてね、今度きいたところじゃ、そのうえ奴はギャングバーまでやっている。女にも手が早くてね、お嬢さん、あんたも危いよ」

「貴方《あなた》も警察はよくご存じらしいわね。話は大分うかがいましたわ」

陳はヤレヤレという顔になって李の方を見た。

「健がそういったんだろう。皆、人が好いから困るな。あんな奴のいうことを信じる、とんでもないまちがい」

「でも私は怒ってなんかいないわよ。先日の一件で、母もお店をやめる気になったんですものね」

「やめる？　もったいない。これだけの店、やめることないよ。あたしにまかせなさい」

「ええ、おまかせしてもいいわよ。どうせ私たちはやる気はないんですから。権利金を前金でくだされば、お貸ししてもいいわ」

「ふむ、お嬢さん、それはいい考えだがね、もっといい考えがある。あたしを月給でやといなさい。何から何まで全部やってあげる。そうすればお嬢さんはいつまでも経営者だ。私を顎《あご》で使って威張《いば》っていられる。遊んでいたって喰《く》えるってものさ」

「でも、新しく住む家を借りるお金がいるわ。まとまった権利金を貰《もら》わなければ、移れないじゃないの」

「何故《なぜ》、移るか」

「汚らしい男たちなんか、みたくないわ」

「よろしい、部屋を探してあげよう。アパートでいいね。権利金なんてとったら、店は私の物も同様になる。それじゃ損さ。店のあがりを歩でわけよう、私はべつに儲《もう》けなくたっていい」

「そう、ご親切なのね」

「世のため人のために働くさ。このへんは学生さんも多いだろ。私がやれば売上げを三倍に伸ばしてみせますよ」

いきなりドサ健が飛びこんできた。

「おう、来てるな」

と彼はいい、さァ来いと卓について身構えた。

二

すかさず李がその卓へ移動し、健を呼んできた長岡が牌を出してきた。

「あんたたち、わからないの。今日はお休みしてるんです」

「お前なんぞに用はない」

とドサ健がいった。

「さァ陳さん、坐《すわ》れ」

「家宅侵入で訴えるわよ。あたし、本当にそのつもりよ、ひどい人たちねえ」

「娘さん、気に入らんじゃろうが――」と李がいった。

「ここは俺《おれ》にまかしてくれよりゃええばい。結局、負けてくたばった奴《やつ》が来なくなる、追い払うにはその手しかない」

「そのとおりだ――」と健。「しかし、おい、誰《だれ》を負かそうってんだい」

「オーケイ、健」と陳もいった。「私はこんな単純なやりかたはすかんが、ニッポン式で行ってやるよ。負けた方が手を引くんだ。いいかね」

「取れよ、さァ――」

と健は四枚の牌を裏返しにしておいた。陳が南、李が西、長岡が東をひいた。長岡は緊張した表情で、「ここがいい、ここがいつもツク場所だ」

「なんでえ、俺《おれ》をせまい場所に入れるのか」

健が壁ぎわの席にもそもそと入りこんだ。

ほとんど同時にガラス戸があいて、染物屋、森サブ、郵便局長の三人がドヤドヤと入ってきた。壁ぎわの健の位置をかこんで、長岡、陳、李。その外側にもうひとつ、観戦者の環《わ》ができた。

李が隠し持っていた板片を脇《わき》へ立てかけて洗牌している。本日休業の札だ。

「あら、これ、――どうしたの」

「道に落っこってたばい。風で飛ばされたんとちがうか」

伸江は憤然として店土間の灯のスイッチを押し、まっ暗にしておいて二階へあがってしまった。森サブがすぐに立っていってつけたが、突然の闇《やみ》というハプニング、誰を利したか。

「リーチ――!」と陳。

彼の捨牌は、

[南][發][西][中]《リーチ》

李が[南]捨て、健が[中]捨て。しかし長岡がぐっと考えこんだ。

「親リーチだね」

「おちついていけ。アガろうとしなくていい。おとなしくしていてくれれば俺の勝ちだ」

「安全牌がないんだ」

「手を崩せ――」

「崩すにもなんにも――」と彼はいった。「[西]なんか先に捨てるんじゃなかったなァ」

局長が老眼鏡をとりだして、しげしげとリーチの手を眺めている。

「へへ、つまらん手ですなァ」

陳は観戦者に笑いかけたが、リーチ時のツモ牌を含めて三牌ほど伏せたままなので、局長には待ちはわからない。

「中は手出しだ。ピンフ手なら南西の方があとに出る。どうせならどまん中から勇ましく行けよ」

「二五八と浮いているんだ、行ってみるか」

「相談麻雀か、早くしてくれよ」

「——！」

「考えただけ無駄《むだ》だよ、当りだ——」

「ドラがだから、一発でなくとも出ハネだな」

ドサ健があっけにとられたような表情でいった。

「何故《なぜ》、どまん中から打たねえんだ」

「同じだ、次に出ていくよ」

「チェッ、一人前の顔してよくそんな麻雀が打てるなァ」

一本場の健が安アガリ。ところが次の李の親で、長岡がリーチし、待っていたような李の追っかけリーチにあって、三色リーチの七七を打ちこんだ。

「見てくれよ、これじゃしょうがねえだろう」

長岡の手はドラ三丁。

「うす馬鹿野郎、ボーンヘッドだよ、手前となんかやっちゃいられねえや」

観戦者の森サブも、拙《まず》い、という表情をしている。カベ役（スパイ）がぐるりととりかこんで見張っているのだ。李たちも背後を警戒はしているが、テンパイを通す手段はなんとかあるだろう。先にリーチをかけてしまっては、そうした布陣が何の役にもたたない。

「だって、リーチしなくちゃアガれない手なんだ」

「長さん――」と森サブもいった。「放銃のあとだ。ヤミでアガれるように作り変えていくべきだよ」

「これをか。作り変えるンだって？」

「おい、サブちゃん、お前交代して打てよ」

「いいよ、金払うから打たしてくれよ」

「近所迷惑だってんだよ。遊び麻雀とはちがうんだ」

　森サブという若者は、この店のエース格だけあって、顔がいい。ズボッと太くて、肉が厚く、幾つビンタを張られても動じないような図太さがある。そのくせ局面の変化に応じて、ヒリリと辛い表情になる。相手充分に打たれたときの、森サブの悲痛な顔つきがドサ健は好きになっていた。

　やはり一本場、森サブが初牌の東をポンした。ドラは三萬。

　上家のドサ健は、

　こんな手で九萬を喰《く》った。純チャン三色コース、喰って七七の手。すかさず三萬を一枚おろした。
「え？　何ですか——？」
　森サブが小さな眼を一層細めてその牌を眺めた。それから片手でひろって眼の前に近づけた。
「あ、アガリだ——」

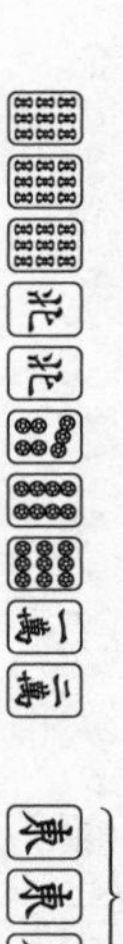
ポン

「そうか、俺の足もひっぱろうてんだな」

「沈み場所でかわったんだからね。はずみをつけなくちゃ」

「沈んでる奴はおとなしくしてろ」

「そうはいかない、トップは俺が貰《もら》うんだ」

と森サブはいった。

三

チビのお竜、という女がまだ宵《よい》の八時か九時頃《ごろ》だというのにカモを二人いっぺんに捕まえた。

お竜のような女が商売になるのはもうすこしおそい時間だったし、正体もなくなった酔いどれが大部分なのだが、二人とも、どう見ても正気だったし、そのうえ向こうからバンをかけてきたのだ。

一人は狸《たぬき》のような顔の三十男、もう一人は若いが鼻柱が潰《つぶ》れた拳闘《けんとう》くずれのような男だった。

「おい、ねえちゃん、ごきげんかい」

あるいはどこかでなにしたことのある男かもしれない、と思ってお竜は男たちを見返した。

「不景気だよう、遊んでよ」

「よし、遊んでやる、どこへでも連れてきな」

「ありがとう。もう一人呼んでこようか」

「いいよ、まず呑《の》むんだ、話はそれからだ。ねえちゃん、いろんなとこ知ってるだろう」

「そうだ、〝コンチキ〟って妙な名のバーを知ってるか」

「コンチキ——？」

「ドサ健って野郎がやってる店だよ」

「一度、奴《やつ》にも会いてえなァ、おい、知ってたら案内してくれよ、一緒に呑もう」

チビのお竜はちょっと黙って二人の顔をみつめた。だが、刑事がこんな崩れた人相をしてやしない。

コンチキはギャングバーだ。ズブズブの酔っぱらいや助平爺《すけべえじじい》をキャッチして、水割り一杯数万円、お通し数万円、女の子用の水割り数万円、なんでも数万円均一で、客をすっ裸にし、逆さに振って叩《たた》きだすという、追い剝《は》ぎ専門のおっかない酒場。

「おーい、ミチルよう――」

お竜は道路の向こう側に居た仲間に合図しかけてやめた。ミチルなら、あの店によくカモを喰《く》わえこんで歩を貰《もら》っている。だが、ミチルがやることは自分がやっちゃいけないって理屈はない。

「いいわよ、じゃァ行きましょう、でもあたい、恥をかきたくないのよ。お金の方は大丈夫なんでしょう」

「まかしとけ――」

広小路裏のゴミゴミした一画を折れまがって、小さなドアをあけた。

誰《だれ》もいない。この時間はまだ開店休業。

「マスター――、居ないの？」

「居なくたっていい、入って吞《の》んでいよう」

「でも留守《るす》じゃねえ。別の店に行こうか」

「いや、ここがいいよ。まァ坐《すわ》ろう」

カウンターだけ。五、六人は入れるスペースはあるが、止り木が二つしかない。それも一つは足がガタガタしてる。

「一番高い酒を出せや」

「あたいにゃわかんないよ。ビールじゃどうなの」

「出せよ。ケチケチするな」

お竜はちょっと悪い予感がしてカウンターの中からもう一度男たちを見た。拳《けん》闘《とう》くずれらしい方が、入口に近いところに蓋《ふた》をするように腰をおろしている。

「その英語の奴《やつ》だ、瓶《びん》ごと出せ」

狸《たぬき》の方が、瓶をさかさまに口につけて、ラッパ呑《の》みにした。喉《のど》を伝わったしずくが彼のうす桃色のシャツに流れた。

「呑みなよ、兄弟——」

「あんたたち——」とお竜も真剣な表情になっていた。

「何なの？　場荒らし？」

「冗談いうない、客だよ、わざわざ来てやったんじゃねえか」

狸はポケットから百円札を出してカウンターにおいた。

「ほらよ、金だ、俺《おれ》たち、無銭飲食じゃねえぜ」

不意にお竜が走って裏口へ逃れようとした。その手を狸がひっつかみ、拳闘《けんとう》くずれの方へ送った。チビのお竜は手もなくカウンター越しに抱きすくめられた。

「じっとしてなよ。動くとお灸《きゆう》を据《す》えるぜ」

「あッ――！」

拳闘くずれが火のついた煙草《たばこ》を押しつけた。

「見なよ――」と狸が酒棚《さかだな》を指さす。「香港フラワーだ、綺麗《きれい》じゃねえか、昔はよく射的をやったもんだ。お前、やったことがあるか」

「無《ね》え。だが、あんなもの、子供だってできるぜ」

「本当か？　ならやってみな」

拳闘くずれの手元から洋酒の瓶《びん》が無雑作《むぞうさ》に飛んだ。飾り鏡が大きくひび割れ、酒棚がくずれおち、香港フラワーは吹っ飛んで見えなくなった。

「高峰さんもやるかい」

「よおし――」

右手の酒棚が目茶目茶になった。お竜は拳闘《けんとう》くずれの腕の中でわけもわからず悲鳴をあげていた。狸《たぬき》の高峰がカウンターの下の扉《とびら》を蹴倒《けたお》す。拳闘くずれが女の身体を離し、身を丸くしてカウンターに体あたりしはじめた。

左右の店から人が出てのぞきこんでいる気配がする。しかし二人の男は暴れはじめるとますます猛《たけ》りだして、自分たちのゲームをやめようとしなかった。

一発三千万点

一

狸《たぬき》のような顔をした高峰と、拳闘《けんとう》くずれの大風《おおかぜ》が、雀荘Ｐへ入ってきた。

以前に一度、狸と打ったことのあるドサ健が、大きく息を吸いこんで、

「ははァ、陳さまのおヒキ（仔方《こかた》）の御入来だな」

リーチ、といいながら、陳が二人の方へ顔を向けた。

「仕事は終ったかね」

「ああ――」と大風。

「なら、よし。お前たちもそっちで遊びなさい」

高峰が、陳の前の点棒箱を開けた。連隊旗も赤棒も、ぎっしりと入っている。

へへへ、と彼は笑って、それから安心したようにいった。

「なんだ、ブウ麻雀《マン》じゃないのかね」

「ねえさん、牌」と大風。

しかし仲江は奥の部屋に坐《すわ》ったまま動かなかった。

「駄目《だめ》よ、今日はお休みなんです」

「休みだって、やってるじゃねえか」

「あの人たちは不法侵入よ、いずれ警察に電話します」

「ははは！　不法侵入だって、じゃ、俺《おれ》たちもついでに訴えて貰《もら》おうじゃねえか。

——とにかく牌を持ってこいよ」

「あたしたちはやらないぜ——」と郵便局長がいった。

「今、観戦中だ」

陳が又口を出した。「見てたって儲《もう》かりませんよ、おじさん、やったりやったり——」

しかし誰《だれ》も動かない。高峰も大風も、空《あ》いた卓に肱《ひじ》をのせてなんとなく観戦しだした。

ドサ健、森サブ、陳、李——とかわらぬ陣形。

森サブが一投一打、考え考え慎重に打っている。森サブはポカをやった長岡のあとを引きついだ第一戦、ぐっと態勢を立て直してマイナス三千までにとどめ、第二戦は八千プラスで浮き二着。第三戦は五千点弱のマイナスでオーラスを迎えていた。

親はドサ健。

十巡目、苦心の末という感じで、森サブがリーチをかけた。ドサ健が、ぐっとかま首を持ちあげた。

「お前、知ってるか。麻雀はトップにならなけりゃ勝てねえんだ。そいつアガってトップになるのか」

状況は陳の圧勝。

「知ってるよ――」と森サブは答えた。「でももう水があきすぎてる」

「俺《おれ》が抜くよ、俺は親だ」

「だが、それじゃ俺は負けるよ。俺はツキ合い麻雀はまっぴらだ」

陳が笑った。「そうだとも。健が生きたって、自分が死んじゃつまらない、当然さ」

バシッと森サブがツモ牌を叩《たた》きつけた。

「一三、二六だ、ツモらなきゃ浮かねえとこだった」

「よかったな――」とドサ健がいった。「さァ点棒だ。やるよ。――だが、沈まねえからってデケェ面《つら》するな。負けねえのと勝つのとはちがうぞ」

李億春は例によって無言。しかし今日は黒手袋ははめていない。ゲーム開始前に自分で脱いでいる。

「どうだい、ケチな麻雀打ってたってはじまらねえや」とドサ健がいいだした。

「青天でいこうじゃないか」

「青天井《あおてんじよう》のことか――？」

青天井とは満貫で点数を打ち切らず、どこまでも算《かぞ》えていくルールだ。飜が増えるごとに倍になるので、大物手ができると飛躍的に高くなり、十何万点、二十万点という点も珍しくない。

「私はいいがね――」と陳。「そうなると、又見せ金が必要だな」

「博打《ばくち》の金だけはトボけねえ。前にもいったが、俺はそういう男だ」

「といっても、無いものはね」

「上野に俺の店がある。借りてるんだが、権利だけだって百や二百じゃきかねえぜ」

「店かね――」といって陳は高峰たちを見た。「あんな店、べつに欲しかァないね。よし、じゃこうしよう。ハコテンになって手をあげた方が、二度とこのへんを大手を振って歩けないようになって貰《もら》おう」

「賛成たい、俺は承知したけん――」と李。

「面白いな――」ドサ健もいった。「サブちゃん、お前もやるかね」

サブは長いこと考えていた。

「俺がやめたら、勝負できねえだろう」

「無理にじゃなくていいんだよ。お前だけ、青天なしでやったっていい。つまり、お前だけは、とるときも払うときも満貫で打ち切りにするんだ」

「いいよ――」と森サブは観念したようにいった。「青天にして貰おう」

「本当にいいのか」

「仲江ちゃん、おしぼりおくれ――」と森サブがいった。

「冗談じゃないわよ、自分でやりなさい」

森サブは、ドサ健が気にいった例のヒリリとした表情で台所に立っていった。

「よし、俺《おれ》もトイレに行ってこよう」とドサ健。

陳が笑った。「相談かね。念入りに願うよ。あまり呼吸が合ってないようだからね」

健は台所で森サブを捕まえて、彼の顔をぐっとみつめた。

「おい、俺を信用しろ。俺はきっと勝つ」

「俺はエラーはしない」と森サブもいった。「邪魔はしないよ。あんたたちの勝負は勝手にやってくれ」

「この店が奴等《やつら》のものになってもいいのか」

「俺の知ったことじゃない——、俺は自分が沈まないように打つさ」

「お前は沈むよ」とドサ健がいった。「だが沈んだっていい、お前が弱いからじゃない。お前はいい麻雀打ちだ。俺が保証してやる」

「俺は沈むのは嫌いだ」

「嫌いでも、沈むんだ。わかってるだろう。奴等や俺の麻雀はゲームじゃない。お前は手を引くか俺のいうことをきくか、どっちかしかないんだ」

ドサ健は、森サブの手にサイを二つ握らした。

「手を引いて、帰るか」

「いや、引かない。こうなったら帰れないよ」

「だろうな。じゃ、こうしろ。俺が煙草《たばこ》の吸口の方へまちがって火をつけたら、そのとき、このサイをすりかえて振るんだ。このサイは六の目しか出ない」

森サブは掌《てのひら》の中のグラサイに眼を落した。

「受けとっとこう——」と彼はいった。「だが、やるとは限らねえぜ」

健も森サブの表情をしばらく眺《なが》めていた。

「いいとも——」

二

ポカをやってフテくされた恰好《かっこう》の長岡が、奥の部屋で横になって新聞を読んでいたが、染物屋と郵便局長の外野陣は健在だった。もっともその又外側に、高峰と大風が居たし、李も陳も、外野勢には決して自分の手牌全部は見せようとしなかったから、通し（サイン）の役はなさない。しかし、李や陳のスリカエ技に対する牽制《けんせい》には充分なっていた筈《はず》である。

この点、ドサ健にはホームグラウンドで試合をやるような有利さがあった。その彼が苦戦していたのは、森サブの予想以上の健闘にあるといってよかった。

李や陳のように、完全に敵の人間が、攻めてくるのは当然である。しかし、森サブのような、半分味方のように思っている男に窮地におとしいれられるのは、気分的にくさるものだ。

長岡をずっとおヒキに使うつもりだったので、森サブとははっきりチームになろうとはいってなかった。そのことをドサ健も悔いたがもうまにあわない。

第四戦は、青天のわりに波乱がすくなく、差が開かぬままに南に入っていた。

南の森サブの親。

誰《だれ》ものをいわない。高峰や大風まで、李の手から眼を離さないでいる。

一牌、李は牌を伏せている。うしろの郵便局長は、その伏さった牌を酔ったような視線でみつめていた。

もう十二巡目。下家のドサ健がヤミテンらしく、安全牌を無雑作《むぞうさ》にツモ切りしている。

李が珍しく、ツモ牌を手にして考えこんだ。そうして外野陣注目の的の、手前に伏さった一牌を河に捨てた。

それはだった。なるほど、と郵便局長がひとり頷《うなず》いた。は森サブがポンしており、陳が一丁出し、もドサ健が一丁投げている。待ち頃《ごろ》の牌だ。

しかし、そのを投げてまで停《と》めた牌はなんだろう。

高峰が、ツと立っていきなり手を出し、その牌を摸牌した。おや、と呟《つぶや》いた。

その牌は🀓だった。

🀎🀎🀎🀂🀂🀂🀒🀒🀒🀓🀓🀓🀓

このままでは四暗刻にならない。なるほどカン三索でテンパイしているが、しかし🀒は河に三丁出ているのだ。

🀓がドサ健のヤミテンに当りと読んだのか。では何故《なぜ》暗カンしない。暗カンすればすぐに又単騎待ちになる。何故、四暗刻を犠牲にするのか。

しかし李億春も、実際のところ進退に窮していたのだ。先刻、自分の山の左端においておいた牌がドサ健の手に入って、いまだに出てこない。それが🀒だった。

🀒が三丁、🀑が一丁、河に出ている。自分が🀑を三丁、🀓を四丁、使っている。では健の手の中で🀒は何の役を果しているのか。

答えは二つ。🀒が浮いているか、🀒🀔とあるか、しかない。浮き牌ならば、ベタおりしてない限りはドサ健から出る。

しかし、🀒は浮いていないだろう。健の手は五巡も（安全牌のツモ切りを含めて）変化していないのだ。浮き牌ならとうに出ている筈《はず》。では、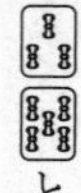とな
る。これが待ち牌になっている。

李は心の中でこう念じていた。（健よ、早くリーチをかけろ。手を定《き》めてしまえ――！）

不思議に誰もリーチをかけてこない。このままでは李もカラテンだ。

森サブがをとおしてきた。一巡して健は南をツモ切りし、リーチ、といった。

（勝った――！）と李は思う。健はを捨てている。がとおり、手がかわらないリーチで、一四七索はないと見せかけての山越しリーチだ。すかさず李は、次にツモった中をおき、を暗カンした。

ハイテイ一歩前で、健が持ってきたのが中だった。静かに、李は手を開いた。

沈黙の弔歌が場にたちこめた。

「四暗刻か――」ドサ健が吐くようにいった。「三十万点だな」

「三十万――！　へええ」と郵便局長がうめいた。「三十万点かね、役満は」

「たった三十万さ、役満なんてたいしたことはねえんだ」

「健よ――」と大風が笑いながらいった。「たいしたことなくてよかったな。だ

が、どうやって払う」

三

陳の親が三本積み、ある程度浮いておいて李の親は軽く流した。もう勝負はきまっているのだ。

さすがの森サブが、めっきり手数がすくなくなっている。健の背負った三十万点が、彼の心も重たくしているのだろう。

そうして、ドサ健のラス親。

気をおちつけようとするように、健は深く深呼吸して、煙草《たばこ》に火をつけた。

「ははは、さかさまだ、吸い口に火をつけてるぜ、健、おちつけよ――」と高峰。

森サブがハッと顔をあげ、左手をポケットに突っこんだ。

健の振ったサイの目は十――。

「十だよ、サブちゃん、振っとくれ」

森サブはゆっくりと河のサイをひろい、掌《てのひら》をかすかに上へしゃくった。ひろったサイを掌の肉の間に吊《つ》りあげたのだ。そうしてサブは指の中からおとすように二つのサイを転がした。サイの目は六と六。

「十に十二か、二十二だな——」

ドサ健が自分の山の（右から）六枚目から配牌をとる。配牌第一集団は、

そこから六牌おいて（右から）十四、十五枚目の第二集団は、

あとは北家の李の山からで、第三集団とチョンチョンが、

つまり、

という手で、第一打切り。

第二打、をツモ切り。

南家の森サブから、二巡目に、が出てきた。

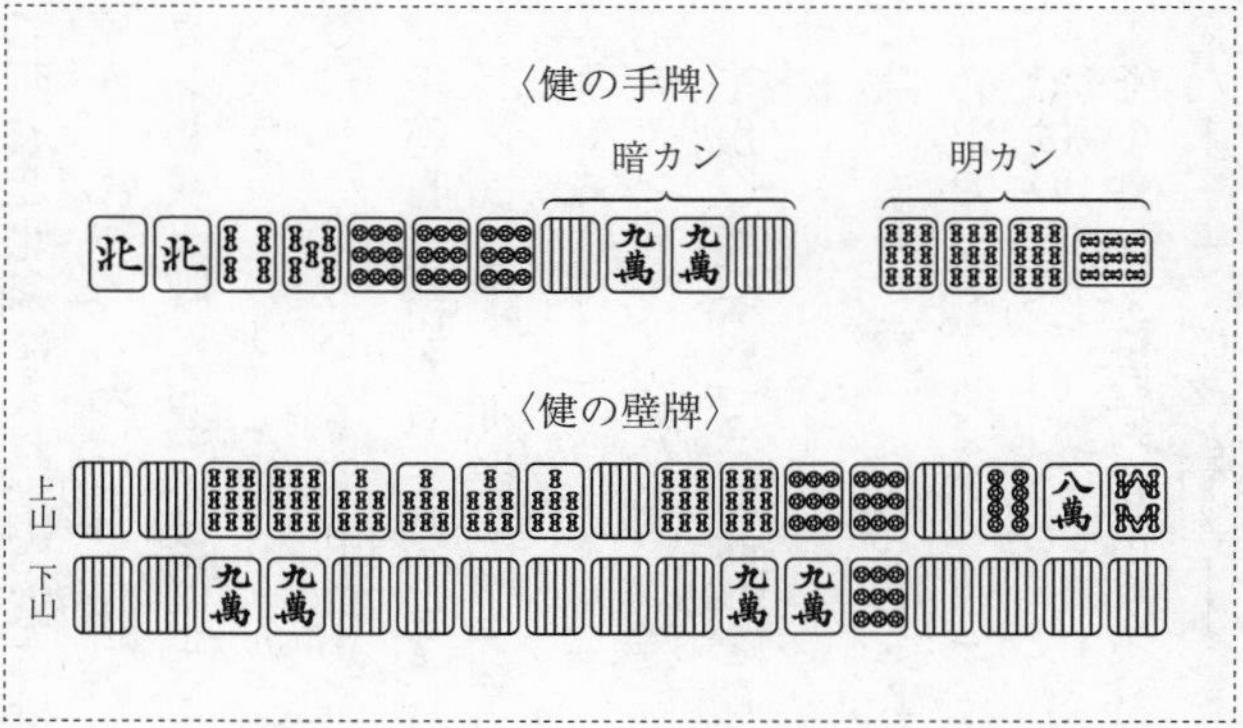

「――カン！」とドサ健。

嶺上牌《リンシャン》からひいてきたのが、。そして新ドラにがめくれたので。

「待てよ、又カンだ――」

とドサ健が呟《つぶや》いて、嶺上牌に又手を伸ばした。

これも。

そうして、暗カンの形で開いたのが。しかも、又増えた新ドラががめくれてという始末。
捨て。
一同が息を呑《の》んだ。

「なんだ、そりゃァ――」

「うん、全部ドラだな。やっとツイてきたぞ」

「ツキだって？　この野郎――」

むろん、何から何まで偶然じゃない。最初の牌山は図のとおり。をベタろくに四丁並べ

て西家と北家に入れ、南家にはを一牌入れる。いやでも浮くは序盤で南家から出てくるわけで、の明カンができれば、最初から四枚のも続いてカンし、王牌においたを二つひいてアンコにし、同時にこれらが全部ドラになるというわけ。六間積みの八牌に、王牌から二牌追加するというところがミソで、ドサ健苦心の青天用新兵器カン爆弾。

三巡目、をツモり、打ちでテンパイ。(前ページ図参照)そのを陳がポンし、を烈《はげ》しく打った。

「強いな——!」

「チャンタか、仕方ない、勝負さ」

李が、でそのをひろって切り。健は気合をいれてツモったが、駄目《だめ》。

陳も李も、、、をそれぞれツモ切り。二人とも逃げにかかっているのは必定で、ドサ健も、(向こうにだけは放銃するなよ、森サブ!)と心に念じないではいられない。

その森サブはむろん慎重策。しかし三人に安全を保証された牌は多くない。考えた末、エイヤッと——。

陳が、李が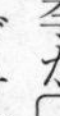、やはりツモ切り。

次の瞬間、ドサ健が烈しくツモ牌を卓に打ちつけた。両手を口のまわりにおいて、

「ドッボーン！　これがいいんだ。やっぱり麻雀やめらんねえや」

健の開いた手を見て、陳がいまいましげにいった。

「もあるのか、畜生《ちくしよう》、そうだろうな」

「同ポン、ドラ十一枚、ゾロ二つで計十六飜。ええと、七十八の十六飜だから、いくらだ、約三千万点ぐらいいくだろう」

「三千万？」とおうむ返しに局長がいった。「ほんとうにかね」

「――一千六十三万三千二百点オールだ。端数はおマケしといてやらァ。さァ払え。李、どうした」

「ちょっとまて、一発とったからって大きな顔をするなよ。まだオーラスの親が終っちゃいねえぜ」

と陳が気をふるいたたせるようにいった。

アガらなければ負けない

一

まだラス親が終っちゃいない、と陳がいった。なるほどそのとおりである。

たしかにドサ健のアガリは七十八符の十六飜、青天井《あおてんじょう》に計算すると、三千百八十九万九千六百四十八点で、勝負あったの感が深いが、健は親であった。

麻雀は賭金《かけきん》あと出しのゲームである。いくら大勝していようとゲーム途中では、それは単なる経過《プロセス》にすぎない。

健は点棒箱から黒棒一本をつかみだして卓の端においた。

陳が、彼等の国の言葉でなにか鋭くいった。李億春が頷《うなず》き、外野の高峰や大風もその言葉を理解したようであった。しかし健と森サブたちには通じない。

そうして彼等は又牌山を作りだした。高峰と大風が移動してドサ健の背後に来た。つまり、布陣がややかわったわけだ。健と李との間に郵便局長、李と陳との間が染物屋、長岡は奥の部屋に居たが、森サブと健の間に大風、健のまうしろに高峰という外野陣。

（チェッ、なんでえ今頃《いまごろ》――）ドサ健は内心でせせら笑った。（もう勝負はとっくについてるぜ。カベにひっつくのは手おくれだ――）

健は万一を警戒して、牌山を作る相手の手もとばかりみつめ、自分の山は無雑《むぞう》作《さ》に積んだ。とにかく彼等に大技《おおわざ》をやらせなければよろしい。

健は森サブにいった。「――敵の手元を見てろよ」

そしてサイを振った。（――四と出ろ、四だ！）しかし九だった。九でも、まァよろしい。二度目は大きい数を――、そのとおり、十二と出た。九と十二で計二十一。

こうして李の山から陳の山にかけて配牌をとって、壁牌《ビイパイ》を無くしておけば、十三枚全部をとりかえることはできない。こんな場合、怖いのは抜き技よりもエレベーターよりも、たとえばつばめ返しのような総替えの技だった。

ドサ健の配牌は、

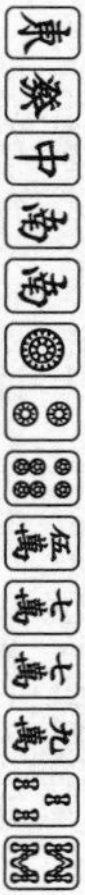

悪い。しかし委細かまわない。森サブがアガってくれればそれでいいのだ。第一打、🀞。第二打、🀊ツモの🀍打ち。第三打、🀗ツモの🀒打ち。第四打、🀓ツモ切り。

そうしておいて、そろそろ飜牌を切りだした。飜牌がツイていれば、森サブにとって鳴き頃《ごろ》の筈《はず》だ。

🀅——、🀄——、それから🀁——、二巡おいて又🀁——。

森サブは眼もくれない。

そうして連中もおとなしい。誰《だれ》もポンチーがなく、淡々として進行している。

役満が三十万点——。これが青天井を主張したドサ健が投げた罠《わな》だった。健という男は粗暴に見えるがなかなかの知恵者で、いつも彼流のトリックを細心に使っている。そして粗暴に演出するために、かえって成功率が高い。私と同じく幼い頃からの博打《ばくち》渡世《とせい》で、自然に身についた芸なのであろう。

青天井といえば、必ず大物手を狙《ねら》ってくるだろう。そんな場合、一番作りやすいのが大三元や四暗刻などの役満なのだ。特に積みこみよりは抜き技や替え技の得意な関西派はそうくる。三十万点といえば大きいようだが、事実は数満貫の方が飛躍的におそろしい点数になるのだ。青天井をやりつけていないとどうしてもそのところを勘ちがいする。

今や、陳も李も、そのことを身にしみて覚《さと》った筈《はず》である。しかし、十五飜、二十飜という数満貫をさっと作るには、どんな方法があるだろう。

方法が何かあったとしても、もはやオーラス、最初のサイを振るのがドサ健である以上、彼等の計画どおりの山から取ることがむずかしい。健がラス親まで隠《いん》忍《にん》自重して仕込まなかったのはそういう理由があったからだ。

が、一本場の局は簡単に流れてしまった。ドサ健は案外の表情で森サブにいった。

「テンパイは何だった？」

森サブは首を横に振った。

「手にならない――」

「ふうん――」

二本場。四巡目に、森サブがを暗カンした。はドラだった。ドサ健の眼が一瞬和《なご》み、それから又きびしくなった。

「カンは余分だろうぜ、サブちゃん――」

森サブは無言。新ドラが。

そうして八巡目に又暗カンをした。その牌は一萬、新ドラは九萬。陳も李も、早くもオリ態勢。二人ともまったくアガリにかけていない。

「リーチ——！」

と突然、森サブがいった。

「リーチだと、馬鹿野郎——」

ドサ健が、続けざまに油濃いところを打つ。伍萬、八萬、——と、ド生牌《ションパイ》ばかり。

しかし森サブは表情も変えない。牌山はどんどんすくなくなっていく。とうとう王牌だけ残して全部なくなった。流局。

「どんな手してやがるんだ、野郎——」

健がサブの手をわしづかみにして開く。

リーチ後三巡目にをツモって切っている。ドサ健が信じられないような顔でそのをみつめていた。

「ツモったら、四暗刻にしかならないだろ」

「四暗刻じゃ、アガらないのか」

「浮かない」

「浮かないって」

「出アガリじゃなくちゃ駄目《だめ》だ。リーチして、出て、やっと十五飜。台が九十符だから、ざっと一千百七十九万六千点だ」

「この野郎、ちょっとこっちへ来い――」

とドサ健は森サブの二の腕をつかんで席を立った。

二

「貴様、どういう気だ。これは俺《おれ》と陳たちの勝負だぞ、わかってるのか。オーラスだ。貴様がアガりゃ片がつくんだ」

「俺は沈むのは大《で》っ嫌《え》いだ」

「沈んだって、貴様から取ろうってんじゃねえ！」

「沈むのは嫌いなんだよ――」と森サブは厚ぼったい顔の肉を重そうに動かしてくり返した。「健さんのために打ってるんじゃない。前にもいっただろう。俺は人のために打ちたくはねえんだ」

「一人前の口を利くな、貴様なんぞ——」

といってドサ健はやっと言葉を押さえた。

（——貴様なんぞ物の数にも入ってるもんか。こっちの思惑《おもわく》で甘やかして一人前にあつかってやればいい気になりやがって、まごまごしやァがると逆さにして踏みつぶすぞ、この糞《くそ》馬鹿野郎、とんきち奴《め》、すっとこどっこい、かぼちゃ野郎——！）

ドサ健は森サブのセーターの首筋をつかんで、怒りで青黒くふくれた顔を近づけた。

（——人のために打たねえだと、大笑いさせるな、互角に打ってるつもりなのは手前だけなんだ、手前と俺っちじゃァ、百も千も格がちがうんだい、ようく眼ェあけて俺の顔を見やァがれ、この俺《おれ》の前で二度と利いたふうな口を叩《たた》きやァがると、今度は放っとかねえぞ！）

だが、健は一言も口の外へ出さずに、元の場所に帰っていった。

陳が、又何かペラペラとしゃべっていた。

「何をいってるんだね、陳さん——」

「――へへ」と陳は笑った。「健さんは何をいってたね」

「面倒くせえから早く終らそうっていったんだ、そっちは？」

「勝負はこれからだっていったよ」

「チェッ――」

「健さん――」と李億春がいった。「案じることはなか。俺ァ、日本語しかわからんばい」

陳が渋い顔になった。

郵便局長がトイレに立ったついでに、仲江に遠慮ぽくいった。

「コーヒー入れてくれないかね」

「はい」

「金は払うよ」

「いいわよ。今夜は休業してるんですから」

「まだいってるのかね」

「――陳という奴《やっ》、何いってたんだろう」

と長岡が口を出した。

「俺は大体わかるよ、兵隊で向こうへ行ってたからな」と郵便局長。「まず、南家二打ツナ、だな。南家ってのはサブのことだ」

「それだけじゃないでしょ?」

「ああ。――アガラナケレバ負ケヤシナイ、そりゃまァそうだな、半チャン終らなきゃ片づかんものな」

「――ずっとやってるつもりかしら」

「さァな、奴等にも何か目算があるんだろ」

三本場、森サブは依然として早喰いの気配を見せていない。陳も李も、黙々として牌を切っている。果てしのない連チャンの末に、森サブでなく、陳か李か、どちらかの一発が成功したら――。

ドサ健は、今や三千万点も浮いていながら、窮地におちいった表情になっていた。

(――頼むよ、森サブ!)と彼は胸の中で叫んでいた。

(アガリにかけてくれよ、お前のアガリが必要なんだよ、でなきゃ、此奴等《こいつら》を殺せない――)

四本場、陳が、やっと動きだしてきた。ドラのを暗カンしたのだ。健がギロッと眼を光らせた。

新ドラは🀖、嶺上牌をツモった陳の手の動きがわずかに早くなった。

ツモ山はちょうど陳の山にかかるところだった。健は陳のツモる手の動きを注視した。陳の山の第一ツモは、たしかにツモ切り。しかしそのあとは、手牌の右端とツモ牌とがすばやくかわったようでもあり、又次のツモがその右端の牌と入れかわっただけのように見えながら、いつのまにか先のツモ牌は手牌の中央部に移動していたかもしれず、陳の手の動きが大きなモーションでないだけに、さすがのドサ健にも定かにたしかめられなかった。

(――とにかく、喰《く》ってツモを変えよう)

と思った瞬間、

「リーチ――!」

陳が叫んだ。捨牌は🀗。ドサ健は反射的に自分の手を見た。鳴けない。次の李の捨牌は公共安全牌の北。これもむろん、喰いつけない。

対家のツモ山だけに、こうなるとドサ健にはツモ替えの手段がない。一牌ツモって、下家の森サブの捨牌を見、じっと考えた。

染物屋が陳の手を注視している。

待ちの部分の二牌は伏せられたまま。
「見たいかね――」
不意に陳が振り向いた。そうしてその二牌を染物屋の眼の前にさらした。
だった。門前《メンゼン》ホンイチ三暗刻発白ドラ五丁――と染物屋は懸命に暗算をはじめた。
健が気合もろともを捨てた。

「喰《く》え、サブ喰うんだ！」

森サブはしかし、首を振った。喰えないのだ。ああ、万事休すか。リーチ宣言した以上、奴はツモる気だ。しかも待ち牌をカベ役（スパイ）が判然としている染物屋にまで見せている。一発でツモられる――！

今度は森サブが考えこんだ。健がポンしそうな牌を考えているのか、森サブはまず、

「カン――！」

といって、を暗カンした。新ドラは。それから又考えこんだ。

染物屋の暗算もこのとき完成していた。台は先刻のドサ健のアガリと同じ七十八符。リーチツモで十六飜、二千百二十六万六千点余、完全にトップになる。

そうだ、ならチャンタでまだその上になる。

森サブが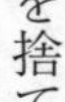を捨てた。誰《だれ》も声を出さない。陳もツモらずに健の顔を見ている。

「いいのかね――」

やおら手を出した。だった。陳はむなしい手つきで場に捨てたが、染物屋は目ばたきもしなかった。

（――カンで一発が消えてるんだ。十六飜の二千万点じゃトップになれないのか）

李がを捨てた。喰えッ、と今度は陳の方が胸の中で叫んでいた。誰かが喰えば、二巡あとの下ツモにが寝ている。陳はそれを知っていて、二段構えのリーチをかけたのだ。

（喰えッ――！）

しかし誰も喰わなかった。喰えなかったのだ。流局になったとき、健も陳も、額に汗していた。

三

「はい、コーヒー——」

「おいきた、どうもね、ありがとう」

伸江は郵便局長に手渡すと、残りの一つを持ってドサ健の背後に立った。コーヒーカップとおしぼりを、健の眼の前の卓においた。

「汗をおふきなさいな」

「俺《おれ》は頼まんぜ——」

「気持がおちつくわよ。お呑《の》みなさい」

今流局になって崩した牌の残骸《ざんがい》が卓の中央にかたまっている。誰《だれ》も手を出して洗牌しようとせず、健の手元のコーヒーカップをみつめていた。

健は砂糖もミルクも入れず、ブラックのまま、ガブリと呑んだ。振り向いて伸江をみつめ、その視線を森サブに戻した。

「よおし、畜生《ちくしよう》——!」

健は煙草《たばこ》をくわえた。

「あッ——」

逆に喰わえて吸口の方に火をつけたのだ。今夜はこれで二度目。陳も李も、オヤというふうに顔をあげた。

森サブは無表情だった。が、彼には仕込みのサインだとわかっている筈《はず》。

それから皆、山を積みだした。健の振ったサイの目が十、森サブが受けて、計二十二。先刻の健の一発と同じ目だ。

だが健の配牌は平凡きわまる手だった。先刻と同じ仕込みだが、六間積みの目が一つずれている。仕かけは森サブの方に入っていた。

健の第一打、。

森サブがカンをした。ドラは、新ドラは。ところがどうしたことか、彼は、が四丁入っていたにもかかわらず、続けてカンをしなかった。つまり、森サブの手はこんなふうになっていたのだ。

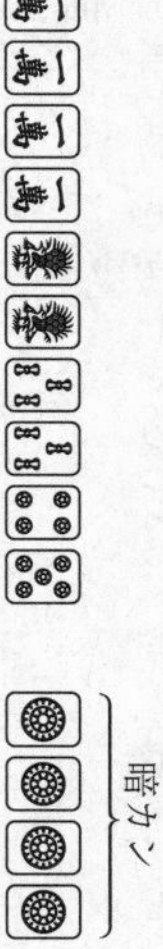

もしここで先刻のドサ健の手順を習ってをカンしておけば、嶺上牌からをひいて（嶺上牌の二枚はが重なっていることはもう想像がつくだろ

う）アンコになっていたのだ。森サブのつもりではもう二、三巡ツモって三六筒をひいた時点で、暗カン、嶺上開花《リンシャンカイホー》といきたかったのだろう。ただツモっただけでは十六飜の二千百二十万点余、浮くだけだ。嶺上開花ならばその倍、トップになる。

これが痛恨のエラーであった。李が第一ツモでを暗カンしたのだ。は李の手の中へ吸いこまれてしまい、新ドラは。先刻のドサ健のと同じ手順で森サブがきている以上、が出てくる気づかいはない。

ドサ健の呆然《ぼうぜん》とした表情——。

彼としては最後の手段だったのだ。森サブがどうでも浮き手でアガりたいのなら、その手を人工的に入れてやらねばならぬ。まさか、森サブがその手を利して逆転を狙《ねら》ってくるとは、想像もしなかった。

健の眼が細まり、冷えたコーヒーの残りをガブッと呑《の》んだ。ツモ山である陳の山に手を出そうとして、下家の森サブの牌山に手がひっかかった。

「アッ、ごめん——」

健はすぐに、ずれ落ちた上山を直した。そのままツモろうとした瞬間、

「健——！」

陳がおめいた。

「動くな――！」

陳も必死の形相だった。

「高峰、大風、健の両腕を押さえろ！　掌《てのひら》を開かせるんだ！」

ドサ健と二人はもみ合った。

「指をへし折れ――！」

その果てに健の右掌の中から、一牌、ポロリと落ちてきた。それが最後のだった。

「とうとう、ひっかかったね、健――」と陳はいった。

「こいつを待ってたんだよ。お前が何かをやるのをな。南家にその牌を送りこみたかったろうが、誰とやってる気だね。さァ、こうなった以上、この勝負はパァだ。パァということで我慢してやるよ。ケリをつけたかったら、もう半チャン再勝負するしかなかろうね――！」

トリプルのドラ

一

ドサ健はフラリと立って卓から離れ、奥の部屋に来てゴロリと寝転がった。

「どうした、健、再勝負はいやなのか、降参かね——」と陳。

「やるとも、——だがちょっと休憩だ。息を入れたい、あんたたちだってそうだろう」

「よし、それじゃ、十分後にはじめよう」

陳、李、森サブ、それに外野の郵便局長、染物屋、高峰、大風、みんな立ちあがっておもいおもいの位置に散った。

長岡が小声で健にいった。

「サブにかわって又俺《おれ》が打つよ。今度は失敗しない」

「いや、サブがいい——」

と健はいった。健は、両膝《りょうひざ》を抱えて眼を伏せている森サブをしばらく眺めていた。

「サブよ、――お前の気持はわかるよ。俺も、どうやら一人前に麻雀が打てるようになった頃《ころ》、お前のように思ったもンだ。どうしても負けになるようなら相手をブッ刺して手前も死ぬぐらいの気持だった。おのれの負けを認めるぐらいなら勝負なんぞやりゃァしねえ――」

森サブはあいかわらず無表情だった。

「俺はそれでいつも勝ってた――」とドサ健は続けた。

「技の巧《うま》い奴《やつ》にゃ気合で、気合でもとどかなきゃ裏芸で、それも駄目《だめ》なら、張り倒して途中でやめたわい。そんなにして勝ちながら、勝つということを、だんだん覚えていったんだ。なァサブ、勝つってことは大変なことなんだ。お前にも今にそれがわかるぜ。考えてもみなよ、お前は死ぬまで手をあげやしねえだろう。俺もさ、そうして、そういう手合いは俺たちだけじゃねえんだ。本物の勝負ってなァ、お互いっこ傷つけ合うだけで、勝ちもできねえ、負けもできねえ――」

「なァおい、悪いこたァいわねえ――」とドサ健は珍しく雄弁だった。「負けられるときは負けときな。全勝しようなんてのは、子供の夢だ、どうしても負けられねえときに、勝てばいい。今日のところは、俺が勝負している。お前の位置は楽なんだ。できるときに楽をしなよ、俺ァお前が気に入ったから、本気でいってるんだぜ」

「そのいい方が面白くねえな――」と森サブがいった。

「俺ァあんたに気に入られたいわけじゃない。俺ァ俺さ、そんなに俺と組みたいなら、俺のおヒキ（仔方《こかた》）になるっていいな」

「いいさ、お前がそういうならな、どっちがおヒキだろうとかまわねえ。だが、これだけは覚えとけよ。お前がどうジタバタしようと、お前を泳がしているのは俺なんだ。力がちがうんだからしょうがねえな」

健は卓の方に戻った。

「さァ野郎ども、かかって来やがれ！」

「場替えだな――」と陳がいった。

「いいだろう、このままで、面倒だよ」

「いや、変えよう――」と陳は固執した。

新しい席がきまり、サイが振られ、その結果、起家・陳、南家・李、西家・森サブ、北家・ドサ健。

第一局は森サブの三本五本のアガリ。陳の親をひとつ無くしたわけであろう。しかしこのアガリが、この半チャンのペースを決めたようだった。

東二局、李の親は、ドサ健が西中ポンのみでアガリ。

三局、森サブの親は、サブのリーチをかいくぐった陳の二飜手ツモアガリ。

このへんは彼我《ひが》の親を流そうというセオリイのみが先行し、喰《く》い手が多い。もっともこれは、お互いの決定的な一発を警戒するあまりであろう。そうして、ジャブはそれ自体勝負を決しないが、案外に足に影響するものなのだ。

東ラス、ドサ健の親――。

健は一発、山を仕込んだ。これは簡単なもので、複色元禄という奴である。つまり、牌山の上列に、万子、筒子、万子、筒子、と交互に並べてあるやつだ。サイの目三を出して、対家の出すサイの目により、万子か筒子のどちらかが、外筋なら九枚、中筋なら八枚、どっと流れこんでくる。

（むろん対家にも、こちらと対照的にどっと入る）

予定どおり、健の振り目は三。対家の李が受けて七、計十。この数だとチョンチョンが健の山の右端で、外筋九枚に仕込んだ万子がそっくり入る仕かけになる。

「ちょっと待ってくれ、少し前に出すから――」

健は自分の牌山を両手で持って、じりっと前にすべらせた。指先きも動かず、音もなく、このとき牌山の一部が変化していた。下山の右端が上山にあがり、上山の左端が下山にさがっている。つまり、上山が全体に一牌ずつ位置がズレたことになる。これが山返し。

このため、万子は対家に流れ、健の方には一転して、配牌時に多い筒子が流れこんでくることになる。

この山返しはうまく使うとポンチーがあっても苦もなくツモが戻るし、このように配牌時の形を見て有利な方に変えることもできる。

、、と入ってきた。四巡目、陳がポンをしたので、健は山の牌に手をかけてこぼし、それを直す手付で、又ツモ筋を戻した。一牌、下山の牌が混ざっただけで、又筒子が入ってくる。

、、と入って健の山が終った。

「——ロン」と森サブが手を開いた。

陳のでアガったのだ。

二

ドラ牌は。森サブの手はツモリ三暗刻だが出アガリならピンフ手で三千九百点。

李億春が、チラリとドサ健の方を見た。

健はその眼つきを見逃がさなかった。森サブと同じく李もめったに表情を変えない。

今の眼つきは何だったのか。万子がドッと流れこんだのに驚くような男ではない。すると、健よりひと足先に、ドラ入りメンチンができあがっていたか。そうかもしれぬ。しかし、もう牌姿は崩れて跡形もない。

南入り——。上下四千点ぐらいの差で、森サブがトップ、しかしこのままのペースでは逃げ切れまい。どこで、誰《だれ》の一発が出てくるか。

しかし森サブは気合よく、初物の🀁をポンした。おまけにドラ🀗を切る。

陳の表情がややかたくなった。

七巡目、李が🀉切り。ツモ山に手を伸ばしかけていた森サブが、ゆっくり手牌を倒す。

「阿呆《あほう》——！」

陳が叫んだ。陳は李の手をのぞきこみ、二丁あった🀄を引きずりだした。

「これ打て——！　トップ決定だわい」

李は無言。

南二局、李の親だ。

🀅🀅🀅🀆🀆🀆🀄🀛🀛🀜🀋🀌🀏🀐

自分の山の五幢目から取った配牌だ。李は綺麗《きれい》に理牌し終ってから、不細工な両掌をおもむろに伸ばして王牌の四幢を握り、尻《しり》から三枚目を開けた。🀆。つまりドラは🀅。

しかしこのとき手の内のが一枚消えていて、かわりにが増えている。

第二ツモ。中打ち——。

郵便局長が身体を斜めにしてのぞきこんだが、このとき李は二枚のとを伏せてしまっている。

中に森サブがポン。彼はまだ逃げるつもりらしい。

五巡目、その中をもう一枚引いて、森サブがカンをした。

すばやく李の手が王牌に伸びる。

ひっくり返った牌は、不思議にも又だった。のダブルドラ。外野陣にもう少し眼があったならば、ほんの一瞬間だが、伏さった李の手牌が二枚に減ったときがあることに気づいただろう。

健が、ギロッと眼をあげた。

この時点での李の手は、

伏さった三枚の牌は、、、。
七巡目、をポンした。打ち。

健の方はまったく声なし。

健はこの手で二丁カブり捨て、も切っている。一見して身動きとれない手。

健はをツモり、考えたがツモ切り。

「カンするかな、カン――!」

李はカンといいざま、南家の山の左端に手を伸ばした。牌をひっくり返す。これも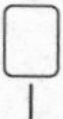――。

ここに至って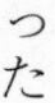は一丁が三飜となった。この時点から李の手つきに熱が加わる。

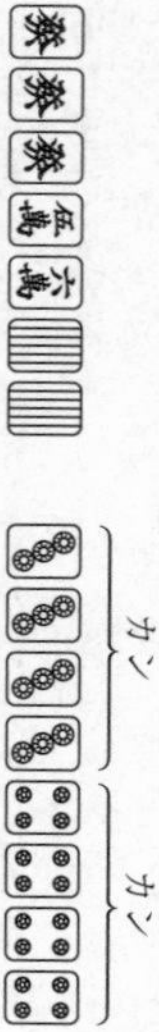

伏せ牌は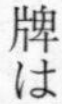と、にかわった。

健が又一牌ツモって考えこんだ。それから河のまん中に、裏のままにして捨牌を叩《たた》きつけた。

「カンか！　カンだろ！」

思わず李が手を伸ばす。李の苦い顔。手を伸ばしたことで、🀅のアンコは明《めい》瞭《りょう》。

攻守が、ややところを変えた。健の🀅がとおったことはこの場合大きい。ピンチはチャンスと紙一重。

健の手は明瞭に索子手。このケースでは待ち牌の系列がバレていても、決してマイナスにはならない。むしろ、明瞭であった方がよいのだ。相手はその系列を握ると不自由になる。

李の手は親の十二飜。相手を不自由にさせることに意味がある。

李の方はオリずに攻めてくるだろうと思う方もあろう。が、点差がすくない。何飜だろうと放銃するわけにはいかない。

🀅のかわりにドサ健がツモった牌は🀓だった。

🀐🀑🀑🀒🀒🀓🀓🀗🀗🀗🀂🀂🀂

今度は李が、ツモ牌を抱きこんで考えた。ツモ牌は🀙。しかしすぐにツモ切り。これは待ち頃でありすぎてかえって待ちにくい。
しかし李の次のツモも🀙。
李の顔に珍しく赤味がさした。

三

陳も森サブも、ベタオリの観。
健がツモった牌が、又初牌の🀚。健の手が🀐にかかった。🀐は李の現物牌。
健は大きく息を吸いこんだ。
「おりゃァ――！」
気合のみ。何も振らない。健はおとろえようとする心気を一心にかきたてた。
（――昔の俺《おれ》を思いだせ！　負けるなんぞと思わなかった頃《ころ》の俺を！）
安全、という二字がどうしても眼の前から消えない。だが勝負に安全などないのだ。
健は🀚を振った。
森サブが、カン、と叫ぶ。安全牌四枚のカン。森サブの目標は四カン流局であろう。

初物では待つまい、と健はくりかえし思った。サブが又アンコを持っている。一方、李もこの手を最初から作り、予定している以上よい待ちを心がけていよう。（恐らく索子の）変化形の待ちだ、まちがってもシャンポンではあるまい。そのうえ、健が危険牌を振れば振るほど、李の安全牌を切って廻《まわ》れない手という印象を与える。

李が🀞打ち。（これもフリテンで変えられない）

健が🀆打ち。李が🀝打ち。その次に健が又むずかしい牌をツモった。🀒だ。🀐を捨てた。手牌はツモリ四暗刻の形に変化している。

李が🀐打ち。

健がかすかに溜息《ためいき》を洩《も》らした。さすがの健も李が🀐トイツ落しとは読めなかったのだ。これまでのところでは李の最後の手出し牌が🀐。奴《やつ》が🀆をスリかえて、たびごとに山の牌を手に入れている以上、そう整った手ではない。変化形両面（四四五六等の形）か単騎待ち。単騎とすれば、🀐の出がおそい以上、🀑或《ある》いは🀒がその後打ちだせなくなって手に残っている気配濃厚、これが健の読みだったのだ。

そうして、勝負はここまでであった。

森サブ、打ち。健、九萬ツモ切り。陳ツモ切り。

森サブが無言で手を倒す。

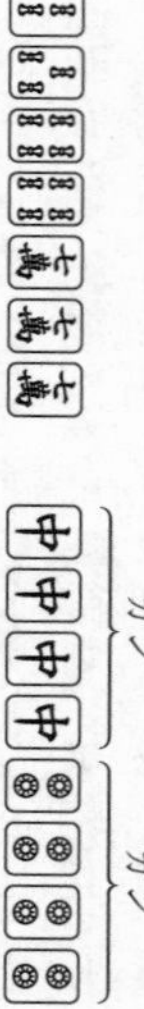

千五百点のアガリだ。南三局、森サブの親、この親が無傷で越せるかどうか。サブの手には東が二丁あったがこれが鳴けないうちに、まず李がリーチ。続いてドサ健が追っかけリーチ。

「よおし、ツモったぞ、二二八《いちにつぱァ》、二五六《にごろ》だ」

チートイツ、ドラの八萬をツモった。計五千百二十点。

「フフフ、惜しいなァ――」と染物屋がいった。「こっちと同じ手だよ、そっくり同じ手だ」

前回と同じく、ドサ健のトップでオーラスを迎えた。だが今回はケタちがいに小さなトップで、五万点弱。

さて、ラス場の陳は、李は、どう出るか。前回のラス場は、彼等の十三面返しを警戒して、健は彼らの山にサイの目を出し、その山を無くしたのだった。それは三千万点もの差があったからだ。

今回は八飜手でよいので彼等の手作りも容易。では六間積みが怖い。健は慎重に五を振り、ついで八を出し、自分の山から取りだした。

ドラ牌は。配牌を取った陳の眼が光った。が二丁、W南が二丁、が三丁、伸ばせばかなり伸びる手だ。浮き牌は、、。どうせ一色手とは無理できまい。陳は迷彩にしてもいいつもりで第一打を打った。

次の李が、ツモ山に手を伸ばさない。李の顔がふくれ、両手で壁を突き崩すように牌を倒した。

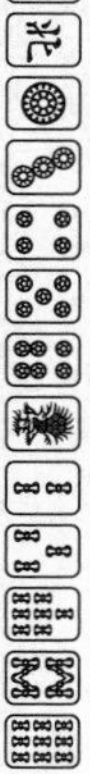

アガリだという。人和《レンホウ》で三十万点だ。
「お前――」と陳が絶句し、ようやくいった。「誰《だれ》の牌でアガったんや――」
「誰のでアガろうと、儂《わし》がトップたい」
と李が低くいい返した。

再勝負への道

一

李億春も森サブも点棒箱を卓の上に出して浮き点を計算しはじめ、

「はい、ご苦労さんでした――」

とドサ健は立ちあがって、奥の部屋の長岡や仲江に、

「おそくまで騒いで悪かったね。牌を片づけちまってくれ」

と声をかけた。ひとり陳徳儀だけが、眉間《みけん》に皺《しわ》を寄せて、動かなかった。

「ほう、そうかい、もうやめるのかい」

と陳はいった。

「しかし何故《なぜ》そう急ぐんだ、なにか用でもあるのか」

「ああ、終りだ、陳さんの一人負けだな。約束どおり金を払って、さっさと消えてくれ」

「何故だね――？」

と陳はふてぶてしくいった。

「勝負のカタはどんなふうについたんだね」

「よし、説明してやろう。この李のおっさんがトップだ。俺《おれ》が二着、森サブが三着、この三人はいずれも浮いている」

「ことわっとくが、二着や三着は勝ちに入らねえ、大きな顔して貰《もら》っちゃ困るぜ」

「だが沈んでいるのはお前さんだけだ。負けはお前にきまっとるよ」

「勝ちはこの李だぜ」と陳はいった。「李はうちうちの人間だ。つまり、陳・李組が勝ったんだ――」

陳は懐中から小切手帳を出し、ドサ健と森サブの浮き点を計算して金額を書き入れ、一枚ずつを二人に手渡した。

「さァ、お前たちはなるほど、いくらかは浮いたようだ。浮き賃ぐらい払ってやるよ。持ってきな。だからって勘ちがいしないでくれ。勝ったのはこの李だ。俺《おれ》たちはこのまま仕事を続けるから、約束どおり、お前たちは二度とここへ現われないでくれ」

誰もその紙片に手を出さなかった。

「きこえたか――」と陳がいった。「その金を大事にしまって、とっとと出ていけといってるんだ」

ドサ健が、すっと卓の上に手を出した。そうして小切手を陳の方に投げ返した。

「まァ陳さん、頼むよ、最初からセリフをいい直してくれ。でないと、俺は怒らなきゃならない」

「なにか怒ることがあるのか、健――」

ドサ健の額の血管がみるみる脹《ふく》れあがった。

「もう一度いうぜ。セリフをいい直せ」

誰《だれ》も口をきかなかった。陳は銀のケースをしかつめらしく取りだして煙草《たばこ》に火をつけ、李はゲーム中は脱いでいた黒手袋を両掌にはめ直していた。

今度は森サブが卓の上の紙片に手を伸ばしポツリと口を切った。

「この小切手はどういうわけで出てきたンだい」

「お前たちの浮き分だよ」

「浮き分はわかっている。何故《なぜ》、陳さんが出したんだ？」

「――」

「陳さんが沈んだからだろ」

「負けた奴《やつ》が金を出したンだろ」

　陳は、むなしく煙草の輪を吹いている。

「だったら能書《のうがき》をいうな。あんたはものをいう資格はないよ。何かいえるのは、こっちの李さんだ」

「――そうか」と陳がいった。「李、何かいってやれよ」

　李は、黒手袋の中に指がわりに詰めたアンコの感触を楽しむかのように、両掌をこすりあわせながらなおしばらく黙っていた。

「陳さん、俺の勝ち分は、どうしてくれるとね」

「おう、そうだよな、李、よくやってくれた――」と陳は微笑しながらいった。

「ボーナスを、特別に増やしてやるよ」

「ボーナスはいらん。俺は物を貰《もら》うのは大嫌いたい――」と李がいった。「それより勝負の決着をつけちゃろうもん」

「その前に、二人にいってやれよ。お前の口からだ。尻尾《しっぽ》を巻いて上野《のがみ》から消えろ、そういってやれ」

「まだ儂等《わしら》の決着がついてなかか」

「お前がそんな口を叩《たた》けた義理か。乞食《こじき》姿でうちへ来たんだぞ。私は喰《く》わせ、呑《の》ませ、着せ、寝かせてやった。つまりお前の父親のようなものだ。お前は私の身内として打《ぶ》っていただけだ。私にいわせれば、お前のやりかたは最高じゃなかった――」

「金で精算しなくたってよかばい――」と李も相手のセリフなどきいていなかった。しゃべっている陳と一緒に、李もしゃべりだし、いっとき彼等ののしり合いはごちゃごちゃに乱れてききとりがたいほどだった。そうして陳がしゃべり終ったとき、李の声だけが重々しく残った。

「どんなやりかただってかまわなか、決着だけはつけなきゃならんばい。それが勝負ってもンたい。そうじゃなかか、他の人――」

「なんだ、此奴《こいっ》、脅迫するのか」

と陳がいった。李が細身の飛び出しナイフを抜いたからだ。まったくそれはパイプをとりだすほどの気軽さで、気取りも何も見せず陳の右腕を押えこんだ。陳ですら、ただの脅迫と思ったほどだ。しかしその腕力は意外に強かった。

「お前だけじゃなかよ、お前の親まで一緒に刺してやる――！」

李のナイフが、すんなり陳の右手の親指にささりこんだ。陳が号泣し、眼玉を飛び出さしてのたうった。高峰と大風が慌《あわ》てて飛びかかってきたが、小柄な李の身体《からだ》は鋼《はがね》のように固かった。

「騒ぐこたァなか、俺《おれ》だってさんざんやられてきたんばい」

そうしてドサ健たちの方を向いた。

「俺はこの店のことなんか興味なかけん。今度は此奴を抜かしてもう一度再勝負しよう。俺たちの決着をつけるたい。もう一人のメンバーは俺が連れてくる。此奴《こいつ》は当分、麻雀ば打てんばい――」

二

夜の道を一人で歩きながら、李億春は火のように身体を燃やしていた。

陳のことで昂奮《こうふん》していたわけではない。昂奮の対象はドサ健であった。酒に溺《おぼ》れるでなく、女も買わず、勝負事しか念頭にないような、この男が、ときおり、大輪の花が咲くように激情で惑乱《わくらん》することがある。

今夜がそれだった。一歩一歩、足を動かすごとに、血が奔流のようになって頭の先っぽの方に集まってくる。

（――ドサ健、奴《やつ》ァ本物たい、本物の麻雀打ちたい！）

ぶつぶつと、口の中でくりかえした。それが李の、歓喜の原点だった。そうしてその感情の塊りはそれ以上に一向発展しなかった。ただ、健の姿を頭の中で思い描き、健を打ち負かす日のことを想像するだけでよかった。

李は息苦しくなり、とうとう歩けなくなって電柱によりかかった。はァはァと苦しげに息を吐いた。そうして、犬のように、身体を電柱にこすりつけた。

(――健、やっちゃるぞ。貴様、バラバラにしちゃる――！)

その言葉を、お経のように又何度もくり返した。李は顔を夜空に向け、吠《ほ》えてるように口を開き、身体を細かくふるわした。電柱がぬるぬるしたもので汚れ、液が細く尾をひいて地面に垂れた。

李は口を開いたまま、しばらく放心して動こうとしなかった。二人の人影が左右から近づいたのはそのときだった。むろん、高峰と大風だ。

「ヘッ、此奴《こいっ》、こんなところで、なにしてやがる」

「さァ、おとなしく来いよ、ちょっと散歩しよう」

李は簡単に両腕をとられて歩きだした。そのときの李の心境からすれば、高峰や大風のような存在は、たとえ眼の前に居ようとも遥《はる》かに遠いものだったにちがいない。

夜更《よふ》けの裏道には、めったに通行者の居る筈《はず》もなかったが、彼等は慎重になかなか手を出さない。何度も小道を曲った末、谷中《やなか》の共同墓地に入りこんだ。

ここだな、と李が思った瞬間、形どおり、高峰が李を突き放し、大風が腰を入れて飛びかかった。このボクサー崩れの一発で、李は早くも昏の上を切った。次の高峰の猛撃で、李は墓石と一緒に打ち倒された。墓石にへばりついたままの李のボディを、大風が、ドスッ、ドスッ、と連打した。

暗い夜空や樹立《こだ》ちの先が頭上でぐるぐる廻《まわ》った。けれども李は自信を捨てなかった。

（――俺《おれ》ァ不死身たい、なんぼやられたって死んだりするもんか、どんどんやれ！　いくらでもやれ――！）

（――気絶すりゃ終りじゃけん、早くそうなりゃよかたい、手前等なんかとゴロまいたりせんわい――！）

扉《とびら》を叩《たた》く音を、すぐに聞きとったのは、階下の茶の間に寝ていた長岡だった。彼はまだ眠らずに雑誌を読みかじっていた。

しかし彼はすぐに起《た》たなかった。表の人間が誰《だれ》だかわからない。陳たちかもしれないし、警官の類《たぐい》かもしれない。

まもなく、二階から寝巻姿の仲江とよし乃親娘《おやこ》がおりてきた。

扉を叩く音が依然として続いている。三人は顔を見合わせた。

「――どなた？」

仲江が一歩踏みだして、ためらいながら声をかける。返事はない。音だけだ。それも、どうやら足で軽く扉を蹴《け》とばしているらしい。乱暴な叩き方でないところが、無視できない感じだった。

仲江が長岡を見た。彼はうなずいて扉口に行き、そっと開けた。倒れこんだのは李億春だった。

ずたずたになった上衣を左手で持って顔面を覆ったままだ。シャツが血で染まり、靴《くつ》は脱げてはだしだった。そうして右手は精気を失ったようにブラブラしていた。

女たちは悲鳴をあげたが、それでも李の身体を奥の部屋に運びこみ、血泥を拭《ふ》きとった。上衣を引きはなしてみると、口は裂け、前歯はほとんど無く、両眼とも腫《は》れあがり眼球がほとんど目蓋《まぶた》の中にかくれていた。右手は折れているらしい。

「お医者を――！」と仲江が叫んで立ちかけたが、長岡の眼が、拙《まず》い、とその動きを押さえた。

三

李は口の中の血を呑《の》みこむように、ごくっと喉《のど》を鳴らした。そしてききとりにくい声でこういった。

「医者はいらん――」

「でも、ひどい傷だわ、あたしたちの手には――」

「大丈夫、なれとるばい」と李はいった。

「ちょいとここに休ましてくれんか。朝になったら、出ていくけん」

「明日になったら――」と仲江がいった。「知り合いの病院に連れていってあげるわ。ボーイフレンドが居るの。そこならきっとなんとか頼めると思うわ」

「健はどうしたじゃろう。戻ってこなかったとか? やられちゃおらなんだらええが」

「奴等《やつら》なのね、負けた腹いせね、最低だわ、あんな男たち――」

李は左手で、灯を消してくれ、と訴え、続いて女たちに、二階へあがって寝てくれ、というジェスチャアをした。

「俺《おれ》は朝早く出ていくたい、心配なか。健が来たら再勝負の日どりをきいておいてくれんかい」

「あんた、まだやる気なの」

返事がなかった。仲江は硼酸水《ほうさんすい》に浸した布を李の両眼に当ててやり、灯を消し、長岡に、「なにかあったら、あたしたちを起こしてね――」

といいおいて二階へ昇った。

暁《あ》け方、眠れず、仲江はそっと階段をおりて、様子を見にいった。二人の鼾《いびき》がきこえた。本人が鼾をかいているのに、と彼女は一人で腹を立てた、私が眠れないなんて――。

でも、なんて馬鹿な人たちなんだろう、なんて哀れな人たちなんだろう、まるで野良犬《のらいぬ》の喧嘩《けんか》ではないか――。

トロトロとまどろんだのち、窓の外が明かるいのに気づいて、仲江は、いちはやく階下におりてみた。

李はまだ横になっていたが、眼は覚ましていた。

「迷惑かけた、今出ていくばい」

「駄目《だめ》よ、このまま帰せないわ――」と仲江は烈《はげ》しくいった。「病院へ行きましよう、しばらく休んでらっしゃい。十時頃《ごろ》になったら電話するから――」

「あンた等の身体とはちがう、俺は不死身じゃけん、心配なか」

仲江はパンを焼き、コーヒーを入れて出した。口の怪我《けが》のせいだろう、李はコーヒーだけをすすった。

「不死身だって自分で粗末にすることはないわ」

「俺は身一つの男じゃけん、身体つかうよりほか手がなかたい。しょうがなか。勝負事の決着はなかなかつかんもんね」

「そうらしいわね。昨夜見ていてよくわかったわ。馬鹿げてるとは思うけど」

「馬鹿でも利口でもかまわんたい、生きていければそれでええんじゃ」

「そんなことしてたら生きていけないわよ。あンたのその指のように、あンただけがすりきれていってしまうわ。他の人は皆、長生きしようと思って工夫してるのよ。長生きすることが生きるってことなのよ」

「わかったばい。俺、口は苦手じゃけん」

歯のない李の口調は、仲江にはいずれも吐息のようにきこえた。それがこのうえなく哀れに、弱々しく見えた。彼女は躍起となっていった。

「健さんはもうここへは来ないでしょう」

「奴《やつ》は、来るよ」

「来ないわよ。来たって、もう勝負はやらせません。あの人は、もっと他のことができる人だわ」

「そうはいかんばい——」李は腫《は》れた眼を無理に見開くようにしていった。「奴は本物たい。ひとつことしかできやせんばい」

李は何度も辞退したが、結局昼近くなって仲江と連れだって病院に行くことになった。その病院で、ひとつの偶然にぶつかったのだ。私の勤めていた会社の同僚が交通事故にあい、その病院に入院していたのだ。

見舞いに寄った私が、病室を出て廊下を歩いていると、突然声をかけられた。腕を吊《つ》り、包帯に埋まった李を、私はすぐにはわからなかった。若い女がそばに居るのも彼にふさわしくない。

「——お前！」と李は大声でいった。「お前を探そうとしていたところたい、お前、よう居てくれたなァ！ 俺《おれ》と一緒に麻雀打とうよ、え、おい、ええメンバーが揃《そろ》うが！」

「どうしたんだ、突然」

「ええメンバーが揃ういうちょるンよ。死ぬまでやるたい、きっと来いよ

――！」

「麻雀の話なら――」と私はいった。「俺は駄目《だめ》さ、足を洗ってるんでね。メンバーなんか近頃はゴロゴロいるだろうぜ」

「関東じゃ此奴《こいつ》の上は居《お》らんじゃろう、いう奴たい。そこらの奴じゃ相手にならん。こう聞きゃァ、やる気になるじゃろうもん」

森サブの条件

一

再勝負への道を歩きはじめたのは李億春だけではなかった。

森サブも、彼流にファイトを燃やしていたのだ。いや、ある意味では、森サブの意欲が一番苛烈《かれつ》だったかもしれない。

彼はこう考えた。

奴《やつ》は、若さやファイトだけでは押しきれる相手じゃない。実力は、自分が一番下まわる。場数も踏んでない。ここ一発の大きな裏技もかけられない。——では、どうやって、勝つか。

森サブは雀荘Pのエースであるばかりでなく、若者の集まるどの麻雀屋にいっても恥をかいたことはなかった。不敗のサブとか喰《く》いつきサブとかいわれ、金があるときは近寄らず、小遣いがなくなると麻雀を打ちにいく組である。その彼が、生まれてはじめて麻雀に燃えたのだ。

森サブは、前に友人にすすめられてヘロインを煙草《たばこ》の先につけて吸ってみたことがある。吸う前は緊張したが、結局ややむずがゆいだけでどうということはなかった。今でも、手に入ればという程度に間歇《かんけつ》的だがリーファ（マリファナ）を吸うことがある。仲間の中には大麻系でないもっと怖いクスリを使う者もいる。

森サブの経験の中での刺戟《しげき》といえば、女をやるかクスリを使うか、ぐらいだった。そうしてドサ健たちとの麻雀はそのいずれにくらべても歯ごたえがあった。彼等にひきずられて森サブも、自分のすべての力を投入したような感じになった。

こんな気分は稀《ま》れだった。たかが麻雀、小遣いをひねり出す遊技、ぐらいに思っていたのである。幸福な読者はおそらくこのへんの理解が行き届かぬであろう。森サブのような若者は、自己の全能力を出す機会にほとんど恵まれない。

――ぜひ、もう一度やらねばならぬ。

と彼は思った。

――ぜひ勝たねばならぬ。俺《おれ》が勝つためには、最高のコンディションで場にのぞむことだ。

こんなふうに考えた。最高の条件とは何か。身体の状態をよくしておき、おおらかな気分で打つことだ。気分で彼等に呑《の》まれないことだ。実技で劣る以上、まずそれが第一条件である。

考えてみると、自分が本当にやりたいことをやろうとするとき、いつも最低の条件でことにのぞんできたような気がする。無理を押してしなければ、好きなことはできない。無理がいやなら、つまらないことばかり押しつけられて我慢しているだけだ。

だから今度も、多少の無理をすることになるだろう、と森サブは思った。彼はひとつの計画を実行する前にほとんど迷わなかった。

高田馬場《たかだのばば》の横を流れる河のそばに、東京でたった一軒、心安い家があった。活字の字母《じぼ》屋だ。

今は弟がそこで働いているが、以前は森サブ自身が住み込みの工員だったのだ。そこの主人は吊鐘《つりがね》にマントを着せたような肥満型で、もう五十がらみだったがいつもニコニコ笑ってるような人物だった。

鑑別所に居た森サブをひきずりだして自分の店で働かせた。彼はここの家庭麻雀ではじめて牌を握ったのだ。

「お前、駄目《だめ》じゃないか――」

というのが口癖で、それ以上言葉をずらずら並べるのが苦手だった。森サブが店を出奔して寄りつかなくなったときも、駄目じゃないか、のあとへ大きな舌打ちをつけ加えただけだ。

森サブは、字母屋の主人を決して嫌《きら》ってはいなかった。嫌う理由はない。このまま二十年ぐらいたって、主人とどこかでめぐりあったならば、なつかしさで飛びついていくかもしれない。出奔した理由は主人と無関係なのである。

ある夜、森サブは高田馬場へいった。夜が更《ふ》けるのを待って、店の横手の路地に入り、ごみ箱を踏み台にして中二階の窓に飛びついた。その窓は高い所にあるせいか平生ほとんど鍵《かぎ》がかかっていない。中二階から上が工員や主人たちの寝場所、階下が字母工場になっている。

森サブはモルタルの壁を蹴《け》るようにして窓から廊下に飛びおり、足音を忍ばせて階下におりた。勝手しったる他人の家である。作字されたばかりの活字が、厚紙の箱に入ってズラリと並んでいる。ズシリと重いその箱を上からこそぎ取り、夏の上衣の両方のポケットに入れ、あと三箱、小脇《こわき》に抱えて再び窓から飛びだした。作業は簡単であった。

翌日、それを顔見知りの印刷工場に売りに行った。すぐに売れたが思ったより金にならなかった。つまり、足もとを見られて叩《たた》かれたのである。

その夜また、高田馬場にいった。なんとしてでも、この次の闘いまでには自分の条件を整えておかねばならない。まず、それには金を作ることだ。金を持っているときといないときでは手の伸びがちがう。

むろん最終的に負けるつもりはない。この金は、相手に払う金ではなく、ただ自分の気持にゆとりを持たせるために用意する金なのだ。

勝負が終ったら、勝金と合わせて、そっくり字母屋の主人のところへ持っていこうと思っていた。

二

都合四度、続けざまに高田馬場へ行った。四度目は、活字を盗むためではなかった。

活字を盗み売っているくらいでは、なかなか思うような金が作れないと覚《さと》ったのである。なにしろ青天井ルールで、この前は一発三千万点なんていう手が出たのだ。どのくらい準備すれば、こちらの気持にゆとりが出るのか、そのへんがむずかしい。

同じように、ごみ箱を踏み台にして中二階の廊下の窓に這《は》いあがった。そうして階下におりず、そのまま壁づたいに廊下を進んだ。二つのうち手前の方に弟が寝ている。以前は彼が起居していた部屋で、どこに何がおいてあるか、手探りでだってわかるところだ。襖《ふすま》だから、鍵《かぎ》はかからない。

「――おい」

部屋に入って、森サブは息声を出した。

「――和夫、――おい」

万年床が敷いてある。道路沿いの部屋とちがって外の光線が入ってこない。しかし闇《やみ》になれた森サブの眼は、布団《ふとん》の中に誰《だれ》も居ないのを見定めていた。留守《るす》だ。呑《の》みにでも行ったのだろうか。

小抽斗《こひきだし》を順々に開けた。目ざすものは、入っていない。壁にかかっている洋服をあらためた。机の上にもなかった。机の抽斗にもない。

それだけで、森サブはわりに簡単にあきらめた。

彼自身がここに居る頃《ころ》、部屋に鍵《かぎ》がかからないため万一を思って、現金類（森サブは通帳類は持っていなかった）は肌《はだ》につけて外出していたのだ。きっと弟もそうしているのだろう。

明日の晩でも又来ればいい。

下で、いつものとおり活字でも貰《もら》って帰るとするか。

廊下で彼は考えた。主人夫婦はどうしているだろう。

夏ならば襖《ふすま》が開け放してあるから、音なしでどこへでももぐりこめるが、いくらかむし暑いとはいえまだそんな陽気ではない。

(——そうだ、旦那《だんな》は鼾《いびき》が高かったんだ)

旦那も昔風で、卓上金庫などは使わない。通帳類やら現金類などを分厚く入れた財布を、いつも内ポケットに入れている。ひょっとすると、あれは、夜もそのままかもしれない。だとすれば、上着の在り場所まで行きつくことができれば——。

森サブはきびしい眼になって、階上をにらんだ。主人の財布があれば、弟の金などくらべ物にならない。問題は一挙に解決する。

そのときはまだ、そう考えただけで、実際に階段を昇って行こうとは思ってなかった。

(——どうせ、あとで返すんだ)

森サブはむずかしい牌をツモるときのように口を真一文字に結んだ。

（――多少の無理をしなきゃ、好きなことはできない。俺《おれ》なんか、無理をするように生まれついてるんだ――）

彼は、リーチ！　と心の中で叫んだ。それから寒そうに肩をすくめて、一歩一歩、階段を昇っていった。

主人の鼾《いびき》がきこえる。この鼾がきこえるうちは安全。カミさんもそばに寝ているだろうが、彼女は毎夜酔い潰《つぶ》れて寝るほどの酒好きで、これはまず心配はない。

子供は居なかった。

足音を殺すために四つん這《ば》いになって、まず茶の間に入る。なんという幸運か、夕飯の始末のついてない膳《ぜん》のわきに、昔から見なれた薄手のジャンパーが放りだしてある。

ツイてるぞ、と森サブは思った。これなら、さァ盗《と》ってくれといっているようなものだ。奥の寝室の気配をうかがいながら、息を殺して一歩一歩近づく。鼾はいささかも乱れていない。

ジャンパーの端に手がかかり、そっと引き寄せた。軽い。財布が入っていないのは明白――。森サブは、しかし失望せず、身体じゅうに力を入れて、そろそろと寝室の方に前進していった。このしぶとさが彼の特徴で、学生の長岡や染物屋あたりの麻雀を凌駕《りようが》しているところであろう。

彼は寝室の境い目を越えることに成功した。壁に浴衣《ゆかた》がかかっている。裾《すそ》の端に手をかけてかすかに振ってみたが、やはり軽い。よほどあらたまったことでもなければ、ジャンパーか浴衣以外に着ない人だから、ではズボンかシャツのポケットか。

森サブはしばらく動かずに部屋の隅にうずくまっていたが、やがてそろそろ這《は》いだした。迂回《うかい》して主人の頭部のあたりに行くためだ。

一度、畳のへりにうっかり手が乗って、ぎゅっときしんだ。

冷たい汗が背中を流れる。二度三度とわけて息を吸ったり吐いたりする。鼾《いびき》は依然として大きい。

ズボンの先に手がかかった。尺取り虫のように手先を動かして腰部をまさぐる。煙草らしきものの感触があっただけ。

シャツにも手を伸ばしたが、無い。

しかし森サブはくじけなかった。歯ぎしりして牌をツモるときのように、厚ぼったくふくれた表情になって、ぐっと身体を前に伸ばした。

相手が向こうむきに寝ているのが唯一の救いだった。けれども此方《こちら》の吐く息が、枕《まくら》にかかりそうなほど近づいている。そのままの姿勢で布団《ふとん》の下に、そっと手を突っこんだ。

もし枕《まくら》の下だったらどうしようと思っていたのだが、財布は割に布団の端、盗《と》りやすいところにあった。森サブは親指と人差指で端をしっかり摑《つか》んでひきずりだそうとした。

突然、鼾《いびき》がとまった。ムム、と口の中で何か音を出しながら、主人が寝返りを打って此方《こちら》を向いた。

動けなかった。主人の息音の感じでは、たしかに眠っている。しかし眼のあたりは暗くて見えない。眼を見開いてこちらを見ているようにも思える。森サブは息をとめたまま、歯をくいしばった。

(——リーチだ、もうリーチをかけちまったんだ!)

——字母屋を抜けだして早稲田《わせだ》の方まで歩き、タクシイに乗ってからも、森サブはけわしい顔を崩さなかった。下宿に戻って布団にもぐりこんでから、財布を開いて中身を調べた。通帳の額面が、彼の想像を大きくはずれて、入金のたびに烈《はげ》しく引きだされ、結局残は無同然の有様だった。

そこでがっくり、森サブは弱気になった。

彼は現金の半額だけを抜き、翌朝早く高田馬場へ行って、手拭《てぬぐ》いで丁寧に指紋を拭《ふ》きとった財布を郵便受けに投げ入れてきた。

三

コンディションを整える第一条件は、不充分ながらそれで一段落を告げた。

むろんその間、盗みとった金を無いものとして、少し甘い雀荘《ジャンそう》に行き、安いレートではあったがせっせと稼《かせ》ぎ溜《た》めていた。

それで、今度は第二段階だった。森サブは、ふっつりと麻雀屋荒しをやめて、雀荘Pに入りびたった。

奥の部屋に、右手を包帯で吊《つ》った李億春がいた。

森サブは玄関寄りの部屋の卓前にきまって坐《すわ》った。

居候《いそうろう》の長岡は、客たちに混って打っていたが、李も森サブも、麻雀はやらない。

もっとも李は右手が使えないので、打つ気はあっても打ち辛《づら》い。森サブは、終日、黙々として、あいている卓と牌を使って一人占いをやっていた。十七枚を八段に並べて、二曲り以内でくっつく牌を取っていく、メンバーが揃《そろ》わないときなど閑《ひま》つぶしに皆がよくやる、あれである。あいている牌を使ってただ遊んでいるように見えたが、森サブが手にするのはいつも同じひとつの牌だった。

ある日、ふと眼をあげると、李が眼の前に坐っていた。

「大分、覚えたとな——?」

森サブは無表情で相手を見返した。

「牌を覚えとるとじゃろう——?」

といって李はニッと笑った。

「ばってん、ドサ健の奴《やっ》、さっぱり来んわ。いったいどげな気で居るんじゃろう」

「——来るよ」

と森サブは答えた。

「きまってるさ、まだ勝負のケリはついちゃいないよ」

「来よらんつもりなのかもしれん。——それとも、俺《おれ》みたいに怪我《けが》でもしとるンじゃろか」

「怪我ぐらいなら来るだろう」

しかし森サブにとってみると、今すぐ健が現われない方がよかった。

この百三十六枚の牌を、すくなくとも過半数はガンをつけてしまわねばならない。ゲーム再開までに一枚でも多く覚えること、これが森サブの第二の条件だった。

現在、三分の二ぐらいは、どこかにガンをつけることができる。しかし、むろん大きな特徴があるわけではない。どの牌もどの牌もガン自体は似かよっている。牌数を覚えれば覚えるほど、と思ったのがだったり、

と思ったのがだったり、まちがいも多くなる。

まちがって他の牌にみるくらいなら、覚えない方がよろしい。

「ドサ健の巣を、知っちょると――？」

ある日、李が又声をかけてきた。

「いや、知らん――」

森サブの牌占いが、この日はトントンと取れて、全部裏に伏さって完成するほどの勢いだった。

李が、その裏の一枚を取って、裏のまま森サブの前においた。

「この牌、何かね？」

「――八萬」

と森サブは反射的にわざとでたらめをいった。

「ふうん、なるほど、これが八萬か、えらいもンやな」

李は妙に真剣にいい、そしてこういった。

「おい、二人で一緒に、街へいかんかね」

「――何故《なぜ》？」

「健を探してくるたい」

「もう一人のメンバーは」

「健さえみつかれば、俺が電話して呼ぶ」

森サブも頷《うなず》かざるを得なかった。二人は額を寄せて相談し、まず上野駅の地下道を当ることにした。確たる理由はないが、ああいう場所には極めつきの情報通が居るものだ。

上野駅の地下道は、敗戦直後の殷賑《いんしん》さはむろん失っていたが、まだ浮浪者の姿がぽつりぽつりとあった。

即席のではなく本格の浮浪者だ。訊《たず》ねても、ほとんど表情を変えないし、答えも返さない。

地下道内の映画館にフィルムを自転車で運んできた男が、

「健？　アメ横のそばの麻雀屋に入りこんでマスター面《づら》してたっけが、どうしたかな」

李と森サブは教えられたとおりの場所に行ったが、麻雀屋はとっくになくなっていて、

「池《いけ》の端《はた》の方で、ギャングバーをやってるってよ」

そこで電車通りを渡って、酒悦の裏の方へ横丁を入った。その店は探すまでもなかった。外郭だけ残って中はまっ黒な穴ぼこが口をあけているという状態だったからだ。

「ははァ、店がやられちょるけん――」

と李がいった。

「奴《やつ》は無事たい」

その言葉が終らぬうちだった。

「どうしたんだね」

横手から声がかかった。李の顔が、森サブにもありありと感じられたほど、ぱっと明るく輝いた。

四色の置土産《おきみやげ》

一

　大きなサングラスをかけたドサ健は、案外機嫌《きげん》のいい表情で、李と森サブの方に寄ってきた。

「二人揃《そろ》って散歩かね。それとも、雀屋荒らしの新コンビ結成か」

「あんたの来るのを待っちょったけん、来よらんばい、探しに出てきたと。再勝負、やる気か、やらん気か、どげんしたと？」

　ドサ健は、李の肩ぐちから吊《つ》った右手を、チラと眺めた。指の先きで、ピーンとはじいた。

「田舎《いなか》芝居だな、腕が利かねえ真似《まね》なんかしたって、誰《だれ》も油断しねえよ」

「本当にやられたんだよ――」と森サブはいった。「指を刺した仕返しを、やられたんだ」

「俺《おれ》はあンたみたいに店ももっちょらんし、何もないけん、身体にぶつかってくるよ」

そうして森サブが又いった。

「店をこわしたのも奴等《やつら》だろう、無茶をやるなァ」

「なァに、いいんだ」

とドサ健は軽くいった。

「どうせ地主にことわって借りたわけじゃねえ。あいてたところへただおっ建てただけよ、追いはぎの真似《まね》をしてたんだからよ。俺も好きなことばかりしてるんだから、他の奴等だってしてくるだろうよ。——それにギャングバーも少しアキてきたところなんだ」

健は低い声で笑った。

「じゃァ又な、元気でお稼ぎよ」

「待てよ、健さん、いそがしいのかい」

と森サブ。

「いそがしかァねえ、今、昼メシを喰《く》いに行くところだ」

「じゃァ俺たちもつきあうよ」

「勝手にしな」

大股《おおまた》に歩きだした健におくれじと二人も続いた。

「再勝負はいつやると？」

「ああ、そのうちな」

「そのうちじゃ、話にならん。明日《あした》とか、明後日《あさって》とか、はっきりして貰《もら》おう」

「あせるなよ。おっさんはこの前、トップを切ったんじゃないか、おっさんが歯ぎしりすることはないぜ」

健は一軒の中華屋に入り、ラーメン三つ、といった。

「それじゃ、再勝負はしない気か」

「しないとはいわない。だが俺も喰わなくちゃならんからね。店もあんなになったし、しばらくは方々でラクな麻雀やって稼がして貰《もら》うよ。お前たちとやったって、骨と皮しかないだろう」

「俺《おれ》も喰《く》わなくちゃならんばい。此奴《こいつ》もたい。だが、喰うことはちょっとおいたってええもン、俺はあンたと打ちたい」

「俺もだ――」と森サブ。

「――俺は喰えんけん」と李がいった。「いつ餓死するかわからんけんのう。一番やりたいことからやらなきゃならんたい」

「お前たちは妙に気を合わしてるが――」

といってドサ健は、くっくっと笑った。森サブをおヒキ（仔方《こかた》）にしようとして手こずった先日の一戦を思いだしたのだ。

「ここで定《き》めるばい。やるか、やらないか」

「まァ待てったら――」

「じゃァこうするたい、俺のラーメンに支那竹《しなちく》が何本入ってるか、丁半できめたらよか」

「半――！」と森サブがすかさずいった。

「よし、丁――」

とドサ健もいった。

「なら、俺も半――。半ならば、明日の晩、Pに集まるたい、よかな」

「もう一人は誰《だれ》だ、陳か」

「あげな奴《やつ》、呼ばんたい。もう一人は俺が連れて来る」

「ふうん――」

丼《どんぶり》が運ばれてきた。三人の眼が李の丼に集まった。李は箸《はし》で、支那竹を一本ずつよりわけた。それは全部で五本あった。

「ヘッ――」とドサ健がいった。「うまくできてやがら」

「明日の晩たい、あんたのことじゃけん、逃げはせんじゃろうが、一応、巣をきいとこう」

「巣なんかねえよ。この店の筋向かいの、友楽という雀荘、たいがいそこに居るさ」

李は安心したように、ソバを喰《た》べはじめた。

先に喰べ終ったドサ健は、その店を出ていきがてら、こういった。

「そっちが一人呼ぶンなら、俺の方も一人連れていくぜ」

二

健はその足でまっすぐ雀荘友楽に行った。昼すぎのせいかまだ閑散で、四人連れが一卓、それにブウマン(ブウ麻雀)の客が三人あそんでいるだけだった。

マスターに片手で会釈して、健はまっすぐその三人のいる卓に近寄った。

「まずいんだよ、健さん――」

声だけでなく、マスター自身があたふたと追ってきてそういった。

「ちょっと、しばらく、遠慮してくれねえかなァ」

「まずいって、打つなってのか。――俺《おれ》だって客だぜ」

「T会から通達が来てるんだ。打たせるなってね、だから――」

「俺はT会の仔方《こかた》じゃねえぜ」

健は不思議そうにいった。T会とは、当時上野の一部に勢力を張っていたグレン隊組織である。

「それでもよ、東洋人たちと、ガタガタやったんだろう」

「T会とは関係ねえぜ」

「T会は東洋人の組織とはちがうが、利害関係はいろいろからまってるだろうよ。まァ私は裏の事情は知らない、とにかくウチの店で面倒はおこしたくないんだ」

「そうかい、わかったよ――」

健は御徒町《おかちまち》のSというクラブに歩いていった。麻雀屋は友楽一軒じゃない。Sのある地域はT会の勢力範囲ではなく、カラカサ一家の息がかかっている。

「あッ、健さんか――」

Sのマネージャーが、顔を見るなりいった。

「ヤバいぜ、上野をフケなよ」

「何がヤバいってんだ」

「通達だ、あんた、何やったんだね」

店の奥の方でカラカサの若い衆たちが卓をかこんでいる。

「俺《おれ》を打たせちゃいけねえって通達か」

「なんだかしらねえが、しばらくどっかへ行ってなよ。半年もすりゃァ戻れるさ。でないと、この店がこわされちゃう」

「脅《おど》しだよ、カラカサの奴等《やつら》にそんなことはできやしねえ」

「でも、警察《サツ》へタレこまれたらおしまいだからな、たった十円玉一枚で電話はかかるんだ。弱い商売なんだよ、こっちの身にもなってくれよ」

カラカサの若い衆の卓で、一人が立ってトイレに行った。

健はツカツカとその卓へ歩み寄った。

若い衆たちが、ピインと身を固くして健を見た。

「大丈夫だよ、打ちゃしねえ――」と健はいった。「ちょっと、代わりに山を並べてやるだけさ」

トイレに立った男の席に坐《すわ》って、健はすばやく山を積んだ。

「誰《だれ》が親だい――？」

「そこだよ」

「じゃ、帰ってくるまで、待とう。俺がサイを振ってへんな手が来たなんて因縁《いんねん》つけられたくねえからな」

「いいよ、振ってくれ、誰が振ったっておんなじだ」

「かまわねえか――」

　健が十を振った。南家がそれを受けて七を振った。計十七、健の山の右端から取るわけである。トイレから男が帰ってきて交替し、配牌第一集団をとった。
――。
　オヤ、という顔になった。しかしそのときもうドサ健は振り返りもせず、そのクラブを出ていくところだった。

　ところが南家のとった四枚も。

　西家のは、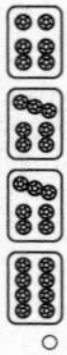。

　北家のは、。

　配牌第二集団は、親のが、――。

　南家のが、。

　西家のは、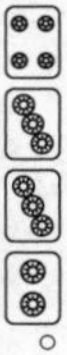。

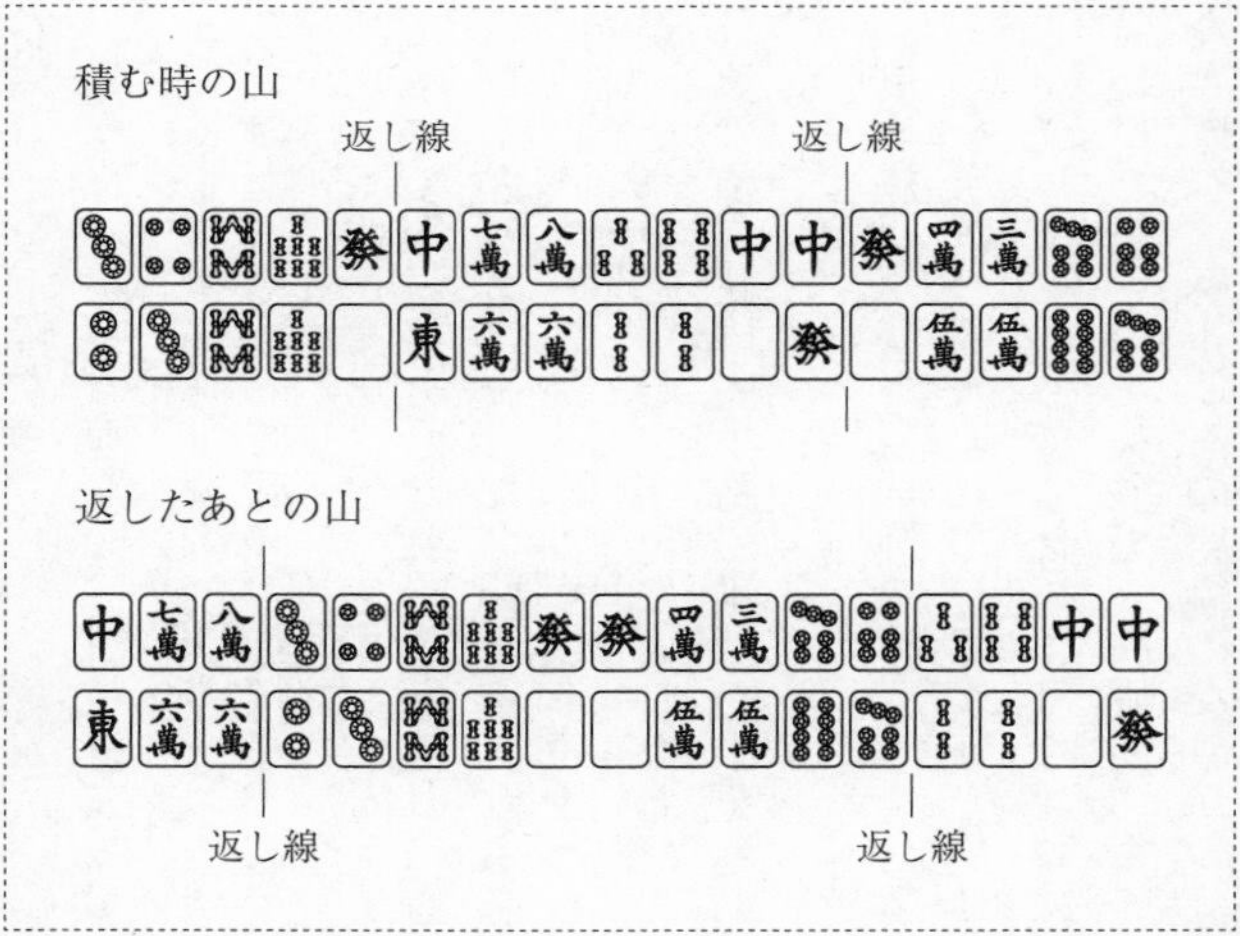

北家のは、八萬七萬六萬六萬。

「畜生《ちくしょう》、健の野郎——」と北家が低く叫んだ。もう二枚、健の積んだ山が残っていて、次の山にかかる。その二枚は親の配牌第三集団で、中と東だった。

　ドサ健がすばやく仕込んだ四色の置《お》き土産《みやげ》。

　ずいぶん複雑な仕込みに見えるが、牌をひろいさえすれば、意外と簡単なのである。

　まず最初に、四幢で芯《しん》を作る。左に万子、右に索子を二幢ずつ。その両側に、左に二幢、右に三幢、大三元の材料を固める。

　その又両側に、芯と逆に、左に索子、

右に万子を二幢ずつ。

　そうして左右の両端に、筒子を二幢ずつおく。これで準備ＯＫ。

　この山を、左右五幢ずつを握って、手前に合せる。つまり新山を作る恰好《かっこう》になるわけだ。そうして残った七幢を、右手に四幢、左手に三幢握って、新山の両側につける。

　これで四者にそれぞれ一色が流れこむ恰好になる。

　むろん四者にみんないい手を入れる必要はないわけで、実戦では、組んでいる者同士がいかなる位置に居ても、自分たちだけいい手が入るように積むのであるが、それを応用して四色に入れたわけで、つまりドサ健流のタンカであろう。

　その頃《ころ》、健は広小路の雑踏の中を歩いて、山下の雀荘を二、三軒のぞいた。どこも打たせてはくれない。

　麻雀屋はグレン隊の息のかかっている店ばかりではないのだが、そういうまっとうな店は、四人連れの客ばかりでフリーで行っても相手が居なかったり、フリーを受けている店でも健のようなゴロには平生からいい顔をしてくれない。

　健は、行き場を失って、映画館のウインドにもたれながら煙草を吸った。こんなときに、麻雀ごろの組織のなさがつくづくじれったい。上野《のがみ》の健と威張《いば》っても、一匹狼《おおかみ》では、盛り場のうるさ型とうまく折り合っていかなければ生きられないのだ。

私が勤めている場所に、久しぶりに健から電話がかかってきたが、そうするまでに健は大分迷ったのだろうと思う。

「――坊やか」

という受話器の向こうの健の声が、珍しく元気がなかった。

「お前、あいかわらず勤めが面白いか」

「面白かないが、まァ続いてるね」

「どうだい、死ぬか生きるかって勝負をしてみないか。負けりゃ殺《や》られるかもしれねえが、だらだら生きてたってしょうがねえだろ。俺《おれ》ァこれからやりに行くが、来たけりゃァ広小路の友楽って雀屋で待ってるぜ」

「麻雀かね――」

「いやか――」

「いやってわけじゃないが――」と私はいった。「何故《なぜ》、俺を誘うんだ」

「昔のよしみさ。ドサ健と坊や哲のコンビってのは面白えだろ。いつかこういうときが来ると思ってたよ」

「でも俺は近頃《ちかごろ》あまりやってねえからな」

「かまわんよ、お前の腕なら大丈夫だ」

三

ドサ健が又、友楽に入ってきた。

「打ちに来たんじゃねえよ――」と健はマスターにいった。「待ち合わせがあるんだ。ちょっとの間、坐《すわ》らしといてくれよ」

「健、ズラカリなよ、悪いことはいわねえ、このまま上野に居たら、だんだんことがもつれてくる。お前たちは、麻雀屋さえありゃァどこの土地だって喰《く》えんだから――」

「心配ないよ、マスター、ちょっと客を待ってるだけだ。あんたの店に迷惑はかけねえ」

卓に出ている牌を、一人で、ポツリポツリと積んだ。

山を積ませたら、ひろい（必要牌を選りとってくること）の早さといい、正確さといいこの男の右に出る者は、死んだ出目徳をのぞいて、まァ無いだろう。芸は身を助けるというがこの芸あるがために、健はこの先どう生きていくことやら。

散っている牌をじゃらっとひと撫《な》でして、パタパタと積む。出目徳ゆずりの大《だい》四喜《スーシー》十枚爆弾ができている。

崩す――。ひとつかきまぜて、さっと山を又作る。六間積みの四色切返し――。

崩して又作る。十四枚の返し技、秘芸つばめ返し。

小さな足音が近づいてきた。健は山から眼を離さずにいった。

「坊やか――、やっぱり来たんだな」

答えがなかった。眼をあげると、雀荘Pの松浦仲江が立っていた。

「李さんにきいたら、ここに巣喰《すく》っているらしいって――」

「うるさいな、奴等《やつら》にいってくれよ。俺《おれ》はいそがしいんだ、今ひとつ勝負をかかえてるから、それが終ったところで又話し合おうってな」

「李さんのお使いで来たンじゃないわ」

ドサ健は大きな眼を開けて、娘を見た。

「ほう、じゃァ何の用だね、――まァ坐《すわ》んな」

仲江はバッグの中から白い角封筒を出して卓の上においた。銀行の名入りの封筒だった。

「――――?」

「使って頂戴《ちょうだい》。貯金をおろしてきたわ」

「何故《なぜ》――?」

「競馬って、あたしやったことはないけど、もしやってみたら、ちょうどこんな気持だろうと思うわ。あたしの眼の前にいろんな馬がいるの。あたしはその中の一頭を見て、決心するの。これに賭《か》けてみよう、って。この馬の運命を、あたしの運命にしてみよう、って」

「お前さん、麻雀や競馬は、大嫌いじゃなかったのかね」

「生まれてはじめてよ。そうして、お嫁に行くときのために毎日貯めていたお金を全部もってきたわ」

ドサ健は封筒の中味をちょっとあらためて見た。

「お袋さんは知ってるのかね」

仲江は首を横に振った。

「俺が負けたらどうするんだ。嫁入りの支度《したく》はパアだぜ」

「勝って来てよ、もう一度だけ大勝負をやって」

「一度だけ、だって?」

「そうよ。競馬の馬だって、いずれは牧場に行くんでしょう。あンたはもう走りすぎてるわ。いつまでもわかくはないでしょう。引退して家庭を作ってもいい頃《ころ》じゃない」

健は立ちあがって、封筒をポケットにねじこんだ。

「金は借りるぜ。俺は負けやしない。だが、牧場にはさがらないよ。俺に牧場なんてあるもんか」

それから健は、伸江の背後に立っている私をみつけた。

「お前たち、一緒か――」

「いや、俺は今来たばかりだよ」

と私はいった。

「じゃァ、すぐ行く。相手はこの前お前と二人で打ちにいったことがある。福竜、昔の悟楽荘だ」

「あの東洋人か」

「ボスの陳というのは居ないかもしれねえ、指をツメられたばかりだからな。残りのザコをやっつけてくるんだ」

「俺《おれ》はまだ、行くともなんともいっちゃいねえぜ」

「じゃ、なにしにやってきたんだ」

「何故《なぜ》、俺を誘ったのか、知りたかったからさ。達兄ィや上州虎《じょうしゅうとら》や、昔のメンバーはどうしたんだ。まったくの一匹狼《おおかみ》なのか」

しばらく、返事がなかった。

「俺は昔から、友だちはつくらない」

「そりゃわかってる。敵か、おヒキか、それしか無いんだろう。俺のことはどう思ってるんだ」

「お前はどうなんだ」

「本来は敵さ」

「じゃ、そうしとこう」

「だが敵にはものを頼まんだろう。俺は友だちとして、ここへ来たよ。——どうだい、俺は友だちかい、それともおヒキかい」

ドサ健は、ペッと唾《つば》を吐いた。

「友だちなんかであるもんか。——奴等《やつら》も、それからお前もだ、お前たちはカモよ！　ようし、俺は一人で行くさ！」

国士攻め

一

客として表側からちょいと眺《なが》めているかぎりでは、そのクラブの経営者の心情まではなかなかわからない。

ひと口に麻雀屋といっても、まったく市民的な遊び場になっているところもあるし、又グレン隊の出先機関化している店もある。ブウ麻雀専門に打たせる店は、東京では池袋、上野、浅草、蒲田《かまた》などに比較的早くから根をおろしはじめたが、これ等の店の多くは(例外もあったろうが) オール吸いあげ式といわれてもやむをえないものがあった。

なるほど、ブウ麻雀自体は遊びとして結構面白いし、あまりまとまったヒマを持たないいそがしい人などには手っとり早く勝負がついて至極便利である。コーヒー一杯を呑《の》むぐらいのつもりで、二、三十分、さっと打って出ていけば、それなりの遊び方ができる。

現在は客の方もなれてきたし、麻雀屋の方もあこぎな店がすくなくなったが、当時はまだ客が、ブウの遊び方をマスターしていなかった。

どうしても、普通麻雀をやっているのと同じ気組みで、長くなる。一勝負平均五分か十分でついてしまうブウは、そのたびに一回分のゲーム代をとられるので、低いレートでやっていると、すべてゲーム代になってしまうのだ。

客の持ち金は平均に減り、クラブ側だけがすくない客の頭数でも数倍の利益を得る。客はそのうち、同じ店の中でも比較的高いレートでやっている卓のメンバーに移りたがる。つまり高いレートでやらないと、万にひとつも勝つことができないからである。

そうして高いレートでやっている卓には、バイニンが網を張っているのである。蟻地獄《ありじごく》の底に落ちたようになって、客は丸裸に剝《む》かれる。なにしろブウ麻雀という奴《やつ》は、これほどコンビの威力が発揮されるルールはないのである。

福竜に入ってきたドサ健は、むろん、低いレートの卓には見向きもしなかった。以前に打ったことのある奥の畳敷きの部屋をのぞいて、ふさがっていたので、入れこみの方に引き返して空いている椅子《いす》の卓にすわった。

マネージャーの高峰とボクサー崩れの大風が及び腰でこちらを見ていた。

「――おい、客だぜ、茶ぐらい持ってこないかよ」

「何の用か知らねえが――」と高峰がいった。「陳は休んでるぜ、話があるなら陳の傷が治ってからにしな」

「べつに話なんかねえ。麻雀打《ぶ》ちに来たんだ、陳でなくたってお前たちでいいよ、さァやろう」

高峰と大風がものもいわずに消え、しばらくして茶を持って又現われた。

「早く支度《したく》をしないかい。サービスが悪いぞ」

「俺《おれ》が打つわけにはいかねえよ、陳さんが居ないし、俺は店長代理だからな」

「何をいいやがる。客をカモりに来たんじゃねえ、お前たちをひん剝《む》きに来たんだ、早くしろ」

「待てよ。今、お前の相手が来るわい」

扉《とびら》が開いて、大風とともに三人の男たちが現われた。三人は奇妙に身体をくっつけあい、ひと塊りになって近寄ってきた。

「ドサ健てのは此奴《こいつ》かい――」先頭の頰《ほお》に長い傷のある男がいった。「ふうん、たいしたことはなさそうじゃねえか」

「なんだ、此奴等は——」

健は高峰の顔を見た。

「俺の親類だ、フフフ、従弟《いとこ》だよ」

「麻雀打ちか——?」

「いいや、ギャングだ」

「じゃ、やめとこう——」と健はいった。「このさい、素人《トーシロ》とは打ちたくねえんだ」

しかし三人はもう席についていた。兄哥《あにき》分らしい傾きずの男は、シケたソフトを脱いで櫛《くし》で頭髪をかきあげながら、

「素人かもしれねえが、俺たちには俺たちの打ち方があるぜ。まァ油断せずにかかってきな」

健はしばらく間をおいていった。

「ルールは——?」

「ブウマンでも、普通麻雀でもどちらでも、但《ただ》し青天井はいけねえ、お前には一発があるそうだからな」

「よし、半チャン麻雀だ。レートはピンピン(千点千円)」

「いいとも。見せ金してくれな」

健は伸江が持ってきた封筒をバサッと投げた。ソフトが指でつまんで厚さをたしかめた。

「うだうだいいやがって、持ち金はこれきりか」

「なくなりゃ帰るだけだ。お前たちのは？」

「店で保証する――」と大風がいった。

「じゃァ場所ぎめだ――」

「このままでいいよ、どこへ坐《すわ》ったって同じさ」

二

[發][發][發][一萬][一萬][二萬][三萬][四萬][四萬][四萬][伍萬][六萬][六萬]

ドサ健の手は平凡なホンイチで、取り柄《え》は門前。東風の劈頭《へきとう》で上家の坊主刈りの若者に早いリーチがかかっている。

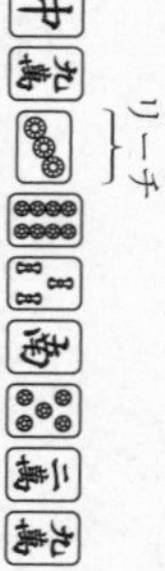

という捨牌。起家のソフトは最初からゴツゴツした切り牌で、

ソフトの下家のややドモる若者も、大技《おおわざ》に出ているような捨牌で、ドラの三萬をしょっぱなに切っている。

親の手はチャンタ、リーチは一萬四萬、ドモリはよくわからぬが、索子のまん中から上をごっそり貯《た》めているのではないか、と健は読んでいた。したがって、健の手は変化がむずかしい。本当は三萬をひいて伍萬を切り、穴二萬で待ちたいところである。

ソフトが一枚ツモってちょっと考えた。

「こいつかァ、当りは――」

バシッと[一萬]を振った。

「ははは、素人《しろうと》は要らない牌をなんでも振るからな」

ドモリが[八索]をツモ切り。リーチが[東]。そして健が[七萬]を引いた。ここは順当に、今とおったばかりの[一萬]だろう。

「ア、当りだ――」

と対家のドモリがいった。健ははじめリーチの[東]がロン牌かと思った。だがドモリの手は、

[東][東][南][西][北][白][發][中][九萬][一筒][九筒][一索][九索]

（[八索]はツモ切りだったぞ――）

といおうとして、健は辛《かろ》うじて口をつぐんだ。文句をいう前にやり返せばよい。この程度の山越しに泣くようではドサ健の名がすたる。

「役満はいくらだね」

「四倍――」

「天和も九連宝燈も、一律に四倍か」

「そうだ――」

東二局、ドサ健の手がよかった。

ドラは。健はやや半身になってキリキリとツモったが、数巡はツモ切り。ところが今度は、坊主刈りの捨牌があやしい。又、国士無双の方向である。そのためドサ健は、字牌などの安全牌を残しておくことができなかった。たとえばやは、平生の健ならば早捨てするところなのに、これを切る余裕がない。

そのうち、七巡目で親リーチ。

これは大物手ではないだろうけれども、今役満を打ったばかりで続けて打ちたくない。ここで又放銃では完全にツキが遠のいてしまう。

「ふうむ──」

ドサ健は唸《うな》った。を切った形は、ペンやがありそうだし、もある。といってもおとすわけにはいかない。下の三色が充分臭《にお》

っている。
ソフトも、坊主刈りも強い。やをとおしてくる。
健のツモは。その直前にツモって浮いていたを叩《たた》き切った。だがもうこれで絶体絶命。新物がとおらない限り動けない。
リーチが。ソフトが初牌の、坊主刈りがツモ切り。誰《だれ》もオリている気配はない。
健のツモは。切る牌がない。
はいかにも見えすいている。はドラ筋だ。こんな出にくい棒リーチを果たしてかけるだろうか。しかし相手が初顔のメンバーだけに手筋がわからない。
といっては筋だが、下の三色がかかっていそうな手だけに、安心して切れない。しかもソフトが一発でをとおしている。これが逆に臭い。

しかしパスは許されない。何かを切らねばならない。

健は逡巡《しゅんじゅん》しながらを切った。

「ドン――。ド、どうだい、ツイてるな、純チャン三色」

チェッ――と健は舌打ちした。最悪の事態である。が、まだ負ける気は全然しなかった。

「どうしたい、健――」

と高峰が後方でせせら笑う。

「手も足も出ねえじゃねえか、ド素人《しろうと》に負けることもあるのかね」

「おやァ、カラカサの兄貴――」

と別卓の若い男が寄ってきた。

「珍しゅうござんすね。こんな時間から麻雀ですかい」

「うるせえ、近寄るなよ」

健はやっと、ははァんという顔になった。

「カラカサ一家ってのはお前たちか。組長にいっとけよ。新しい一家を張るンなら俺ンとこに挨拶《あいさつ》に来なきゃいけねえ。上野《のがみ》じゃ俺《おれ》の方がずっと古いんだからな」

「そいつァ失礼したな――」

とソフトがすぐにいい返した。

「だが、俺っちがつきあうのは、一家を張った親分衆だけだぜ。野良犬《のらいぬ》みてえなチンピラまではとても手がまわらねえんだ」

三

がくっと健の手牌がおとろえた。東二局一本場、親のドモリが索子、坊主刈りが筒子、ソフトは万子が高い。そうして健の手は、十巡目で、

とゴミ手だった。

今回に限って誰《だれ》もリーチをかけてこないが、それぞれ一色手らしきものをやっているのにポンチーの気配がまるでない。

誰の一色手がどのくらい進行しているのか。しかも四枚切れている字牌がまだ無いのがうす気味悪い。一色手と見せかけて国士をやっている奴《やつ》がどこか一軒混ざっているのではないか。

三人はきわめて朗らかに、強い牌を打ち合っている。しかし、完全な味方同士で出し合う牌にひとつも信はおけない。むしろ、山越しで狙《ねら》われる方が怖い。

三人対一人——。本当は麻雀の玄人《くろうと》は三人組を嫌う。三人に対してカモ一人では、カモに打ちこませない以上、決定打はとれず、逆にカモにアガられると三人

分取られるので逆転が困難になるからだ。

しかしこの連中は見事にその難点を乗りこえていた。おそらく、ソフトの指図であろうが、一人が早いピンフ手を作ってリーチ。一人は盤根錯節《ばんこんさくせつ》としたハメ手を、もう一人は国士無双を狙《ねら》う。このパターンは例外をのぞいて毎局きまっていて、そのためドサ健は、クズ牌も触れず、筋も打てない。

山越し牌で狙われる以上、完全安全牌は、敵三人が一牌ずつ捨てている牌以外は、一枚もないことになる。

健は早くも汗だらけになっていた。前記のクズ手で、四枚目の北をツモってきて、暗カンができないばかりに（暗カンは国士無双に狙われる）オリてしまったのだ。

一本場は辛《かろ》うじて流局、二本場は門前三暗刻をツモって親マン。三本場は、ソフトがダブルリーチ。三巡目に通貫手のカン二萬をツモって満貫。

東三局でも四連チャンされ、この時点で健はダブルハコ。

「おい、さっきの見せ金じゃ半チャンもたないんじゃねえか。悪いことはいわねえ、今のうちに降参して消えた方がいいぜ。この土地に姿を見せなきゃァ俺《おれ》たちはだまって見逃がしてやるからよ」

健はきいていなかった。やっと、はじめての親なのだ。今までは、一度もサイの目が健の山に出ず、自分でサイを握ることができなかった。

だが、今度こそだ。健は慎重に山を作り、慎重にサイを振った。

健の振った目は十、受けて下家のソフトが振った目が九、計十九。両手で左右の端を持った健の山が、かすかに慄《ふる》えた。山返しだ。サイの目に合わせて、音もなく、山の牌を一瞬のうちに再編成しなおしたのだ。

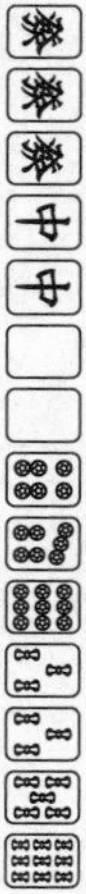

これが健の配牌だった。

しかし、ツモが悪い。五巡目、やっとをツモり、次にが来た。

そこでドモリがリーチ。

珍しくソフトがを対家から鳴いてツモを狂わした。しかし今度はドサ健も、積極的だった。

さっきから早リーチがかかるが、例の純チャン三色をのぞいて、あまりアガっていない。

他がアガって、手が崩されてしまうからはっきりしたことはわからないが、健の捨牌をむずかしくするためだけのノーテンリーチも考えられる。

八巡目、をひき、それから又中を持ってきた。

健は中をそのままツモ切りしようとして、ふと、ひっこめた。

静寂になったそのとたん、リーチのドモリの卓下で、カチャリ、とかすかな音がした。

ソフトの視線が、健とドモリの間をいそがしく往復した。

四丁めの紅中《ホンチユン》

一

北家のソフトが南をポンして、何で一飜つけているかわからぬが、これは早アガリ志向であることが歴然。

西家のドモリは五巡目の早リーチ。

リーチ

あきらかに変則手。南家の坊主刈りはテンパイの意思表示こそしていないが、これも変則手らしく、オリ打ちとは思えない。

という捨牌。これまでの毎局の感じでは、三人組のうち誰《だれ》か一人が国士無双をを狙《ねら》っており、これがドサ健の足をすくっていた。今回は多分、坊主刈りがトイツ役の大物手をガメり、ドモリのリーチが国士無双狙いなのであろう。五巡目だと

て、早い手はいくらでもある。

ドサ健が、その疑いを濃くしたのは、ドモリの卓下で、カチャリ、というかすかな音がしたからだ。あれはたしかに牌が卓の下に触れた音だった。

この連中は卓の下で牌をお互いに手渡している。彼等がめったにポンチーしないのは、ツモを変える必要のあるとき以外は、門前《メンゼン》のまま必要牌を融通し合ってしまうからだ。強引極まるが、この手を使えば特別の技術なしでも四暗刻や国士無双がドンドンできてくる筈《はず》であった。

ドサ健や李億春のような敗戦後の麻雀打ちが、手先きの芸のマニアからプロ化したのに対し、その後の世代のバイニンは一層ドライ化して衆をたのんだ暴力スリ的傾向が深まっている。真剣勝負に正義などはないので、それぞれの条件の中でやれるだけのことをやりまくるほかはないのであるが、この差異をしかつめらしくいうならば、麻雀の圧倒的な普及度にその因《もと》があろう。

麻雀はもはや他人に秘してやる道楽ではなくなり、日常茶飯のことになってし

まった。麻雀をやること自体にある種の感慨を催す層はおそらくドサ健たちで最後であろう。

　そのうしろめたさが彼等の恵まれぬ人生状況と結びつき、麻雀に深入りさせ、そこから離れがたくさせている。一方、そのあとの世代にとっては、麻雀はカッ上げの一方法にすぎず、麻雀で客も殺すが、同時にバッタも撒《ま》くし恐喝《きょうかつ》もやるという恰好《かっこう》である。こうした経緯をたどっておいおいと、麻雀だけにこだわるプロ麻雀打ちというものが消滅していくのであろう。

　さて、八巡目。親のドサ健は、みずから仕込んだ次のような手牌で、ぐっと考えこんでいた。

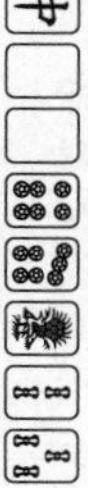

　ツモったのは四丁めの中。ここで動きがとれなくなった。ドモリはリーチ後も下からの送りこみによって手を変えており、ひょっとするとノーテンで親の進行を停《と》めるための足止めリーチかもしれない。

が、むろんそう断言はできない。

「おい、早くやれよ、どうしたんだ——」

普通ならばこの中などは、ツモ切り勝負といく牌である。だが健はしょっぱなに国士を打っている。もうひとつ、この親をなんとか生かしたい。中を捨てもせず、カンもせず、手の中からモミ消してしまう方策をあれこれと練った。

とりあえず、ドサ健はその中を手においた。🀟切りである。

ところが、一巡してツモったのは🀆だった。

「ううむ――」

「なんでえ、一景一景とまってやがらァ」

四枚の中の他に、南發🀆と三枚ずつ見えている。常識的に考えれば、国士無双はほとんどあり得ない場である。

国士に見えて、他の手ではないのか。

ノーテンリーチの気配も、たしかにある。

健の手が四丁めの中にかかった。

「眠ってるのか、こらッ、はっきりしろ！」

ほとんど同時にソフトが、健の足を強烈に蹴《け》りあげた。

ドサ健がはじかれたように立ちあがった。

「手前等、俺をなめるのか！」

まァまァ、にいさん――、と背後から手が伸びてきて左右の腕をとられた。健は、高峰と大風だと思っていたが、振り向くとまったく見知らぬ若者が両がわに立っていた。

いつのまにか、他の卓の客たちがいずれも姿を消していて、そのかわり、悪相の若い衆たちが壁ぎわに三々五々とかたまって此方《こちら》を眺めている。

カラカサ一家の大挙出動という感じだった。

それでも以前のドサ健ならば、カッカときて大立廻《おおたちまわ》りを演じたところだろう。負けてる勝負などまともに終らせるよりは、卓を蹴倒して混乱させる方がよいのである。

しかし健は、自分の手を眺めながら、だまって腰をおろした。

（――この連中の眼の前で、この手をなんとかしてやろう）

「どうした、捨てろ！」

「捨ててやる！　それッ、だ」

二

を捨てて、健はトイレに立った。座にもどるなり自分の手牌を全部伏せた。

「うしろにも伴《つ》れが居るようだから、伏せ牌でやらして貰《もら》うぜ」

　一巡して、健は、

「カン――！」といった。

「暗カンだ！」

　嶺上牌に手を伸ばし、そうして手牌の中の中を捨てた。

「ドン――！」とドモリがいった。「悪いな、ま、また国士なんだ」

「待てよ――！」と健も叫んだ。「暗カンの牌をよく見てから手を開けろよ、国士たァなんだ」

　暗カンはだった。ドモリがさすがにうろたえた眼になってソフトを見た。

「白板《パイパン》が五枚ある麻雀なんて俺《おれ》ァ知らねえぜ。もしあるならチョンボだ。開けてみな」

「――ね、無え、無えよ」

　その次のドモリのツモはだった。今度はドサ健がひと声おめいて手をあけた。

アガったあとで、健は図太くかまえてそのまま牌を洗牌した。積んでみると、十七幢四列、チャンと牌の数はあっていた。

トイレに行くふりでマスターの所の牌ケースを開け、予備の□をかくし持ってきたのはドサ健である。しかし健はその一牌多い□をそのままにしておいた。彼等の誰《だれ》かが、味方の仕業《しわざ》と思いこんでこっそりと多い一枚を処理したのであろう。連携が密のようでも、このへんに三人の弱さがあったようだ。

いずれにしても、これでドサ健の逆襲はひとつ成功したのである。

一本場――。健の振った目は八、ソフトが受けて振った目が七、計十五。しかしサイの目はどうでもよかったのだ。

伏せ牌を宣言したので、四枚ずつの配牌も伏せて横一列に並べる。

健は、その右端の牌から一牌ずつ順に摸牌していった。

「おや――」と呟《つぶや》いた。

摸牌する手が急に早くなり、念のため摸牌しなおす感じで、

「できてるぞ！　アガってなけりゃチョンボ代払ってもいい」

健は手を開いた。あっけにとられた三人の眼が、その手牌に集中した。

「天和《テンホー》だ、ははは——」とドサ健は何十回となく方々の雀荘で吐いたセリフをくりかえした。「運がいいなァ。最初からできてるような手でなけりゃ、このメンバーじゃとても勝てないものね」

　いつものセリフではあったが、今夜はまったくその言葉どおりだった。この三人を相手にしたら自分のペースではとても勝てない。ドサ健は前回の仕込みでそのことを大反省して、今度は途中経過なくアガれる手をえらんだのである。

二本場。サイの目はやはり八と三で、計十一。しかし、ソフトたち三人の連中は同じ悪夢をくり返し見ただけだった。

　ドサ健の摸牌する手つきが又早くなり、

「アリャ、なんだこりゃァ——」

健は隣りの坊主刈りの肩を思いきりひっぱたいた。

「おい、見ろよ、これ見てくれ——」

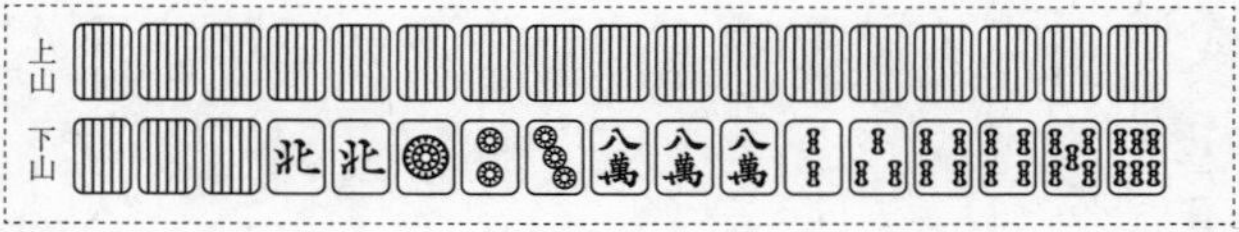

「こりゃおかしい、こりゃ笑える、あははは――」

健は腹をかかえて笑い転げた。以前にも連続天和はやったことがある。しかし今回は、三人対一人で、その三人の方が何の打つ手もなくポカンと見ているきりなのだ。

(註―これはつばめ返しという天和技で、牌山の下右から十四枚に天和のネタを仕込んでおき、一方配牌をその手前に伏せて並べ、牌山の上列全部と下山左から三枚を持ち、ちょっと手前に戻して配牌十四枚を併せ持ち、前に押しだす。熟練して手早くやると、ただ牌山を前に押しただけのように見える。あとにネタを仕込まれた十四枚が手牌として残る――図参照)

「この野郎、ふざけやがって――!」

ソフトがたまりかねたように立ちあがった。ほとんど同時にドサ健の身体は背後から羽がい締めにされて動けなくなり、両眼と口を若い者の手でおおわれてうしろへ引きずられた。

「おとなしく立ち退《の》かせてやろうとすりゃァ調子に乗りやがって――!」

ソフトは、逆にいっぱいになったドサ健の点数箱を蹴球《しゅうきゅう》のボールのように派手に蹴上《けあ》げ、チューマを散乱させた。

それからドサ健の腹を蹴りに来た。ソフトは蹴り専門。まもなくドモリや坊主刈りたちのパンチがこれに代った。

三

深夜の上野駅に、猥歌《わいか》を合唱しながらなだれこんできた十人あまりの騒がしい一団があった。

中心の一人は、スッポリと頭から上衣をかぶされて、皆と同じように歩いているように見えるがほとんど引きずられる恰好《かっこう》。しかし歌はますます威勢よく、一節終るごとに、万歳、万歳、という合の手が入り、その勢いで改札口を難なく押し破った。あわてて駆けようとする駅員に、

「おい、俺《おれ》たちにまで、切符を売ろうってのかよ!」

とすごむ有様。

仙台まわり青森行き特急のホームで、上衣をすっぽりかぶったままの中心人物を、手に手に押さえながら、

「ドサ健くん、ばんざい――！」

「悪運を祈るぜ――！」

「二度と戻るなよ――！」

そうして、ソフトを先頭にした五、六人で、車内にひきずりこみ、トイレの戸をあけて、

「長生きなんか、するなよ！」

とどめの一発を喰《く》らわせた。ドサ健はせまいトイレにくたくたとへたりこむ。ソフトが得意の脚さばきでトイレの扉《とびら》を蹴《け》こみ、ホームへおりたって、

「おい、もう一度、合唱してやれ、――ドサ健くん、ばんざァい――！」

夜汽車は上野をあとにして、一路仙台へ、青森へ。

夜半の四時頃、不審を感じた客の通報で車掌が来たとき、ドサ健はやっと意識を戻しかけたところだった。

彼はしばらく、カッと眼を剝《む》いて車掌をにらみつけていた。

「どうされたのですか、お席はどこでしょう」

「俺《おれ》を上野に、戻すんだ――」

と健は低くいった。

「怪我《けが》をされているんですね――」

車掌は健の顔面の血を調べようとして、その手を振り払われた。

「ここで何がおこったのか、いってください。公安官を呼びましょうか」

「俺にもわからん。――この汽車はどこへ行くんだ」

「切符は、お持ちでないのですか」

「汽車に乗る気なんぞ、これっぽっちもないんだ」

「弱りましたな。とにかく、一応、着駅までの料金を車内で払っていただきましょう」

ドサ健はポケットに手を入れたが、思ったとおり、仲江から預かった封筒を含めて何にも残っていなかった。

健はただだまって車掌の顔を眺めた。

「無いんですか――？」

車掌も緊張した表情になった。

「じゃァ、次の駅で降りて、乗車駅まで戻ってもらうわけですが――」

「うん、俺もそうしたい」

「むろん、その間、往復したキロ数の運賃はあとで払っていただきます」

「次の駅はどこだ──」

「原ノ町です──」と車掌はいった。

「駅へ着くまで、車掌室へ来ていてください」

「車掌さん──」

とそのとき、少し離れたところから声がかかった。

「その人の料金は僕が払います」

「貴方《あなた》が？　お伴《つ》れですか」

「いや。──しかし、知り合いです」

「これは寝台列車ですが、寝台のあきがありません。したがって着駅までの運賃と特急料金を払っていただきます」

ドサ健はその若者の顔を、穴のあくほど眺めていた。

「お前──、どうした？」

森サブだった。彼はあいかわらず腫《は》れぼったい顔を、ちょっとゆがめて笑った。

「ずっと、眺めていたよ──」

「上野からか──？」

「ああ。グレン隊との麻雀のときから」

「ふうん――」

「奴等《やつら》は大勢だから、仕方がないな」

「チェッ、お前は見物していたきりか」

「あンたは一人だものな」

と森サブはいった。

「李のおっさんは、あンたに惚《ほ》れとるよ。奴《やつ》とこんどあったら気をつけたほうがいい。あれは気狂いだから、好きになったら何をするかわからない。それから、雀荘の娘、奴もあンたにぞっこんらしい」

ドサ健は、森サブのポケットに手を突っこんで、煙草《たばこ》をとった。

「だけど、あンたは一人だよな――」と森サブがいった。「決して誰《だれ》にも優しくなんかしない。生意気いうようだが、そこがあンたの魅力だよな」

「さて、上野へ戻らなくちゃな。田舎《いなか》の風はまっぴらだ」

「上野はもうやめなよ――」と森サブがいった。

住めば都

一

夜汽車が、ドサ健と森サブをホームに残して遠く消えていった。

なんという駅だか、二人とも関心をもたなかったが、かなり大きなホームが二本あり、いくらか古風な街並みが見えた。しかし、ネオンだけがいくつか光っているだけで、街は寝静まっている。

ホームにも人影はない。だいぶ離れたところから若い駅員がこちらを眺めている。

ドサ健はベンチに腰をおろして、両脚を投げだした。

「サブ、時刻表を見て、上り列車が何時にここへ停《と》まるか、調べてこいよ」

「どこへ行くんだい」

「きまってるじゃねえか、上野へ帰るんだ」

「上野には戻れないよ」

「なんだと——!」

「あんたは一文無しだろう。ここまでの運賃だって俺《おれ》が出してやったんだ。俺が居なきゃ戻れやしねえぜ」

「お前も一緒にくるんだ」

「俺は戻らねえよ」

「じゃあ俺に、こんなところで暮せってえのか」

ドサ健は大きく息を吸って、線路の方まで唾《つば》を吐き飛ばした。

「こんな田舎《いなか》町にかよ」

「いいじゃねえか、どこだって住めば都だぜ。麻雀打つのに、どこじゃなくちゃいけねえってことはねえだろ」

「そうはいかねえ。俺は上野《のがみ》の健——」とドサ健はいった。「駅の売店で新聞を買って、そいつを毎朝どこのベンチで読むか、公衆便所はどこそこの何番目を使うか、ウエイトレスとイタすにゃどの店がいいか、一から十まできまってたんだ。もう十年もあそこに居たんだからな。手前なんぞにゃわかるめえが、住めば都ってのは、そうなってからの話よ」

「だが、そいつはもうできねえよ」

「何故《なぜ》――！」

「こんなところへ来ちまったじゃねえか」

「戻ればいいんだ」

「戻れやしねえったら」

　森サブはいつものようには黙りこまなかった。無口な男というやつは、気が向くとひどく雄弁になるものである。

「もしどうしても、あそこ以外の土地で暮すのはいやだってんなら、普段からそういう生き方をすりゃいいんだ。世間の奴等《やつら》のようにさ、グレン隊を作って集団の力を当てこむとか、いろんなことを我慢しながら小さくなって暮すとか――。あんたはそのどっちもできやしねえだろ。いつまでたっても一人ぼっちで、気ままに麻雀打ってる。そんなふうじゃァ、世間の連中に伍《ご》して生きちゃいけねえな――」

「俺を、ナメてるんだな――」

　とドサ健はちょっと声をつくろっていった。

「五人や十人の若い者なら、俺ァいつだって喰《く》わしていたぜ。上野の麻雀屋をとりしきっていた頃《ころ》だってあるんだ。今だって、ちょいと声をかけりゃァ、昔息をかけた連中が俺を放っておかねえさ。お前が知らないだけだい。人間て奴にゃ、誰だって、過去も未来もあるもんなんだ。手前みてえなチンピラに見透されるほど単純じゃねえや」

今度は中年の駅員がトコトコ歩いてきた。

「あんた方、どこまで行きなさるかね」

しばらくして森サブが答えた。

「この町へ、来たんだよ」

「だったら――」と駅員がいった。「夜明かしもいいがね、ボラない宿屋ァ心配してあげるが」

「大丈夫、今出ていきますよ。ちょっと話があったんだ」

二人は改札口の方へブラブラ歩きだした。

「――ナメてなんかいやしないよ」と森サブがいった。

「いいよ、その話はもういい、やめろ」

「俺《おれ》にはどうしてもわからないんだ。何故《なぜ》健さんが、上野にこだわるのかが、さ」

「俺は、こんな田舎《いなか》で、木賃宿なんかに寝たくねえ、それだけよ」

「案外肥《ふと》ったカモが居るかもしれねえぜ」

「居ねえかもしれねえ。肥《こえ》たご臭《くせ》え奴等《やつら》とケチな博打《ばくち》なんかやりたくねえや」

「博打打ちが、旦《だん》ベエ（客）をナメちゃいけねえよ」

「オヤ、お前いつから意見役になったんだ。切符代を払ったぐらいでデケェ面ァするなよ」

二人は駅を出て、森閑とした駅前通りを歩いていた。ドサ健は田舎町というが、目抜き通りに関してはそんな気配はない。とにかく特急の停車駅なのである。

「今度は俺のことなんだけど――」と森サブはいった。

「もうすこししゃべっていいかね」

「なんでもしゃべれよ。だが、俺がちゃんときいてるとは限らねえぜ」

「俺はどこで暮そうとかまわない。この町が嫌《いや》なら又汽車に乗ってどこかへ行けばいいんだ。どうでなきゃいけねえって思いだしたらきりがねえや。――ただ、健さんみたいに、一人で博打《ばくち》を打って気ままに生きたいのさ。俺みてえな人間は、どこかのやくざの組織にでも入って辛抱すりゃ、その方が出世するかもしんねえが、合唱はしたくねえんだよ。健さんだってそうだろう。合唱しねえんだったら、意地は張り切れねえよ。世間から逃げだすことだよ――」

二

森サブがフラリと寄越した葉書を頼りに、私と李億春がその駅におりたったのは、三日後だった。

森サブの葉書の文面はまことに簡単で、ただ町の名が書いてあり、ドサ健と二人で一夜を明かしたというだけ。

私たちは宿屋へ行くよりも、まずまっ先に巷《ちまた》の雀荘を探し歩いたが、想像していたよりも大きい町で、雀荘の数も多く、なかなか見当らなかった。

「又、東京へ舞い戻ったんじゃないか、李さん――」

私はいい加減のところで探索を中止して帰るつもりだった。

「雀荘じゃなくて、宿屋へカモをひっぱりこんでる手もあるぜ」

私は李の新しい助ッ人《すけと》として、李の要請によって遠征してきたわけだが、勤め人生活のダレがなければ、むろん一笑にふしたところだ。ドサ健との果たし合いなどうでもよかった。健を見つけても、見つけなくても、私は一人でこのへんを廻《まわ》り、久しぶりのギャンブル旅行を味わうつもりだった。

私たちはひととおり、雀荘を歩いたが、健の姿はない。

「居ねえよ。居るわけがないさ――」

しかし李億春はむっつりとしたまま、志を変えようとしなかった。

パチンコ屋の看板に隠れて見すごしてしまったのだが、駅のすぐそばに、まだのぞいてなかった雀荘が一軒あり、李が階段を昇っていった。

私はソフトクリームを立ち喰《ぐ》いしていたが、李がなかなかでてこないので、そこに健たちが居ることを悟った。

十卓ばかりの店で、客のほとんどが制服を着た自衛隊の青年たちであった。

健と森サブは、奥の卓で対家同士になって打っていた。ドサ健の左頬《ひだりほお》に、笑くぼができている。好調なレース展開であるらしい。

李は、わざと健たちの卓から離れて窓ぎわの一卓のそばに位置し、仔細《しさい》に観戦している。けれども、健の卓に神経をそそいでいて、状勢次第ではすぐに飛び移ってくる構えである。

健たちの卓では、絶えず笑声がどよめいている。調子に乗ってしまうと、ドサ健はかなりの荒振りをして、ボカスカ放銃しはじめる。そうしてそれを上廻《うわまわ》ってアガるのである。

昔、私はドサ健とコンビを組んで短かい期間打っていたことがあるが、その頃《ころ》、池の端の老舗《しにせ》の旦那《だんな》と私が大きな差しウマを行っているのを承知で、旦那に親マンを二度放銃し、ハネ満を三度打ちこませ、旦那をラスにしたことがある。

こういうふうにいつも展開が派手になるので、負けても健と打つのを面白がる客が居た。

今、ドサ健の下家にリーチがかかっている。万子が一牌も捨てられておらず、圧倒的に高い。ドラは【西】。

しかし健の手にも、万子がぎっしり入っている。

【西】【西】【一萬】【一萬】【二萬】【二萬】【三萬】【四萬】【四萬】【五萬】【六萬】【七萬】【八萬】

ここに【九萬】をひいた。

「ええい、勝負だ——！」

【四萬】を放りだす。リーチは黙したまま。ドサ健もヤミテン。ツモ山はもうちょっとでドサ健の山にかかる。

上家のリーチの手は、

🀉🀉🀋🀋🀋🀌🀍🀎🀛🀜🀝🀞🀟

ドサ健は次のツモの🀖をツモ切り。次の🀈もツモ切り。

（――ああ、これはやってるぞ、健のアガリだ）と私は思った。🀈をツモ切りした以上、🀉でアガれる確信ありと見なければならぬ。

次のツモは🀕。

「とおればリーチ！」

ドサ健の声がひびいた。案のじょう、次のツモが🀉だった。

「よし。――リーチ、ツモ、メンホン、通貫一盃口、ドラ二丁の一発、十三飜は三倍満かね」

リーチを待っていた筈《はず》で、一発ツモがないと三倍満にならないのだ。🀉をおいた個所までひっぱってのリーチであろう。

森サブもまた神妙に、おヒキの役を果たしていた。

ドサ健の親リーチ。テンパイは一四ピン、もちろん森サブにはサインで通じていたろう。森サブはすぐにテンパイを崩し、雀頭にしていた🀚を二丁切りしはじめた。

むろん、ドサ健の一四ピンが出やすくなるための布石であろう。森サブはすっかりおヒキ式打法を身につけて実行している。

私と李億春は、ドサ健に旅館の名を教え、休息するために、駅前の旅館に入った。

三

その夜、私、健、森サブ、李、というメンバーで、旅館の牌を使って、再試合を打ちはじめた。

「ルールは——？」

「この前と同じ。ばってん、誰《だれ》かがなあンも賭《か》ける物がなくなるまでたい」

「デスマッチだな。なんでもいいよ」

とドサ健は上機嫌だった。

「だが、おい、おっさん、その、神経痛が起きたみてえな顔つきはやめろ。博打《ばくち》は学問たァちがうぜ、まじめにやって勝てるってもンでもねえ、面白く打ちなよ」

しかし李は、ドサ健の挑発《ちょうはつ》に乗らず、なめるように牌を見ている。

「ダブルリーチ——！」
を切って、そう宣言をした。再試合の開局第一局である。黒手袋を脱いだ李の節のない五本の指が、モコモコと小さく揺らぎ、モールス信号のように私に突き刺さってくる。
（——、三つのうち二牌を卓下から廻《まわ》せ。早い方がいい。目下はテンパイしていないが、ロン牌が出る前に手をととのえたい）
私はまずを渡し、次いでをこっそり預けた。一応、李と提携したのだからやむをえない。むろん李の方から不要牌が二枚返ってくる。その牌はと。私の手は、

ツモ牌は。のうちを用立てたのであるから、テンパイはを含む筋ということになろう。
私はを捨てた。
無言で李が牌を倒した。

🀀🀀🀀🀖🀗🀘🀝🀝🀡🀡🀋🀋🀋

不要牌として私の方にくれた🀝が、安全牌だと李が教えてくれたわけではない。だがこれはあきらかにトリックが含まれている。🀡🀋のどちらを用立てても、🀝を返してきて、その🀝とのシャンポンになるのだ。

同盟国の私からでもアガって先取点をとろうという李の方寸が、ぐっと頭に来た。しかし博打《ばくち》は、ドサ健のいうとおり、まじめに打ったとて誰も賞《ほ》めてくれやしない。

現に、ドサ健が、森サブが、そして李が、冷ややかな眼でチラチラと私の方を見ている。一番先にケチのついた人間が餌食《えじき》になるのである。私は、三人の眼に、手負いのかもしかの如《ごと》く見えているにちがいない。

東二局、李が又宣言した。

「ダブルリーチ——!」

ほとんど同時に、部屋の襖《ふすま》が開いた。

松浦伸江が廊下に立っていた。

「こんばんは——」と伸江はわざとのように明るい声でいった。「あたしも遊びにきたわ。この部屋に居てもいい？」

私は仲江からドサ健の顔に視線をうつした。健はプイと横をむいてしまっている。おそらく、仲江から預かった彼女の金を失ったことで、恰好《かっこう》がつかなかったのだろう。

私は仲江に声をかけようとして、あッと思わず叫びかけた。私の手牌が二牌も不足している――！

が、束の間、牌山を直す振りで李の手が伸びてきて、私の手牌は十三枚に復元していた。

私は憤激した。ナメるのもほどがある。なんと思って李は、私に同盟を申しこんだのだろうか。これではおヒキ（仔方《こかた》）以下の扱いではないか。

李をなじっても、おそらく、

「どちらか一人がトップをとればよい――」というだろう。

それから三巡目に、李は三九オールをひきアガったが、私は顔をこわばらしていた。出目徳やドサ健と、あらゆる手段をつくして戦ったいつぞやの死闘だって、こんなあと味の悪い無茶はしなかった。李億春、この乞食野郎《こじきやろう》奴《め》、手前だけにはトップはとらせないぞ！

しかし私は、この回に関する限り、勝負をもう投げていた。このメンバーで、スタートでケチがついたうえに、こうカッカときたのでは、どんな手段を使ってもうまくいかない。自分がアガらずに李を沈ませてやろう。

私は当面のアガリ役者に、対家の森サブを想定した。

東三局、森サブが第一投をする前に、又こういった。

「ダブルリーチ――！」

「なんでえ――」ドサ健がいった。「手前等、リーチすりゃァいいと思ってやがるな」

そのドサ健も、仲江の出現で、がっくり気勢をそがれているらしい。森サブは五巡目にツモアガリ。私の仕込みがズッシリと入っていて、筒子の一色手《メンホン》であった。当分安心して寝ていられるような一発だった。

何処《いずこ》へ

一

李億春が先行し、森サブが好位を占めてぴったりつけている。第一戦はそんな形でバックストレッチを通過し、三コーナーをまわった。

初っぱなに李の卑劣なトリックにひっかかった私が最後方。しかしドサ健も動きを見せていない。

東四局、南一局と李の手造りが軽快になってきた。李はもう一発を造りあげる必要はない。惰力をつけてテンパイを早め、相手の攻めをくじいていけばよい。

「ああ、ここに来たら急にお腹《なか》がすいちゃったわ――」

仲江が買ってきた駅弁の包みを開いて喰《た》べはじめ、四人にも配った。

「仲江ちゃんまで揃《そろ》っちまうと――」森サブが珍しく白い歯を見せていう。「東京で打ってるのと変らンな。ねえ――」

ドサ健は返事をしない。南二局、李の親。八巡目、上家の健の捨てたを見て、森サブがちょっと考えこんだ。

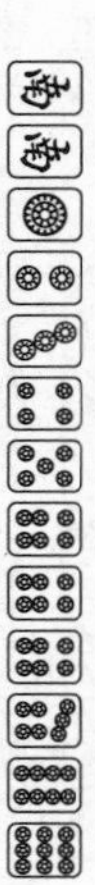

それは一瞬の逡巡《しゅんじゅん》だった。もし青天井ルール（満貫を限定しないで無限に点数を算《かぞ》えあげていくルール）でなければ迷わずアガっていただろう。トップを李とセリ合っているのだ。

しかし青天井ルールでは、小さくトップを重ねていっても一発大きいのをやられれば何にもならない。この前のときはドサ健が、三千万点という手をアガって一挙に勝を制している。そのあとも逃げに逃げていてオーラスでひっくり返された苦い経験がある。

可能性を含んでいるときに、できるだけ大物をアガっておかなければならない。

そうして森サブは心の表面ではこんなふうに呟《つぶや》いた。

（——健さんの打牌だからな。ここまできて健さんを叩《たた》く手はないさ）

可能性という点では、たしかに有望だった。場風の南は一牌捨てられており、もう一牌は、四巡ほど先の山に埋まっていた。李のツモ巡である。李は南を先に一牌捨てている。ヤミならばツモ切りの可能性がおおいにある。但し、中盤の四巡は、スンナリとツモ巡どおりに廻《まわ》るかどうか保証はできない。ドサ健は黙々と打ち、九巡目にはドラを無雑作《むぞうさ》にツモ切り。続いて森サブもツモ切り。待ち切れぬように李がそれを穴メンツに喰《く》い、かわしに出る気構えを見せた。

私はこんな手だった。

李の喰《く》いでツモったのが。を捨てて森サブが腰を使った牌単騎。むろんリーチはかけられない。私は健の手を、国士無双と見ていた。テンパイかどうかわからぬが打牌が強い。

十巡目、それぞれが無難な牌のツモ切りで手が変らず。十一巡目、他の三者はツモ切りだったが、私はをつかんでしまった。

打ち——。

森サブは今度は目もくれない。彼はひたすら次のツモで私に入る（李がチーしたので）牌を待っている。

十二巡目、森サブの目が細くなった。私はツモった牌をそのまま捨てた。

「そうら、持ってけ——」

打牌が捨牌の端にぶつかって裏になった。ほとんど同時に森サブがものすごい勢いで手牌を倒した。

「当りだ、大きいぞ!」

ドサ健がその手を見、鋭くいった。

「待てよ。お前、何でアガったんだ」

「南だよ、——南だろ?」

そこには南が埋まっていた。山作りのとき覚えていた一牌なのだ。

ドサ健が、私の捨てた牌をひっくり返してまじまじと見た。健も私も笑いだした。

「これが南かよ。あわてるない」

南じゃなかった。伍萬だった。森サブは口をあけてその牌を見ていた。

「南なら振るもんか——」と私。

「南ならこっちが当りだい——」とドサ健。

彼の手は推測どおり国士無双だった。

私は同じ上山の次の牌をあけた。

「南はこれだよ――」

それは次に森サブがツモる牌だった。タネを明かせば、私の山にかかったとき、八萬をトイツにするために山返しをした。上山がいっせいに一枚ずつずれて場所をかえていたのだ。その動きを森サブが見逃しただけの話。

森サブのチョンボ。そして、四コーナーから直線――。

牌山造りが火のような激しさを加えてきた。私たち三人はそれぞれ一発を盛りこむ。リードしている李は、盛らせまいとして、劣らず手の動きを進める。山造りの段階で好牌の奪い合いとなる。

ドサ健はそれを予期して、この数局は、皆がそれほど執着しないクズ牌を材料にして山を造っている。

しかし、私と森サブが、今度は目標がダブってしまったらしい。二人とも万子を主眼として仕込んでいた。

つまり、私の山に万子の元禄、サブの山には万子の六間積みが入っていたらしい。そしてサイの目がうまく合って、サブの山からとりだしたのだ。

二

森サブの手は速かった。五巡目に、

二萬三萬四萬四萬四萬四萬伍萬六萬七萬八萬八萬八萬九萬

こんな形になっていた。待ちは一萬七萬八萬九萬。

私の方はまとまりがおそかったが、十一巡目でこんな形になった。

一萬一萬一萬二萬三萬伍萬伍萬六萬七萬八萬九萬九萬九萬

待ちは一萬四萬伍萬。

喰《く》われて又山返しの必要が生じるかと思ったが、誰《だれ》も喰わない。ドサ健はやはり国士無双。李の方は、筒子一色に見える手だが、筒子があまりすぎる。字牌を抱えて進行がとまっているのではないか、と思えた。

むろん、私も森サブも、お互いが万子手であることは百も承知。場には二萬一枚、三萬一枚、伍萬一枚、そして序盤で七萬二枚がバタバタと出ている。場に合計五枚、私とサブが両方メンチンとして二人で二十六枚。万子は、全部で三十六枚だから、あと五枚が見えていない勘定になる。

李は早振りして、万子を手に残している筈《はず》はないが、ドサ健の方には一萬九萬は必要牌である。私の手からみると一萬九萬はあと一牌ずつしかなく、ドサ健にすでに使われているのなら、私ののぞみは伍萬一牌と四萬。

しかしメンチンらしき森サブが伍萬をまったく使っていないことは考えられない。四萬が初牌というのも不自然だ。

（——向こうに塊りでもあるな）

と私は思っていた。するとカラテンに近い。だが動けない。この形で四萬でアガれば、純正ではないが九連宝燈だからだ。

突然、ドサ健がバサッと手牌を伏せ、六萬打ちで、

「とおればリーチ——！」

大きく叫んだ。その声がひどく重たく響く。ここでリーチしてくる以上、役満級と思わねばならぬ。

一番最初にオリた感じなのが、李であった。筒子のメンツを落してきた。無理もない。彼はリード者なのだ。こんな局面では勝っている者の方が弱い。

「——おっさん」とドサ健がいった。「ちょっと手を見せて貰《もら》っていいかね」

「はいよ、腐り手だがの」

健は中腰になって対家の李の手をのぞきこんだ。

「北――！」と私。必死だった。

ツモ番の来た健が、ドシンと腰をおろした。そのはずみで、李の前の上山が、一、二牌パラリと落ちた。四人の視線が喰《く》い入るようにそこに集まった。一萬が見えたのだ。上山の二牌目。私の次のツモだ。

一瞬、しいんとした。

ほとんど同時に、女中の声がし、襖《ふすま》がガラリと開いた。

五十恰好《かっこう》の、ショボっとした小男が立っていた。麻雀をほとんど無視した表情で、

「君たち、東京から来たお客さんだね」

一座を一人ずつみてから森サブの方を向いた。

「君が、森三郎か、そうだね。東京から手配書が来ている。署の方に来るんだ」

森サブはだまって牌山をにらんでいた。

「ええ、そうです――」と突然ドサ健が口を開いた。

「此奴《こいつ》は森サブだが、何をやったんですか」

「窃盗《せっとう》らしい。もっとも別件があるかもしれないが、そのへんはこっちじゃわからん。とにかく東京までお送りするからな」

「しょうがねえ、勝負はお預けだ――」

手牌をいち早く崩そうとするドサ健を、森サブが停《と》めた。私も李も、老巧に状況を見ていて意思表示しなかった。

「刑事さん――」と森サブがいった。「今すぐじゃなくちゃいけませんか」

「どういう意味だ」

「もうすぐキリがつくんです。これだけやらしてください。たいして時間はかかりません。逃げたりなんかしませんよ。そんな馬鹿じゃない。俺《おれ》は昔勤めてた活字工場に入って活字を売っ飛ばしただけです。示談になって始末書ですむくらいのことなんだ。ほんの三十分だけ泳がしてくださいよ」

「いやしかし――」と私がいった。「麻雀なんかどうでもいいんだぜ。すぐ出頭した方がいいんじゃないか」

「駄目《だめ》だよォ――」と森サブは子供っぽい口調でがんばった。「もう二局で終りじゃないか。こんなことに気が残っちゃ、豚箱でも浮かばれないよ。ケリをつけようぜ」

「俺はどうだっていいよ。しかしサブちゃん、見えた一萬は捨てないぜ」

健も李も小さく笑った。お互いが、山に見えた万子の一牌を中心にして様子を探りあっている。そうして、ドサ健だけがまったく戦意を捨てていた。

私にはその理由がわかる。山の一萬は四枚目だ。かりにドサ健が国士無双の一萬でテンパイしていたとしたら、ただでさえ出にくい牌でリーチなどはかけはしない。健はノーテンリーチをかけているのだ（私たちは何だって有りのルールでやっていた）。この切迫した場で健が打つ手は、国士テンパイと見せかけて、私たちをオロすことしかなかったのだ。

「駄目《だめ》さ、窃盗《せっとう》だろうと罪は罪だ。罪人にわがままをいわせるこたァないですよ、ねえ刑事さん」

ドサ健はしつこくそう主張したが、老刑事はちょっとくすぐったい表情になって、

「まァな――、とにかく出頭する用意をしろよ。少しぐらいの時間なら待ってやる。俺は下の帳場に居るからな――、用意ができたら声をかけろよ」

三

「何故《なぜ》、ここに居るのがわかったのかな」

「日本は島国たい。箱庭みたいなもんじゃ、不思議はなか——」

「忘れてたけど、昨日、東京の家に刑事さんが来たのよ——」と仲江がいった。

「商売柄そんなことはしょっちゅうだからまさかあんたのこととは思わなかったけど、お母さんが、ここに来てるってしゃべっちゃったのかもしれないわね。ごめんなさい」

「いいよ、そんな、謝るようなことじゃないよ」

「ところで、この勝負、続けるのかね」

とドサ健がいった。

「もちろんだよ」

「お前がアガれるとは限らねえぜ。それに、半チャン一回でやめるなんて約束じゃなかった。こりゃ途中で雨が降って来たようなもンだぜ。コールドゲームじゃねえか」

「まあ、やってみようよ——」と私もいった。「刑事だってああやって待っててくれるんだから」

私は健の表情を盗み見た。があるのは対家の李の前の山だから、奴《やつ》の所から一番遠い。いかなる手品師だってこれはなんともならぬ。奴は絶体絶命だ。奴に対する敵意よりも、奴がこの場をどうさばくか、それが見たかった。

「よし、俺《おれ》も男だ、それじゃァやってやる」

ドサ健は伏せた牌を立てた。

この中の場に一枚も出ていないを手早く手の右端においた。大きなモーションでツモった。これだけの技術が、こんな阿呆《あほ》らしいことが使われているのが、いっそ小気味いいくらいの鮮かさで、奴の掌の中で見事にツモ牌がすり変わっていた。
健が場に捨てたのは、。
「──ポン！」
と李がいった。この男も最後まで勝負を捨てない。一瞬にツモ巡が変わって、森サブの顔が輝いた。私のツモは。むろんツモ切り。

「――ポン！」

と李の声に力が入った。ツモ番は又私。私は自分のツモ牌（三索だった）をとると同時に、次の上山の一萬を、又すり変えられないように表向きにした。

「問題の牌が行くぜ、健さん――」

「勝手にしろ――」

ドサ健は横を向いたままだ。私がかわって一萬を振ってやった。

森サブが手牌を倒す。ほとんど同時に李億春も手牌を倒した。

「ああ、間に合ったんだね」と私はいった。

李も笑っていった。「間に合ったばい。そっちも当たりじゃなかと？」

「ああ当たりだ――」と私は健の顔を見ながらいった。

「俺《おれ》はべつにロンしなくたっていいんだがね。かわいそうだから三人和了にしとこう。ドロンゲームだよ」

ドサ健はたいして嬉《うれ》しそうでもなかった。

「みろ。やったって、どうせケリはつかねえじゃないか」

奴《やつ》は手牌を投げ捨てながらいった。

「気にいらねえね。これじゃ止《や》められねえな」

「ああ、本当だ——」と森サブも力み声を出した。「やめられねえよ。このままじゃな」

「どうする——?」とドサ健。

森サブは立ちあがって手早く服を着た。窓をあけて、下の地面をにらんだ。

「場所を変えてやるかい——」と彼はいった。「ケリがつくまでさ」

「賛成だ——」ドサ健と森サブは掛け合い口調になっていた。

「俺はもう上野《のがみ》の健じゃねえ。場所なんかどこだってかまわねえよ」

「しかし、サブさん、お前、盗みだけなんだろ、だったら——」

私が一番おちつかなかった。

「自分でもいってたじゃねえか。ここで逃げたらその方が重くなる。おっさんのセリフじゃねえが、日本は島国だよ。逃げられやしねえよ。ちょっくら出頭して、片づけてからだって勝負はできるよ。そうしなよ」

そのときもう森サブとドサ健の姿は窓のそばから消えていた。李のおっさんも無言で後を追った。私は廊下へ出て、下の帳場の方をすかし見たりしたが、部屋に戻ると、仲江の姿までが無かった。

＊

計画もくそもない。どこをどう逃げるという当てもない。ひと晩じゅう走って、夜が明けたとき、街はずれの雑木林の中にドサ健は居た。畑が広々と伸びており、その向こうに工場の灰色の建物が見える。

いつの間にか連中とはぐれて、一人きりになったかと思っていたが、ひと息入れてあたりを見廻《まわ》すと、十メートルほど離れた林の入口あたりに、ちゃんと仲江がついてきているのだ。

ドサ健は彼女以外の人影を探した。

（――森サブ！）

（――おっさんよ！）

声はださなかったが、仲江以外に人の気配はなかった。

健は不機嫌になって仲江にあたった。

「俺《おれ》についてきたって駄目《だめ》だぜ。俺はフーテンだからよ。今までどの女とだって長続きしなかったんだからな。この先もいいことねえよ！」

仲江は地面に腰をおろして黙ってこちらを見ている。
しばらく顔を見合っているうちドサ健もいくらか気弱くなって、
(――ひとりぼっちよりいいかな)
と思ったのだが、その一方で、眼はやっぱり奇妙な仲間たちを探し求めていた。
(森サブ――!)
(おっさん――!)
(哲よゥ――!)

解説

北上次郎

『海上花列伝』という小説がある。作者は韓邦慶。清末の上海花柳界を描いた小説で、刊行は1892年。当時の社会風俗を描いた小説だが、この中に麻雀の場面が出てくる。しかも牌譜つきだ。何を切ったらいいのかわからず、後ろで見ている人に尋ねるのだ。そのときに牌譜が出てくる。そのときの手は、筒子のチンイチで、おお、何を切ったらいいのか、ホントに難しい。

牌活字を最初に使ったのは誰か、という問題がある。『麻雀放浪記』第二部「風雲編」の角川文庫版の解説で、江國滋は次のように書いている。

「一説によれば五味康祐氏が他にさきがけていち早く書き下ろした麻雀小説だったか指南書だったかの中で用いたのがその嚆矢だともいわれるし、どこかの週刊誌がはじめて麻雀の誌上対局を企画したときに開発したのが最初だともいわれるし、いやそうではなくて、この『麻雀放浪記』の連載を実現させた「週刊大衆」

のほうが一と足早かったという説もあって、いわれてみると、記憶などというものは、まことにどうもおぼつかない」

そのいろいろな説の中に、『海上花列伝』も入れていただきたいのである。というのは、この小説、日本で翻訳されたのは１９６９年なのだ。平凡社の「中国古典文学大系」の第49巻として刊行された。原作に牌譜が付いているのだから、この翻訳書にも当然のように牌譜が付いている。まさか、中国の古典文学の中に麻雀の牌譜が載っているとは想像外である。阿佐田哲也の『麻雀放浪記』の連載が週刊大衆で始まったのは１９６９年であるから、なんと同年だ。わが国ではきわめて早い時期といっていい。もっとも、『麻雀放浪記』の連載が始まったのが１９６９年1月であるのに対し、「中国古典文学大系」第49巻の刊行は同年5月。きわどい差だが、阿佐田哲也が先着している。

というわけで、『麻雀放浪記』第四部「番外編」である。『麻雀放浪記』は実質的には第三部「激闘編」で終わっている、と先に書いたように、この「番外編」は文字通り、番外だ。以下は推測だが、あまりの好評のために版元側が連載の延長を申し入れたのだと推測する。

構成に苦しい面が見られるのもそのためだろう。これまでと類似した場面、あるいは繰り返しが見られるのだ。たとえば、坊や哲がつとめた会社に昔の仲間がやってきて同僚が緊張する場面、「激闘編」ではステテコがやってきたが、この「番外編」ではドサ健が訪ねてくる。訪ねてくる人物がかわるだけで、これは繰り返しに他ならない。

たとえばこの「番外編」で、李に誘われたドサ健が「俺はバイ公だ、麻雀で喰ってるんだ。ブヨブヨのカモと居眠りしながら打ってた方がいいよ。芯が疲れるだけの麻雀はおことわりさ」と言う背景には、麻雀打ちが生き辛くなっている時代があるが、この時代の変化も「激闘編」ですでに描かれている。会社勤めをしている坊や哲も、ドサ健に「月給取りは面白えか」と言われ、「もう面白え生き方をする力がなくなったんだ」と答えるが、この姿も「激闘編」ですでに描かれている。唐辛子中毒になっている「番外編」の坊や哲の姿はたしかに初めてで、すべてが繰り返しというわけではないのだが。

この「番外編」の主役は、李青年だ。九州からやってきたこの青年は、強いやつと戦いたいという意欲にあふれた青年で、若き日のドサ健であり、坊や哲だ。

「わしゃ関係なか。わしが奴と今やってるんじゃなか。こげんなことは店の方でうまくやればよかろうもん。わし一人がなんでそげなツキ合いをせんないかんと。始末は店の方でやればよか」

とにかくエネルギッシュで、この李青年に引きずられるように、ドサ健と坊や哲は修羅場に戻っていく。

しかしそれだけのことなら、この李青年の存在自体が繰り返しと言えなくもなく、阿佐田哲也の作品においては珍しいわけではない。この「番外編」の陰の主役は、森サブである。

森サブは、根津八重垣町の裏通りにある雀荘の常連として登場する。物語のちょうど半分のところだ。ちなみに、「番外編」は「激闘編」の数年後との設定で、時代は昭和30年ごろだ。その雀荘は、近隣の小商人や学生たち相手に二、三卓貸す程度の小規模な店だったが（経営者は、一人娘をかかえた戦争未亡人。この一人娘がのちにドサ健に惚れていくから、ドサ健、いくつになってもモテること）、ひょんなことから李青年やドサ健が出入りするようになる。

森サブについては次のような記述がある。

「森サブという若者は、この店のエース格だけあって、顔がいい。ズボッと太くて、肉が厚く、幾つビンタを張られても動じないような図太さがある。そのくせ局面の変化に応じて、ヒリリと辛い表情になる。相手充分に打たれたときの、森サブの悲痛な顔つきがドサ健は好きになっていた」

ラスト近く、雀荘の浮沈を賭けて、陳一派とドサ健、森サブが戦う場面が出てくるが、それが迫力満点であるのは、ドサ健のおヒキ（手下）はイヤだ、自分の力で勝ちたいという森サブのキャラクターのためにほかならない。

しかしここで注目したいのは、終わり間近に、森サブの過去が短く紹介される箇所だ。鑑別所にいた森サブが、高田馬場の横を流れる河のそばにある活字の字母屋（ようするに活字をつくって販売するところだ）の主人に誘われて、そこで働くようになったこと。そこの家庭麻雀で初めて牌を握ったこと。森サブはその字母工場に忍び込んで、活字を盗み出し、印刷工場に売りにいって資金を作ったこと。いまではそこに弟が住み込みで働いていること。四度目の盗みは活字ではなく、主人の財布であったこと――そういう過去が素早く描かれていく。『麻雀放浪記』の中では異彩を放つ箇所といっていい。こういうふうに「過去」を与えられた登場人物は意外に少ないのだ。たとえば、李青年がどういう生い立ちであるのか、どういう過去をもっているのか、その出自がまったく描かれていないことに留意。李青年だけでなく、『麻雀放浪記』に出てくる人物は、主人公の坊や哲以外、卓上以外の人生はほとんど描かれない。ドサ健も、出目徳も、上州虎も、どこで生まれてどういうふうに生きてきたのか、まったく描かれていない。それなのに、森サブにはこのように「過去」が与えられるのである。弟が住み込んでいる？　その弟とはどういう関係なのか、弟も鑑別所帰りなのか。森サブの人生への思いがどんどん膨れ上がっていく。「過去」が与えられるとはいっても、それはこのように断片にすぎないので、余計に想像力が刺激されるのである。ドサ健や出目徳などはその断片すら与えられないのだから、この扱いは、阿佐田作品の中では異例中の異例といっていい。

「番外編」のラストもいい。夜汽車に乗って、ドサ健と森サブは東京を離れていくのだ。しばらくして森サブから1枚の葉書がくる。町の名が書いてあるだけの葉書だが、李青年と坊や哲がその町を訪れ、一軒ずつ雀荘をまわって再会すると、あとは延々と麻雀だ。このラストの卓上の戦いに、獣同士の戦いというニュアンスがないことに留意。場を支配しているのは奇妙なやさしさだ。『麻雀放浪記』でこんな戦いが描かれたのは初めてではなかったか。あるいはここに、後年の萌芽を見ることも可能かもしれないが、それはまた別の話になる。

本文中には現在の人権擁護の見地に照らすと、不適切と見られる表現がありますが、著者自身に差別の意図はありません。また、著者が故人であること、作品の文学性や芸術性、執筆当時の社会的及び文化的雰囲気を考え合わせ、このような表現については原文のままとしました。

（編集部）

本作品は一九七二年に双葉社から刊行されました。その後、一九七九年に角川文庫、二〇〇七年に文春文庫から刊行されました。

双葉文庫

あ-01-08

麻雀放浪記《まーじゃんほうろうき》(4)番外編《ばんがいへん》

2022年6月19日　第1刷発行

【著者】
阿佐田哲也《あさだてつや》

【発行者】
箕浦克史
【発行所】
株式会社双葉社
〒162-8540 東京都新宿区東五軒町3番28号
［電話］03-5261-4818(営業部)　03-5261-4829(編集部)
www.futabasha.co.jp（双葉社の書籍・コミックが買えます）
【印刷所】
大日本印刷株式会社
【製本所】
大日本印刷株式会社
【カバー印刷】
株式会社久栄社
【DTP】
株式会社ビーワークス
【フォーマット・デザイン】
日下潤一

ISBN978-4-575-52578-6 C0193
Printed in Japan